醜妻萬般美

下

風 文創 681

江小敘 著

目錄

第二十一章 斷案

公正者，公平正直；廉明者，清廉明斷。

匾額掛在這揚州府衙的內堂之上，是先帝對臣下的一番讚賞之情，一直不取下，也有警示後人的意思。數代官員來了又走，終是讓徐景年親手砸了招牌。

顧嶼收回視線，瞥一眼還在笑的周仁，微微地搖搖頭，讓府衙內的書吏把狀紙重新謄寫一份，留待備用。

周仁樂了一會兒，忽而沈默下來，半晌才對顧嶼道：「這嚴家是城中大戶，有些見地，又是斷宗嗣的大仇，所以大人一掛出告示，他們就敢來鳴冤。但這樣的人家畢竟在少數，待會兒開堂，大人可得……」

「秉公決斷。」顧嶼打斷他接下來的話。

周仁嘆了一口氣，他明明不是這個意思，但顧嶼顯然知道他想要說些什麼，卻只當作不知。假如換成是黃輕在這裡，他知道自己根本不用多說什麼，因為黃輕和他一樣，都是為達目的、不擇手段的人，可如今換作顧文卿，他是真怕顧文卿一意君子，錯失良機。

顧嶼並不關心周仁怎麼想，在上一世，他是聽說過嚴家的。

事情發生在黃輕回京之後，嚴夫人變賣家產，上京告狀，上下疏通只為送徐家小姐進死牢。偏偏時隔一年多，徐家已然被抄，徐家小姐也流放到了西北，沒人肯再花精力接下這樁案子，因此等他再次聽到這位嚴夫人的消息時，已是兩年之後。

京城上告無門，嚴夫人收攏最後一點家財，帶著兩個老僕去了西北，找到那位早已嫁給兵士的徐家小姐，趁著兵士在軍營值夜，嚴夫人夥同老僕，一道把徐家小姐和她剛出生沒多久的兒子一起殺死。如此還不解恨，嚴夫人又把母子兩人的屍體肢解成十幾塊，再將嬰兒的頭砍下，血淋淋地塞進徐家小姐被劃開的肚子裡。

當時這件案子鬧得很大，嚴夫人確實能拿出徐家小姐僱凶投毒的人證、物證，經由大理寺調查無誤，也證實了徐家小姐的罪名。只不過嚴夫人蓄意謀殺，肢解屍體，按大寧律，當判處斬，可朝中到底有人同情她的遭遇，認為她為子報仇，縱使手段殘忍，也情有可原。

最後是元昭帝親自下旨，判嚴夫人處以臏刑，關押十年，事情才算是告一段落。

他也有過萬念俱灰的時候，卻永遠不理解那些為了報仇把自己弄成瘋子、把無辜之人當成牲畜的行為，故而他一聽見嚴夫人自報姓氏，便馬上收起多餘的同情心。

不過他不會因為對嚴夫人有所厭惡，就刻意偏向徐家小姐，也不會為了搜羅證據以判徐景年的罪，而偏向嚴家。

過午之後，顧嶼開堂審嚴家一案，還把公堂上自徐景年上任之後才設下的鐵圍欄給打開來，準備公開審案。揚州城裡的百姓們聽說這回要審的是刺史大人的千金小姐，哪有不來的道理，紛紛擠過來圍觀。

只不過和話本裡千嬌百媚的官家小姐不同，徐小姐身形微胖、面龐圓潤，五官也普通得很。她來到公堂之後，不肯下跪，眼睛直直地盯著跪在一旁的嚴夫人，似是恨極了的模樣。

嚴夫人並不看她，兩手死死地在身側握緊，拳頭發白。

顧嶼拍了一下驚堂木，語氣微沈，道：「被告徐氏，原告嚴家告妳婚事不成，惱羞成怒，僱凶投毒，殺害兩條人命。凶手已經認罪，並指認妳為幕後主使，妳還有何話說？」

徐小姐抬起圓臉，雙目不閃不避，直視顧嶼，揚聲說道：「巧翠是我派去的沒錯，但我沒有要害嚴郎的心思。嚴郎原本就打算與我生死相隨，可他娘卻要他娶錢慧那個賤女人……所以咱們約好要在他新婚那天一起自盡，我房裡的丫頭可以作證，那天我懸樑差點死了。」

嚴夫人聽見這話，眼睛都紅了，嘶聲叫道：「妳胡言亂語！整個揚州城誰不知道我兒和慧丫頭是一對，可去年初妳在大同寺見了我兒，就一直糾纏不休。當時求親不成，妳還放言要讓我兒不得好死，整個嚴家的人都可以作證。」

「嚴郎說過他根本就不愛錢慧，是妳非要讓他娶那個賤人。他還說下輩子會找到我，跟我在一起的。」徐小姐說著，喉頭哽咽，小小的眼睛裡蘊滿淚花。

嚴夫人氣得就要撲上去，卻被旁邊的衙役一把攔住。

旁聽的周仁坐在顧嶼下首，見他沒有制止的意思，只得自己咳了一聲，拍了拍驚堂木，說道：「這裡可是公堂，莫要放肆。徐氏，本官問妳，嚴明生既然答應要與妳同死，又為什麼會和錢慧雙雙飲毒酒身亡？而且據本官所知，嚴明生和錢慧雖然死狀可怖，但他們的屍體被人發現的時候，手卻是握在一起的。妳說他們沒有感情，有何佐證？」

顧嶼看了周仁一眼，狀紙上並沒有這一條，想來是這位副使大人不知道從哪裡聽來的八卦，不過看來八卦也有八卦的好處，周仁的話對徐小姐還是很有殺傷力的。

徐小姐原本紅潤的臉色瞬間變得慘白，尖聲叫道：「那是錢慧騙了我的嚴郎！嚴郎根本就不喜歡她，她沒爹、沒娘，吃嚴家的、喝嚴家的，居然還敢偷走我的嚴郎。她就是個除了會裝可憐，什麼都不會的賤人！賤人！」

顧嶼一拍驚堂木，語氣冷淡地說道：「肅靜。」

徐小姐像是聽不見他的話，帶著一股執拗的瘋狂，嘴唇不斷開合，像是在努力說服別人，卻更像是在說服自己。「嚴郎最喜歡我的詩了。錢慧什麼都不會，他一點都不喜歡她，那天我穿了和錢慧一樣的衣服，他還說我穿起來比她好看，還送給我一根簪子……」

嚴夫人冷笑著打斷她。「徐大姑娘連字都不認識幾個，慧丫頭才是名冠揚州，我兒除非是瞎了眼，才會看上妳。」

徐小姐沒有搭理嚴夫人，還在不斷地說著：「嚴郎說他第一次見到我，就喜歡上我了，他說我在桃花林裡笑著的樣子最好看，比錢慧好看。」

顧嶼眉頭微凝，一拍驚堂木，道：「被告徐氏，暫且將嚴明生之事放到一邊，就算嚴明生和妳定下共死盟誓，可錢慧乃無辜之人。本官且問妳，她是如何死的？」

聽見「死」字，徐小姐總算從自言自語中回過神來，她帶著幾分興奮的快意，尖聲叫道：「對！錢慧死了，她該死！她敢來搶我的嚴郎，她就該死！」

顧嶼道：「妳這是認了謀殺錢慧之罪？」

徐小姐張口剛要答，卻猛然一頓，先是搖頭，又是點頭，最後拚命地搖起了頭，喃喃地說：「不是我殺的，是巧翠殺的，我沒有指使她，我給過她銀子的。巧翠說只要給了銀子，就會把一切都處理妥當……她騙我，她也要害我！」

顧嶼又拍了一下驚堂木，冷聲說道：「犯人徐氏，妳既已招認殺害錢慧之罪，那麼本官再來驗證一下嚴明生同妳的盟誓到底是真是假。來人，帶大同寺僧人明心上堂。」

立刻就有衙役領著一個穿著素樸的僧人走了過來，顧嶼對那個僧人道：「把你方才與本官所說的話，在公堂上再說一遍。」

僧人低下頭，對著顧嶼唸了聲佛號，語氣緩和道：「小僧明心，是大同寺的知客僧，徐小姐一年會來寺裡拜佛兩次，最近這幾年都是由小僧接引。嚴公子則是去年冬日陪錢小姐來的，只來過一趟，當時鬧出不小的動靜，故而小僧記得很清楚。」

徐小姐似乎沒聽見明心說的話，口中還在喃喃自語著什麼，明心看了她一眼，嘆口氣道：「那時徐小姐遠遠地見到嚴公子，就追上去詢問嚴公子的姓名，錢小姐本來拉著嚴公子要走，可徐小姐不知為何就去撕扯錢小姐的衣裳，最後還是嚴公子護著錢小姐離開了。」

徐小姐根本就不理睬明心和尚的話，好似完全陷入臆想之中。

顧嶼讓僧人退到一邊，一拍驚堂木。「徐氏，揚州城中無人不知嚴明生同表妹錢慧感情甚篤，妳所言前事自不成立，又已認下僱凶殺害錢慧之罪，是以嚴明生之死並非自盡。另還有一事，本官要再問一問妳。」

顧嶼的聲音不高不低，卻足以震懾人心，徐小姐有些憤怒地抬起頭，叫道：「我沒有罪！殺人的不是我，是巧翠，她還害死了我的嚴郎……」

顧嶼卻沒再搭理徐小姐，他看向嚴夫人，道：「凶手巧翠於五日前死於牢中，先時犯官徐景年判定巧翠懷恨殺主、畏罪自盡，可嚴夫人卻在狀紙上明言巧翠乃遭人滅口，故而本官已徵得巧翠家人同意，準備開棺驗屍，嚴夫人沒什麼意見吧？」

嚴夫人用帕子擦了擦濕紅的雙眼，看起來卻沒有多憔悴的樣子，還分外端莊地朝顧嶼行了一個禮，啞聲道：「民婦沒有意見，只望大人明察秋毫，讓凶手伏誅。」

顧嶼點點頭，若是旁人肯定要先行退堂，等待仵作驗看屍體後，再重新開堂審訊，許多案子便是因此而拖上四、五天的。他卻沒有把事情拖到第二天的習慣，當即命人把巧翠的屍體抬到堂上來，四面撐起白布，再讓經驗豐富的仵作去驗屍。

七月初秋，揚州的天仍舊熱得很，巧翠五天前死在牢裡，屍體被父母領回家後，由於天實在太熱，連停靈都不敢，棺材一收，就埋進地裡，埋了整整五天。此時一股屍臭瞬間擴散開來，顧嶼面色不變，只讓仵作繼續。

大堂外頭圍觀的百姓頓時竊竊私語起來，瞧著欽差大人那樣子，就連臭氣熏天的屍體抬上堂，眼睛也都不眨一下，這得是見過多少世面的人啊。

周仁在下首，離仵作驗屍的地方最近，隔著白布、聞著臭氣，他的臉都要綠了。驗屍的一小會兒工夫裡，他就去解了兩趟手。

仵作並不是上次驗巧翠屍身，並得出自盡結論的那個，而是顧嶼一接到狀紙，就讓人從城外義莊找來的老仵作。

老仵作驗完屍，便掀開臨時搭起的白布簾帳，走了出來。「大人在上，草民已驗過屍身，發現脖頸處與腰帶同狀的瘀痕並非致命之處，在瘀痕側面另有麻繩勒過的紅痕顯現，當為死因。屍身上無其他傷痕，指甲裡卻留有乾涸的皮肉，根據草民的經驗，應是被人殺害時反抗所留下的，不會有錯。」

顧嶼讓仵作退到一旁，看向徐小姐，說道：「徐氏，妳僱巧翠殺害嚴明生、錢慧夫婦在前，滅口巧翠在後，物證俱在，還有巧翠當初的口供作證，妳可有辯駁？」

徐小姐能無視所有人，可不知道為什麼顧嶼一開口，她就感到害怕。聽見顧嶼這句話，她頓時反應過來，尖聲喊冤。「我沒有殺巧翠，她是自盡的，她真的是自盡的！」

顧嶼一拍驚堂木，冷聲說道：「之前的仵作弄虛作假，如今罪證分明，本官稍後就會下令判那仵作入獄。那日值守大牢的衙役已在堂下招認，是徐府的管家藉口有事，將他調到別處，等他再回來的時候，巧翠已經死了。妳還有什麼話說？或者，要等本官派人去一趟徐府，把管家請來，讓管家和妳當面對質，妳才肯認罪？」

徐小姐拚命地搖頭，口中還在不斷地唸著嚴明生，然而已經於事無補。

顧嶼讓書吏取來筆錄，先在上面蓋下印章，才讓衙役拿給徐小姐簽字畫押。

徐小姐一把撕了遞到面前的那張紙，聲音尖銳。「不，我不認罪！我不畫押的話，這個案子就不能結！」

周仁「噗哧」一聲笑了，拍了兩下手裡的驚堂木，揚聲說道：「徐氏，妳學過大寧律沒有？沒有人證、物證或是在人證、物證缺一的情況下，犯人不認罪確實沒法結案，可要是人證、物證俱全，就算妳不認罪，案子也是可以結的。」

「揚州犯官徐景年之女僱凶殺人一案，人證、物證俱全，按大寧律，殺害兩條人命以上者，腰斬示眾。徐府管家替主行凶，罪在不赦，本案過後再行提審，如無疏漏，當判斬首。

此案結後，交由刑部審查，天子准批，秋後處決，退堂。」

徐小姐整個人愣住了，一點反應也沒有。

嚴夫人紅著眼眶，對著顧嶼離去的身影連連磕頭，磕得額頭青紫也不肯起身。

周仁不好去扶嚴夫人，便去追顧嶼，追到後堂，語氣裡帶著一點抱怨地說：「顧兄走得這麼快做什麼？嚴夫人要謝你，你理都不理她，這也太……」

方才堂上的筆錄一式兩份，一份被徐小姐給撕了，顧嶼只好在另一份上頭蓋了章，收攏起來，這才抬起頭，看了周仁一眼。「秉公決斷，無須言謝。徐景年留下的爛攤子這麼多，你要是閒得慌，就去整理封縣的卷宗。」

周仁頓時洩氣，假裝什麼都沒發生過似地退出後堂。臨出去前，忽然想起什麼，說道：「差點忘了，今兒個是七夕，顧兄你就別忙了，要不然嫂夫人該等急了的。」

顧嶼的手一頓，周仁也不知道他聽沒聽見，搖頭晃腦地走了。

周仁走後，顧嶼才發覺不知道什麼時候，手裡的毛筆已把眼前鋪好的宣紙暈染開一團污漬，形狀倒有些像是夫人臉上的胎記。

他微微地搖了搖頭，眼裡卻閃過些許柔和之色。

第二十二章 七夕

陳若弱自從聽了那官驛大夫的話，就認定自己肚子裡已有了和顧嶼的孩子。一早起來，她喜孜孜地叫來喜鵲和翠鶯，商量著要給未出世的孩子做一些衣裳。

喜鵲沒法子，只得幫陳若弱找來繡繃，從最簡單的繡紋開始教她刺繡，就這樣折騰好些時候，連午膳她都只是隨便吃了一些。

陳若弱一直都是個坐不住的人，這會兒卻忽然有了為人母的自覺，不僅學得十分認真，連坐姿都分外端莊。

翠鶯在邊上昧著良心，一個勁兒地直誇。「小姐這般努力，日後言傳身教，教出來的孩子一定像姑爺。」

陳若弱的嘴角忍不住往上翹，卻倏地想起什麼，掰著手指頭算道：「除了女紅，字也得多認一些才行，還有琴、棋、書、畫……書、畫先撇開不說，琴也不好學，那我就學下棋吧。總要多學幾樣東西，以後好教孩子。」

她正美滋滋地盤算著，忽而聽見一個小丫鬟前來通報，說周公子已回到官驛。她往窗外看了看，外頭的天還是亮的，心裡頓時就不怎麼高興了。「他怎麼這麼懶，聖上派來兩個人，就是讓他和夫君一起做事的，現在可好了，他天天把事情推給夫君做。下次他若再說要來蹭飯，我非拿棍子把他打出去不可！」

喜鵲和翠鶯在一旁憋著笑，陳若弱卻是氣鼓鼓的，連做女紅的心思都沒了。她把繡繃放下，賭氣地來回走上好幾步，忽然就說要去做晚飯。

兩個丫鬟都知道自家小姐的心思，無非就是想讓那位周公子饞一饞，頓時忍不住笑出聲來。

周仁的住處離陳若弱和顧嶼住的院子只有一牆之隔，離後廚也很近。陳若弱這兩天都沒做什麼大菜，這次她打定主意多做幾樣菜，就是要讓周仁聞到香氣卻吃不著，回來偷懶也不順心。

就香氣而言，冷菜不如熱菜，素菜不如葷菜，陳若弱首先要做的就是一道黃酒排骨。排骨還沒熟，黃酒和肉一起燉煮的香氣就順著鍋蓋的縫隙，絲絲縷縷地蔓延開來。

她搖了搖酒壺，發覺還剩下一大半的酒，目光又掃到案上整整半邊的豬肉，樂得瞇起眼睛。先將肥瘦均勻的五花肉塊切好，下水煮片刻後撈出，用剛從井裡打出來的涼水沖一遍；接著冷油熱鍋，下香料翻炒，再入蔥、薑、蒜爆香；最後將五花肉下鍋，加糖翻炒出誘人的糖色，不加水，直接把半壺黃酒倒進去，蓋上鍋蓋。

喜鵲和翠鶯一邊幫廚，一邊忍不住抽了抽鼻子，多聞幾下。

不知道是不是心理作用，陳若弱聞著肉香就有一種想吐的感覺，她當下越發覺得自己肯定是懷了身孕沒錯。

之前在西北時曾聽人說起過，有些婦人不知道自己有了身孕，還像平時一樣到田裡勞作，結果因為過於勞累而滑胎。陳若弱想著，頓時不敢再顛勺了，她讓喜鵲看著火，自己則找個地方坐著。

「唉，天都還沒黑，一會兒肉怕是要冷了……」陳若弱嘟囔一句，有些垂頭喪氣地說：「不知道他得忙到多晚才能回來，今兒個還是七夕呢。」

翠鶯笑嘻嘻地安慰她。「姑爺不是答應小姐要一起過七夕？姑爺那麼守信，一定不會忘記的。」

陳若弱聽見這話有些高興，卻又裝作不在意的樣子。「夫君有那麼多朝廷大事要忙，就算他真的不能回來陪我過七夕，也情有可原。」

喜鵲說道：「七夕一般是過晚上，大晚上的府衙裡能有什麼要緊事？」

陳若弱張口剛想說些什麼，就見一個丫鬟急急忙忙地跑了過來。「夫人，大人回來了，正在找您呢。」

外頭天光大亮，甚至還沒到黃昏，陳若弱本以為顧嶼不會太早回來，沒想到他竟記掛著他們的約定，她頓時笑逐顏開，飛快地提起裙襬跑了出去。

她跑到內院的時候，顧嶼正在房裡更衣，陳若弱才一推門就瞧見他只穿裡衣的模樣，頓時紅著臉把門關了回去。

以前在西北的時候，夏日酷熱，走在街上，入眼全是打著赤膊的西北漢子，她都不覺得有什麼。可換成自家夫君，他甚至連裡衣都還沒解開，怎麼就讓她這麼害羞呢？

顧嶼換好衣裳走出來，便瞧見陳若弱紅著一張臉，站在門邊上，他眉頭微微地挑一下。「怎麼了？」

陳若弱被嚇到，重重地「咳」了一聲，欲蓋彌彰地以平靜的語氣說道：「沒什麼。你今天怎麼這麼早回來？換了衣裳是要上哪兒去？」

「文卿不是答應過陪夫人，要一起去看七夕燈會的嗎？」顧嶼有些好笑地說道。

陳若弱「啊」了一聲，眼睛亮晶晶的，小聲地說道：「你的事情都辦完啦？」

顧嶼牽起她的手，笑道：「昨日夫人才勸文卿要勞逸結合，怎麼如今又催著我去忙公務？不過今日確實沒什麼事情。」

陳若弱心裡發甜，語氣也軟了。「那我也去換身衣裳。等等出門記得少帶點銀子，人多的地方偷兒也多，帶少一些，就算被偷了也不心疼。」

顧嶼笑眼彎彎地看她進屋換衣裳，他就這麼站在廊簷下等。

陳若弱急匆匆地換上一身蘇綢夏裳，綰了一個再普通不過的婦人頭，就提起裙襬，幾步小跑出來，開心地挽著顧嶼的胳膊。

「我問過紅仙了，她說七夕這天男男女女確實可以手挽著手出去玩，連那未婚的都可以，更不用說是咱們了。」陳若弱說著，飛快地抬眼看了一下顧嶼，見他面帶笑意，頓時放下了心，又說道：「燈會是在天黑以後，七夕節無宵禁，我想在外面多待一些時候。」

顧嶼點點頭，陳若弱更高興了。臨到出官驛的時候，周虎、周豹兩兄弟要跟上來，陳若弱猶豫了一下，看了看顧嶼，還是默許了，只是不讓他們靠得太近。

周虎、周豹也不在意，跟在離他們十步遠的後頭。

天還沒黑，外頭走動的人已經多了起來，到處都是小攤子，熱鬧極了。晚上要用的花燈也都已經掛好，桃紅柳綠的，看著分外討喜。

陳若弱不想走太多路，就拉著顧嶼來到一家臨街的酒樓裡，要了有窗的雅間。

「咱們先在這裡吃點東西，等到天黑以後，再下去逛逛，走累了就回去，不會逛太晚的，畢竟你明天還要辦案。」周虎、周豹兩兄弟就在門外，陳若弱把聲音壓得低低的，聽起來有些委屈。

顧嶼拉著她的手腕，把她帶進懷裡，靜靜地抱了她一會兒，說道：「真想把妳帶到府衙裡去，要是妳能坐在邊上，讓我時時刻刻看著就好了。」

陳若弱「噗哧」一聲笑了，她把臉頰貼到顧嶼的胸膛上，小聲地說：「那你就成昏官了呀，我不要這樣。我要你好好地做官，做個好官，讓百姓們稱道，幾百年後還尊你一聲『顧公』，給咱們倆立碑蓋廟。到時候，你的塑像拉著我的塑像的手，後世眾人只要看到，都會誇咱們感情好。」

顧嶼被她說得都笑了起來，陳若弱卻不覺得有什麼好笑的地方，還格外認真地暢想一番。「顧公不好，感覺還是像鎮國公那樣的名頭比較好，前朝有個李青天，你可以叫顧青天。」

「好了，顧青天也是要陪夫人過七夕的。」顧嶼拍了拍她的頭，打斷她的暢想，帶她走到窗邊。

夕陽的餘暉透過窗戶灑了進來，落在兩人的臉上，入眼是連綿的晚霞，夕陽漫天，眼裡似乎也被灑落一點金光。

陳若弱眨了眨眼睛，又眨了眨眼睛，不知道為什麼，這一刻她覺得心裡很寧靜，沒有半點煩惱，整個世界就只剩下她和身邊之人所站的這一方小天地。

顧嶼嘆了一口氣。「夕陽之美，日日循環往復，平時卻總靜不下心來去看，等到年紀大了，才知道自己錯過多少風景。」

明明是個二十來歲的年輕人，話卻說得老氣橫秋，可陳若弱竟不覺得有什麼不對勁。從她婚後，她就發覺自家這個夫君和旁人不同，就像個年輕的老頭子一樣。

她把頭靠在他的肩膀上，閉上了眼睛。「日子還長著呢，以後咱們慢慢看就是了。」

顧嶼沒再說話，而是輕輕地撫摸著她的髮，夕陽柔柔地落在兩人身上，也灑滿整個揚州城的街道，然而路上行人匆匆，極少有人抬頭看上一眼。

夕陽過後，天就黑得很快了，陳若弱沒什麼心思吃東西，每過一小會兒，她就偷偷地往窗外看。

顧嶼瞧見，忍不住笑了笑，隨即帶上周虎、周豹，和她一起出了酒樓。

天剛擦黑，街道上的花燈就都點了起來，姹紫嫣紅，把地面照得亮亮的。

路上的人很多，幾乎都是男女成雙，有的並肩走著，隔一點距離，有的手牽著手，還有的索性一前一後地走著，也有夫妻兩人帶著孩子和僕從的，不過多半都是年輕夫妻。

陳若弱剛想去牽顧嶼的手，她的手就被攏進一個溫熱的掌心裡。她抬頭看向顧嶼，顧嶼也正好低下頭看她，兩人對視一眼，陳若弱有些不好意思，顧嶼卻笑了。

「先去買兩盞花燈吧，我看旁人都是這麼做的。」陳若弱低咳一聲，假裝看向別處。

顧嶼寵溺地微微一笑，牽著她來到一處賣花燈的小攤前。

街上攤子賣的花燈樣式都差不多，但陳若弱卻沒怎麼見過，她好奇地看看這個兔子燈，又看看那個荷花燈，只覺得哪個都漂亮、哪個都喜歡，眼睛都要挑花了。

顧嶼見狀，含笑取過兩盞並排放著的並蒂蓮，把其中一盞遞給她。「同心芙蓉，並蒂鴛鴦，今天是個喜慶的日子，不如做一回俗氣人，討個彩頭。」

陳若弱紅著臉瞪他一眼，手底下卻是一點都不耽誤，飛快地把並蒂蓮花燈接過去，還不忘說道：「我這一盞並蒂，你那一盞也是，可不是和你並的蒂呢！」

顧嶼沒說話，只是看著她笑，和平時無論待誰都一樣的溫和不同，他看她的眼神裡，是一生只有一次的真心。

七夕燈會，有情人相聚，並蒂蓮的花燈寓意最好，賣得也最緊俏，顧嶼和陳若弱手裡的一對就是這攤子上最後的存貨了。聽見後頭沒買到的姑娘唉聲嘆氣，陳若弱頓時覺得自己像占了什麼便宜似地，不禁有些不好意思地拉起顧嶼就走。

起初她還有些不自在，可在見到周遭都是男女成雙，像他們這樣牽著手走路的還算是中規中矩，有的甚至直接摟摟抱抱起來，看得人臉紅心跳，卻讓陳若弱安下心來，拉著顧嶼的手也更緊了一些。

「都說京城民風開放，依我看還不如江淮，我可沒在京城看過這樣的花燈會，也沒有這麼多……」陳若弱說著，有些好奇地看向路邊好幾對顯然是未婚男女，但一眼看著就知道感情很好的情人。

顧嶼替她攏了攏髮絲，初入秋的天氣，尚算暖熱，他的手也是溫熱的。

陳若弱回過神來，彎了彎眼睛，小聲又自嘲地說道：「如果你在婚前見過我，咱們可能就沒有以後了。」

顧嶼笑著搖搖頭。「這世上美貌的女子宛若過江之鯽，只有夫人的容貌能讓文卿念念不忘。」

陳若弱起先以為他是在說笑，可當她氣急了抬起頭，卻對上他認真的眸子，撞見他眼神中的溫柔，頓時吶吶地說不出話來，只能低下頭去，一張臉瞬間羞紅了。

兩人就這樣在熱鬧的街市上手牽手走著，兩盞並蒂蓮照著前行的路。

前頭忽然響起一陣陣的笑鬧聲，陳若弱聽見，好奇地指著前面說道：「那裡好像很熱鬧，咱們過去看看。」

顧嶼點點頭，才走幾步，只見前面已經圍滿了人，再也擠不進去。

陳若弱眨眨眼睛，要是只有她自己一個人，怎麼著也要擠進去，可看著一身貴氣的顧大公子，她完全想像不出他滿頭大汗、擠在人群裡的樣子。

「其實我也不是很想去看熱鬧，太多人，也太擠……」陳若弱話還沒說完，顧嶼就笑了笑，看向身後。

比周遭的人至少要高出一個頭的周虎、周豹兩兄弟大步走過來，對顧嶼抱了個拳，隨即一人一邊，硬生生地撥開人群，為他們撥出一條道來。

人群中央是一處臨時搭建的臺子，兩邊掛著紅燈籠串，迎風搖擺，臺上鋪著西域的紅氈子，幾個西域客商打扮的人在臺上載歌載舞，臺下還有好幾個人吹拉彈唱著不知道哪個地方的曲子，瞧著好不熱鬧。

「是賣首飾的。」顧嶼忽然開口道。

陳若弱這才順著他的視線看去，果然見臺子邊上放著一張案桌，上面鋪滿各色金銀寶石做成的首飾，很有異域風格，用料不算昂貴，看著卻十分精巧奪目。

陳若弱的視線當即就被擺在案桌正中央、一對漂亮的紅寶石給吸引了，那對寶石看上去毫無雕琢，卻難得是一模一樣的大小，在燈火映照下熠熠生輝。

顧嶼看她一眼，說道：「我出來時身上帶了銀票。」

「不是讓你少帶點銀子的嗎？」陳若弱的思緒頓時從寶石身上拉回來，看向顧嶼，急忙說道：「你帶了多少？放在哪兒了？千萬得藏好，別讓偷兒給摸走。」

顧嶼早已習慣她這般大驚小怪的性格，這會兒只覺得好笑，拍了拍她的頭，說道：「放在身上也得擔心，倒不如花了，妳在這裡等我一會兒。」

陳若弱這才反應過來，顧嶼剛才說那話的意思，是要給她買首飾。她的視線忍不住又朝那對紅寶石瞟了瞟，嘴上卻是違心地說道：「怎好買那麼貴的東西，不要了吧……」

顧嶼一挑眉頭。「那就算了。」

陳若弱愣怔一下，隨即見到顧嶼臉上忍笑的樣子，頓時明白過來，氣得要打他。

顧嶼哈哈大笑起來，連聲告饒，又作了個揖，便上前去買首飾。

陳若弱氣鼓鼓地看著他，轉身就往人群裡走，不想等他了。

周虎看了周豹一眼，周豹立刻點點頭，跟了上去，怕陳若弱一個人會遇到危險。

可周家兩兄弟沒想到的是，她只是轉身走了兩步，就停下步子，扭過頭來看一眼正在買首飾的顧嶼，很明顯氣已經消了不少。

陳若弱看一眼顧嶼，便消一點氣，再看一眼顧嶼，又消一點氣，等到他買好東西走過來的時候，她心中的氣已經都消了個乾淨。她喜孜孜地接過木盒，連聲問他花多少錢買的。

在京城內，西域的東西並不貴，但專程運到江淮來賣，還趕在七夕佳節擺下引人目光的歌舞臺子，為的就是可觀的利潤。何況這對紅寶石本身就價值不菲，顧嶼所帶的一千兩銀票，正好花了個乾淨。

一聽陳若弱問起，顧嶼臉色絲毫不變地說道：「一百兩。」

「一百兩啊……還可以。」陳若弱鬆了一口氣，又說道：「西域的東西其實便宜得很，尤其是各種寶石，西域的商人最喜歡用寶石來換咱們的絲綢和茶葉。可惜茶葉不准私賣，絲綢還好一些，兩疋杭綢就能換一車的西域琉璃呢。」

顧嶼笑了笑，說道：「聖上下旨命朝中和西域諸國通商，是極其英明睿智之舉，以己所不需，換彼所不需，失者不多，可得真金白銀，互貿往來，又熟地形。」

陳若弱一心看著盒子裡的寶石，聞言只是點點頭，忽然間她冷不防地被人撞了一下，手裡的盒子一鬆，兩顆紅寶石便一前一後地滾落到地上，她嚇得大叫一聲。

就在此時，一道瘦小的身影迅速地竄過來，撿起其中一顆紅寶石，另外一顆滾得實在太遠，瘦小身影只是停頓一下，就馬上擠開人群跑了。

周豹旋即衝過去，抬腳一踢，滾遠的那顆紅寶石就飛了起來，直砸瘦小身影的腿彎。

周豹的力道很大，紅寶石的硬度和石子也沒什麼區別，那瘦小的身影被猛然一砸，頓時失去平衡，撲跪在地上，手裡的紅寶石也滾到了一邊。

乾瘦的小手正要去撿，一隻穿著布鞋的腳已經踏在紅寶石邊上。周虎撿起兩顆紅寶石，交給追趕過來的陳若弱，然後用一隻手拎起地上瘦小的身影。

周圍的人起先都被驚住了，等到看清周虎手裡拎著的人，不禁更加驚訝。

「這才多大的孩子啊……」

「小小年紀不學好，居然搶東西。」

「哎！別這麼拎孩子啊，要是勒壞了，人家爹娘還有理呢！」

陳若弱也被這小扒手的年紀嚇一大跳，那明明只是個六、七歲的孩子，和顧明英差不多大，卻瘦得多，露在外面的手腳幾乎就是皮包骨頭。那孩子似乎害怕得緊，濕漉漉的眼睛微微發紅，上下牙齒不住地打架。

見孩子這個樣子，陳若弱有些心軟，語氣放輕了些，儘量不露出太多責備的意思，問道：「你家裡人呢？我讓人送你回去，下次別再這樣了。」

孩子的眼睛閃起一道亮光，但隨即有些洩氣地用不甚流利的官話，結結巴巴地說道：「我、我家在東南巷，姊姊……妳、妳是個好人。」

陳若弱看他一身破爛衣裳，腳上甚至沒穿鞋子，心頓時更軟了，但還是板著臉說道：「我不和你計較，不是因為我人好，而是因為你是個小孩子，但你要是一直偷搶下去，總有一天長大了，會被人活活打死的。你知錯就得改，知道了嗎？」

孩子的臉上泛起紅潮，小聲地說道：「知道。」

陳若弱點了點頭，讓周虎把孩子送回去，她又看一眼瘦小髒污的孩子，壓低聲音對周虎道：「你跟著他去看看，我總覺得有些不對勁。」

她是見過難民的，吃都吃不飽，自然不可能講究穿著，和這孩子的模樣很像，但他又說家是在城中的巷子裡，那顯然不會窮到連給孩子做一身衣裳、鞋子的錢都沒有，就算是真的很窮的人家，也是寧願自己沒衣裳穿，都要給孩子穿戴整齊的。

顧嶼來到她身後，剛好聽見這話，他原本也想要這樣說，不禁彎了彎嘴角。

他的目光轉而落在孩子身上，眼神微微地發冷，似乎透過這個瘦小的身影，看到了一些別的什麼。

陳若弱一回過身，就見他正在思考什麼的樣子，不禁氣鼓鼓地拉了拉他的手。

顧嶼從思緒中反應過來，含笑握住她的手，眼神也從臘月寒冰化成三月桃花回春暖。

陳若弱瞧見他這般神情，再度不爭氣地紅了臉。

第二十三章　王秋

周虎跟在孩子身後，他是探子出身，隱匿功夫足以和他的身手相媲美，就算是跟蹤一群練家子，都不大可能被發現，更別提一個小孩子了。

早在來揚州城的第一天，他就和周豹輪班，兩人都熟悉了一下揚州城的地形，雖然還有些地方摸不大明白，但大致上還是清楚的。他發覺孩子確實是朝東南巷的方向走，不禁瞇了瞇眼睛，繼續悄悄地跟在後頭。

乾瘦孩子快到巷子口前，停下步子，從路邊撿起一塊石頭，稚嫩小臉上露出些許害怕的神色，但還是堅定地咬緊牙關，拿著石頭往自己臉上砸。一個人自殘的時候，平時哪怕有十分力氣，也發揮不出五成來，但孩子的動作卻十足俐落。

周虎擰著眉頭看孩子把自己砸得鼻青臉腫，等摸到臉上未乾的血跡，那孩子才齜牙咧嘴地露出一個笑容。

他的心裡忽然升起一絲怪異的感覺，看著孩子故意裝作一瘸一拐的腳步進了東南巷，想也沒想，他動作輕巧地翻上一戶人家的屋頂，追著孩子的步子跟了上去。

東南巷裡大概有二十來戶人家，周虎本以為孩子穿著破爛，應是那幾戶草木瓦屋家的幼童，沒想到他竟直直朝最盡頭的紅木大門走去。他又疑心是這家僕從的兒子，但仍舊感到有一絲違和的地方，因此他隱匿在斜角處的屋頂上，瞇起眼看著孩子敲門。

孩子敲門的動靜不像僕從那般規矩，卻又不似主人家的孩子那般有底氣，輕輕的，像小貓撓著門。門很快就被打開了，簡直就像是有人在邊上等著似的。

門後是一個中年婦人，面相有些刻薄，一見孩子這副慘兮兮的模樣，粗眉馬上狠狠地擰起來，也不讓進門，就這麼堵在門邊惡聲惡氣地說道：「摸了幾條？」

孩子顫巍巍地從懷裡摸出一個破舊乾癟的錢袋子，裡頭只有一些散碎的銅錢。

中年婦人一見就氣壞了，一把拍掉錢袋，拎著孩子的耳朵低聲叫嚷起來。「老娘是讓你這小畜生去摸，沒讓你去討，今兒個街上那麼多人，你是不想摸還是摸不著？不當扒手，你是想像狗三兒那樣？」

顯然「狗三兒」這個名字充滿威懾力，孩子被嚇得抖了抖，用顫抖的鼻音哼道：「我再也不敢了……」

中年婦人指著巷子外頭。「趁著燈會還沒散，你給我去摸至少兩袋回來，不然……信不信我把你妹妹送到李大官人府上的後廚去！」

孩子頓時白了臉，連連磕頭，一轉身就朝著巷子外面跑去。

周虎隱匿在屋頂上，把這一幕看得真切，他瞇起眼睛，又閃身到那紅木大門的屋頂上，把裡面的布局看了個清楚，隨即轉身離開。

陳若弱嘴上說著要在外面多待一會兒，可到底心疼顧嶼的身子，怕他睡少了，第二天沒有精力查案，因此過沒多久，她就藉口腳走疼了要回去。

她的心思在顧嶼看來，就如同琉璃般通透可愛，但他卻沒有說破的意思，只是順著她的話點點頭，便一起照原路折返回去。

花燈的光亮照在漆黑的地面上，顯現出一雙人影，暖意融融。

周豹不遠不近地跟在後頭，明明距離沒怎麼變，他卻莫名升起離自家一對主子很遠、很遠的錯覺。

他們並沒有花太長時間，就走回到官驛，不過東南巷離官驛更近，陳若弱以為周虎早該回來了，一問之下才知道還沒有，不禁有些奇怪。

顧嶼像是猜到了什麼，只是對她道：「天色也晚了，就算真有什麼案子發生，也得等天亮才處理，妳就別擔心太多，快去睡吧。」

陳若弱點點頭。「那你不睡嗎？」

顧嶼剛要回答，就聽外頭丫鬟通報，說是周虎回來了，還帶著一個髒兮兮孩子。陳若弱顧不上多問，連忙讓他們進來。

周虎拎著王秋進來，陳若弱一眼就認出來是剛才在路上搶她東西的孩子，忍不住開口問道：「周虎，你怎麼把他帶回來了？難道他父母不在家嗎？」

「回夫人的話，還是讓這孩子自己解釋吧。」周虎看了王秋一眼，見陳若弱的視線不住地落在他臉上的傷痕，又道：「這些傷是他自己弄出來的，我方才檢查過，沒傷到骨頭，都只是皮外傷，養幾天就好了。」

陳若弱鬆一口氣，讓喜鵲去取藥膏來，她則半蹲下來摸了摸王秋的頭，問道：「你怎麼把自己弄成這樣？你爹、你娘呢？怎麼就這樣跟著一個生人走？」

王秋怯怯地看了她一眼，又抬頭看了看面相凶惡的周虎，瑟縮一下，不敢對上陳若弱的眼睛，小聲地說道：「我跟我妹妹是被賣到朱大家的，朱大說會讓咱們吃飽肚子，還要供我上學堂。可是沒過多久，朱大就讓咱們去偷東西，要是沒偷到，還不讓咱們吃飯。」

陳若弱猶豫一下，看了看顧嶼，說道：「這是不是也是一樁案子？」

顧嶼的目光落在王秋身上，眉頭微微地舒展開來，順著陳若弱摸過的地方，也摸了摸王秋的頭，並沒有回答她的話，反而答非所問地說：「你先留下來吧。你妹妹那邊，暫時不用擔心。」

王秋機靈得很，一聽這話就知道自己和妹妹有救了，跪地連連磕頭。

陳若弱看他一臉的傷，想把他扶起來，卻沒拉得住，只見他恭恭敬敬地對著顧嶼磕了三下頭，又朝著她也磕了三個頭，再抬起頭的時候，那額頭上已落下一小塊紅色。

見喜鵲已取來藥膏，陳若弱連忙讓喜鵲和翠鶯帶著王秋下去上藥。

回到房裡後，陳若弱面色愁苦地抱住顧嶼的腰，嘆著氣說道：「這天底下，怎麼就有那麼多讓人難受的事呢？」

顧嶼拍了拍她的頭，想要安慰幾句，卻又不知從何安慰起。世道本就不公平，聖人說眾生平等，可事實上，人生來就有差異，有人出身顯貴，注定一世安樂無憂；有人窮困潦倒，只能為五斗米折腰；還有的人半生富貴、半生窮苦。其中真正有能力改變自己命運的人，總是在少數，這世上大多數人都是逆來順受、安於現狀的。

陳若弱也只是一時感慨，很快就恢復過來，見顧嶼露出沈思的模樣，她反倒有些好笑地抬手在他眼前晃了晃，說道：「這是入魔了？你方才說過，再大的案子也得等到明天，你總不能大半夜的開堂去吧？還是早點歇息。」

「讓夫人擔心了。」顧嶼回過神來，一把握住陳若弱的手。他的語氣很溫柔，聽上去並沒有要出門的意思，陳若弱也就鬆了一口氣，拉著他進到裡間。

初秋的夜晚比起夏夜涼爽不少，床底下的冰盆撤了有好幾天，原本水涼的絲綢薄被也換成細棉紡的內裡，蓋著一樣輕薄，卻多了幾分溫暖。

床榻上的枕頭邊，放著好幾本已經讀完的話本，陳若弱見顧嶼正要翻開新的話本，連忙按住他。「不讀了、不讀了，都這麼晚了，要是再唸幾回話本，你還要不要睡了？去洗漱一下，咱們一起睡個好覺。」

顧嶼很少反駁陳若弱的意見，聞言也就笑了笑，放下話本去洗漱。

陳若弱坐在床沿，把讀過的話本整理一下，她的手按在顧嶼給她讀的第一冊話本上，不禁想起那話本裡的最後一句話。

不過一老婦醉後自語也，不足信，又堪憐，記此於春日，不念雪嫣。

她忽然發覺這話有些其他的意思，愣了一下，她把那話本收到最底下，搬回書桌上。

顧嶼洗漱完出來，倒是一眼就看到了被壓在最底下的那冊話本，也沒說什麼，幾步上前，替正在鋪床的陳若弱拉平被褥的縐角。

「以後別唸這些話本了，怪心酸的。」陳若弱一邊鋪床，一邊猶豫地小聲說道。

顧嶼有些驚奇地挑了挑眉，低聲笑道：「那個故事，王公子最後不是和丫鬟在一起了嗎？」

陳若弱氣鼓鼓地瞪他一眼，她當時沒怎麼聽懂，方才琢磨了一下，那結局明面上是在一起了，可瞧那最後一段話，哪裡是在一起，分明就是……壞得不能再壞的結局。

顧嶼見她生氣，連忙抱住她，溫聲安慰道：「好了，是我的錯，早知道不給妳唸最後一句，是我的錯。」

溫言軟語沖淡了悲慘的話本結局，陳若弱癟癟嘴，不再去想。她把顧嶼推到床榻上，這會兒已經很晚了，要是再不睡，早起時該頭疼了。

顧嶼坐在床沿更衣，他的動作不緊不慢，還有閒工夫時不時地抬頭，看著她坐在鏡子前卸首飾。婦人的首飾無非就是幾樣變換，頂多每日搭配不一樣，有些東西擺在盒子裡好看，可戴到人身上就不那麼漂亮了，因此陳若弱常戴的首飾他都見過。

剛才在燈會上買的紅寶石硬度不錯，經過一番折騰也沒磕壞，陳若弱就著最近的燭光看了看，在燈火映照下，紅寶石透著明亮的光澤，就像是天上的紅霞，一看就價值不菲。她覺得花那一百兩銀子肯定是值得的，便開心地將兩顆紅寶石收到首飾盒底下的單層小隔間裡。

「這寶石好歸好，可惜就是大了點，做成耳環嫌墜耳朵，做成對釵又挑樣式，樣式若差了，戴著平白老了好幾歲，而且現在誰還戴對釵，都是戴單釵呢。」明明說話時是發愁的語氣，可看她那樣子，倒不像是不喜歡。

顧嶼掀開外側的被褥，聞言笑了。「放著吧，等明日我再給妳描個樣式。」

陳若弱有些驚奇地半轉過身看向顧嶼。「你還會畫畫？」

顧嶼挑了一下眉頭，披衣下床，走到鏡前，取了陳若弱的石黛。內間裡沒有紙，他噙著笑，拉過陳若弱的手，在她玉白的手腕上細細描上幾筆。

石黛偏硬，痕跡卻是很清晰，顧嶼下筆的動作也很輕，陳若弱不覺得疼，就是有點癢，不過她忍住了。她的眼睛亮晶晶地看著在自己手腕上逐漸成形的花釵圖樣，明明只是簡單的黛色，卻繪出一幅光彩奪目的畫面。

靠近手掌的腕部先落下幾點桃花苞，隨後就是一朵一朵姿態各異的桃花綻放開去，正中央兩朵盛放的桃花，正好可以鑲嵌進兩顆紅寶石，釵身極為巧妙地錯落開來，就像一根桃花枝，尾端延伸，似是被人攀折後的尖銳棱角。

顧嶼畫得認真，但終究不過是一支釵的樣式，不多時他就放下石黛。

陳若弱忍不住讚嘆道：「幸虧你生在公侯家，不然真是要逼死做首飾的匠人了。」

「這不過是個草圖，釵身架構也有講究的，裡面鏤空和藏金線的位置還沒想好，真正的匠人能做得比我好多了，只是要花些心思。」顧嶼揉了揉陳若弱的腦袋，語氣溫柔地說。

陳若弱被他的眼神看得心裡慌慌的，卻又移不開視線，只能輕咳一聲，裝作不在意地說道：「好了，趕緊睡吧，明天還有案子要辦呢。」

顧嶼含笑看著她慌慌張張地去洗漱，伸手要替她把首飾盒放好，目光卻落在最上面的幾只玉鐲上。他的眼睛微微瞇了一下，語氣淡淡地說道：「妳少的那只玉鐲，尚家給送回來了，來淮南時趕得急，忘了給妳，等回到京城，妳記得提醒我一下。」

陳若弱剛洗漱完，就聽見這話，她點了一下頭才反應過來。「尚家？是你表妹的那個尚家？這鐲子……」她說著，忽然有些心虛起來，那天她也是氣得失了體統。

顧峻雖然不是姑娘家，卻也得好好維護清譽，再說顧家又是那種娶進門就一輩子的門風，若顧峻和那個尚家姑娘兩情相悅就罷了，可顯然是那尚家姑娘不滿家裡定下的婚事，想找個腦子笨的賴上，她當時會給尚家姑娘好臉色看才怪。

那時候與尚家姑娘在拉扯中，弄掉了一只鐲子，她沒有要回來，也是想說好歹保全一下尚家姑娘的臉面，沒想到尚家姑娘還會把鐲子送回來。

顧嶼「嗯」了一聲，卻沒有再往下說的意思，他把手裡的首飾盒蓋上，放到鏡子前。

陳若弱沒再問下去，她脫下外衣，便拉著顧嶼到床榻上，兩人一同睡下。

周仁見昨日才判的案子，顧嶼就讓人連夜派快馬報上京城，而今日便打算審徐府管家，顯然是想從這件案子刨根問底，帶出徐景年這條大魚，治徐景年一個貪贓枉法之罪。

摸清顧嶼的打算，周仁的心裡就有底了，他在揚州認識的人不多，但好在有父輩的一層關係在。所謂相府門生，整個淮南道的官員，至少有十分之三都得和他稱兄道弟，就連更親近一些的門客也有，只是他性子一向謹慎，事情也不是他主管，不到最後，他打定主意不會去掀自己的底牌。

有了昨日的前車之鑑，顧嶼再次開堂審案的時候，問話就容易得多了。

揚州府衙裡的獄卒早已全部換成趙狄手底下的廂軍，徐府的老管家被關上一夜，和徐景年分兩頭關押，重重把守之下，別說被人暗害，就是想要自盡都沒那麼容易。

只是無論顧嶼怎麼問，老管家都一口咬定是自己下的手，說自己和獄卒熟識，想放人進去殺巧翠再偽造成自盡，那是再容易不過的事。

如果按這份口供來看，至多只能判徐小姐和這個老管家的罪，徐景年不過就是個徇私瀆職。

顧嶼的神色並沒有什麼變化，反倒是點點頭，命書吏把老管家交代的口供抄作一式兩份，再給老管家認罪畫押。

老管家畫押的時候，還格外懷疑地看了看坐在上首的年輕欽差。

顧嶼沒有看老管家，直接宣佈退堂。

周仁一直掛在臉上的笑，瞬間垮下。到了後堂，他見顧嶼正在認真地整理方才的案卷，不禁著急地說：「顧兄，你到底是怎麼想的？這個案子有這麼大的漏洞，不是正好可以把徐景年給辦了？你現在可是押走整個揚州府衙的官員，沒有罪名，你能關他們多長時間？你這是把你的腦袋、我的腦袋，都拴在了褲腰帶上，你知不知道？」

顧嶼給他的回應，只是微微地蹙了一下眉頭，似乎在嫌他吵。

周仁簡直快要氣瘋，在後堂裡走來走去，半晌，他稍微冷靜下來了，一抹臉，語氣儘量鎮靜地說：「顧兄，你是個聰明人，我周仁自認不如，可咱們一同來這淮南道辦案，就是一條船上的人，你究竟有什麼打算，總不能一直瞞著我，讓我急成這樣，咱們有商有量的難道不好嗎？」

「很多事情，多一個人知道，就多了一分暴露的風險。周兄自己都說了，咱們是一條船上的人，我總不會害自己。」顧嶼對周仁的話並不在意，看上去還是一副溫和的君子模樣。

周仁幾乎想要掐住顧嶼的脖子晃幾下，這話說得好聽，可到底還是不相信他。他從來沒這麼憋屈過，就好像面前的人是他父親那一輩似的，無論他怎麼無理取鬧，人家都拿他當孩子看。

顧嶼活了兩輩子，加起來也算有五、六十歲的了，就算元昭帝御駕在前，也升不起太多敬畏的心思，更何況是周仁這個稚嫩的年輕人。雖然口頭上稱兄道弟，但顧嶼確實沒有把他當成同輩人。

二十歲的年輕人是什麼樣子？年輕、衝動、壓不住性子，老成謹慎都是做給人看的，他若是真把自己的打算對周仁和盤托出，以周餘的精明，只要看一眼周仁的表情不對勁，就會升起十二萬分的提防，到時候他再想做些什麼都不可能了。

周仁又急又氣，卻實在拿顧嶼沒法子，只得氣沖沖地出了後堂，沒想到正巧撞上前來探看的周餘，也沒給周餘什麼好臉色看，只是象徵性地寒暄幾句，就憋著一口氣離開了。

顧嶼聽到通報並不意外，他幾步迎到後堂門檻處，和周餘見過禮後，才三請四讓地把周餘請到上首正座，自己則在下首坐下。

周餘端著架子，抿了一口茶，見鎮國公府的世子竟對自己這般禮遇，心中得到不小的滿足。等享受夠了，這才慢悠悠地問道：「方才我見周副使面帶怒容離開，可是和世子發生什麼矛盾？」

顧嶼溫和地笑了。「開餘兄原以為本官要把今日的案子，當作查辦徐景年的切入口，沒想到本官卻是草草結案，故而有些急了。」

「周副使還是太年輕，性子沒有世子沈穩吶。」周餘放下手裡的茶盞，捋了捋鬍子，一派長輩口吻說道。

顧嶼笑道：「周家一貫是聖上耳目，偏向太子，並不知道顧家同大人的這層關係，又擔心本官找不到證據指認徐景年，自然心急。卻不知強龍不壓地頭蛇，想辦徐景年，還是得從大人這裡找出路。」

周餘大笑，末了，從袖袋裡取出一個厚實的信封放在桌上，想了想，似乎又覺得有些不妥，道：「這裡頭的東西明面上做得乾淨，可禁不住細查，我這些天讓人加緊處理，世子先拿著辦案，稍微拖延一、兩個月就夠了。」

顧嶼端正神色，點了點頭。

周餘走後，顧嶼坐回上首，拆開桌上的信封，只是隨意地看了幾眼，就又放回去。他雖然可以說出去年一年自淮南道送往京城的錢財數目，以取得周餘初步的信任，可到底只是空口白話，在還沒有和京城那邊的人通過氣之前，周餘嘴上說會幫他，但絕不可能拿出什麼真憑實據來。

官場上的試探總是十分謹慎，這信封裡的東西，有九成確實是徐景年及一些無關棋子的罪證，而周餘所說的一、兩個月時間，實際上是和京城聯繫上的時間。

顧嶼並不在意周餘的不信任，他要的也就是這一、兩個月時間的緩衝，周餘的人再快，也快不過他下揚州之前就已經為了周餘在京城埋下的暗線，從揚州到京城一來一回的時間差，已足夠他做完想做的所有事情。

收好信封，外間天光正亮，臨近正午時分，顧嶼想了想，讓人把周虎連帶著昨夜救下的那個孩子叫過來。

王秋擔驚受怕一整晚，周家兩兄弟又都是半天放不出一個屁的悶葫蘆，至多生硬地安撫幾聲，因而此時王秋眼底下烏黑一片，見顧嶼一身官服地坐在衙門大堂，更是手軟、腳軟，撲通一聲就跪倒在地上。

顧嶼搖頭道：「你年紀尚小，不必拘泥，起身吧。把你在買主家經歷過的事細講一遍，尤其是指使你們盜竊一事。」

王秋面上帶怯，周虎給了他一個鼓勵的眼神，只是周虎一臉煞氣，看著卻像是在恐嚇人似的。

王秋小肩膀抖了抖，意外的是他居然真鎮靜下來了，他行了一個也不知道從哪裡學來的拜官禮，重重地磕一個頭，才開口道：「是，大人。我家是揚州城外山寧鎮上的，去年家裡預備在年底宰的牛，被官府收去了，家裡還欠著錢，我娘就作主把我和妹妹賣到城裡，說等家裡寬裕一些再把咱們贖回去。」

王秋老老實實地說著，連抬頭看一眼顧嶼的表情都不敢。幼童的邏輯很多時候是不甚清晰的，但他吃了一年多的苦，倒比剛進城的時候機靈許多，交代完前因，他用髒兮兮的袖子抹了抹眼淚，才咬牙叫嚷起來。「可本來說好的是讓咱們幹活，到了地方才知道是要讓咱們去當偷兒和叫花子的。狗三兒家裡出過讀書人，怎麼也不肯去偷，他們、他們就把他的腿砍掉，割了舌頭，丟到街上去討錢……」

周虎的眉頭忍不住動了動，他在戰場上幾經生死，見過的血腥場面數不勝數，卻從來也沒想過，在這太平盛世的大寧，竟會發生這種事情。他來到淮南道之後，反倒比以前見識得更多了。

顧嶼的目光落在王秋身上，等到王秋哭完了，才接著問道：「如此你便是原告，可有信心說服和你有相同經歷的幼童作為人證，告這些人一樁死罪？」

王秋抖得更厲害了，只是聽顧嶼的聲音四平八穩，似乎一個「死」字從顧嶼嘴裡說出來之後，就沒什麼大不了的，就像是說書人嘴裡那威風八面的官老爺。

他悄悄地抬起一點眼皮，只見顧嶼面容平靜，明明是一副年輕俊美的容貌，卻一點也不顯得膚淺輕薄，反倒從內而外透著一股清貴的官威。顧嶼的眉眼間一直帶著深刻的冷意，王秋卻忽然不怎麼害怕了，他見過廟裡的青天大老爺，也是這個樣子的。

「狗三兒無法作證了，不過後院裡的那些孩子，肯定都想出來！就算他們不敢作證，也還有我妹妹呢……」

顧嶼對他點點頭，目光落在周虎身上。

周虎反應過來，上前一步抱拳，等候命令。

顧嶼隨即道：「從趙校尉那裡調一百個人，帶上王秋，去東南巷把被告一眾押進大牢，孩子們也全帶回安置，過午之前本官要見到你們回來。」

周虎連忙應下。好在昨天已經去踩過一回點，這會兒路況都銘記於心，把王秋帶回來的時候，也很小心地避開所有人的耳目，並沒有打草驚蛇，如今去抓人想來挺容易的。

第二十四章 老巢

直到出了揚州府衙，王秋才反應過來，頓時又是興奮、又是驚奇，他帶著十二萬分的憧憬，時不時回頭看一看揚州府衙的方向，甚至看著周虎也不覺得有多可怕了，他緊緊地貼在周虎的腿邊。

「沒什麼可怕的。」先去向趙校尉調來一百廂軍後，周虎忽然說道。

王秋抬起臉龐，他的眼睛亮晶晶的，卻和尋常孩童的天真單純不大像，周虎認為這是他吃了很多苦的結果，心裡不由得軟了下來，抬手拍一拍他的腦袋。

王秋受寵若驚，忽然又想起什麼，怯生生地小聲問道：「虎叔，大人讓過午之前回來，要是遲了，會怎麼樣啊？」

周虎面上沒什麼表情，卻十分耐心地給他解釋了。「遲早與否沒有多大關係，大人只是習慣把所有的事情規劃好，每日解決若干問題，這次應該是過午之後就準備開堂審案，所以才讓咱們儘快把人抓回去。」

王秋聽得張大了嘴巴，他雖然沒有認識什麼官，但就算是他自己幹活的時候，也不會這麼勤快，難道官老爺不該過得更舒適恣意的嗎？

只是還沒等王秋想出個所以然來，周虎的腳步一頓，東南巷到了。站在巷子口，一眼看到的就是朱家顯眼的大門。

王秋的腿有些發軟，周虎一手把他拎到身後，命兩個人將他護好，便上前敲了好幾下門。等上好一會兒也沒人理，周虎直接抬起腳，對著那扇紅木大門就是狠狠一踹。

周虎踹門的力道很大，就那麼一腳，看上去十分結實的紅木大門應聲而倒，隨之而來的就是一陣尖銳的慘叫聲。

這聲音熟悉得很，周虎連看都不用看，就知道被門砸到的正是昨晚把王秋趕出來的婦人。據王秋說，這婦人從夫姓朱，看上去一副慈眉善目的模樣，但其實後院裡的幼童大部分都是朱夫人從各地弄過來的，有的以收養為藉口，有的則是從一些孤兒多的村莊裡，用比牲畜牛羊還低的價格換到手的。

王秋起先嚇得臉都白了，等到看見周虎讓人綁起朱夫人，任由她扯著嗓子叫嚷，不知為何，他竟然連最後的一點畏懼之心也消失無蹤。看到周虎朝內院走，他連忙小跑步跟了上去。

東南巷本就是個不大的巷子，即便門面做得漂亮，也掩蓋不了這處房子就是一個關押幼童、買賣人口兼訓練扒手的地方，那主犯真正的住處，並不在這裡。

進內院之前，周虎就已做好心理準備，可在看到裡面的情況時，一顆心還是忍不住跳了好幾下。

入眼是一片亂糟糟的乾草，十幾個不滿十歲的幼童光著身子窩在裡面，不分男女，每個人的臉上、身上都帶著許許多多的鞭痕和燙傷，還有的傷口就算是周虎這個見慣殺戮的人，看了都覺觸目驚心。

這些幼童明明已經聽到外面的動靜，竟然連一個四下張望的都沒有，大部分人只是儘量地把身子往乾草堆裡縮，想要掩蓋一二。

周虎眉頭擰起，讓人去打開裡面的房間。

王秋跑得最快，他打開了其中一間房的門，房間裡面的環境比外面還要好一些，成排的木籠子上著鎖，有的是空的，有的裡頭窩著人。王秋愣住了，看向面前最近的一個木籠子，上面掛著一個小小的、磨得光亮的白色石牌。

這是關他妹妹的籠子，那個白色石牌他也認識，是代表「已售出」的意思。他不止一次看到過那些穿著華貴的人過來買人，起初他以為被那些人買走，就是去過好日子的，直到有一天聽朱大閒聊才知道，被挑來關在籠子裡的，都是那些富貴人家眼裡好吃的「肉鴿」。

旁邊的籠子裡關的是一個十來歲的小少年，瞧見跟著王秋一同進來的廂軍，不禁瑟縮一下，隔著籠子的縫隙拉了拉王秋的衣角，小聲地說道：「你妹妹昨天夜裡被朱大賣掉了，是吳官人親自來挑的，要你妹妹脖子上的肉給他娘做藥引……不過你別急，他帶走了兩個，還有一個新來的，也不一定會先吃你妹妹。」

王秋的眼睛都紅了，來回轉了好幾圈，一見周虎進來，他撲通一聲就跪下去，嘶聲哭叫起來，卻偏偏一句話都說不出來，只能不住地磕頭，磕得額頭都滲出血絲來，聲聲嗚咽。

周虎得知一切，帶著人趕到的時候，吳府的後廚正在備熱水。宰殺肉鴿是有忌諱的，須得正午時分當著太陽底下現殺，傳說如果不這樣做，就會招來肉鴿的陰魂不散。

吳府的大官人昨天半夜親自出門採買肉鴿，一是要做出個孝順的樣子來；二則是最近欽差南巡，裡裡外外風聲都緊，上頭三令五申讓停下這般污穢的買賣，沒人敢在風口浪尖上生事，要不是他親自前去，這朱大還真不敢賣。

事實上就算他親自過去，朱大也是磨磨唧唧了好長一段時間，一會兒說這些都是準備要訓練的好苗子，一會兒說風聲緊不敢做，最後定下一頭肉鴿二百兩銀子的價，才讓他把人給買了回去。

吳大官人心裡清楚得很，人肉做藥引還有可以說道的地方，非要人的脖頸肉就不大對勁了。他家老娘這是心疼大胖孫子好長時間沒吃上肉鴿，一天天地在家裡鬧騰，故意裝病給他瞧的，不過這也沒什麼，誰讓他有的是銀子。

周虎帶著人一進吳府，就被吳府的家丁和護院圍了個嚴實。自己帶著一百廂軍前來，卻沒想到一個舉人老爺家裡，竟然也能養上百十來號人，雙方僵持不下。周虎獨眼微眯，一把拔出腰間的佩刀，幾步上去就從護院裡揪出一個看起來像是領頭的人，把刀架在那個人的脖子上。

「老子奉欽差之命來找人，誰敢攔阻，等同抗旨不遵，老子一刀一個，不用賠命，還要受嘉獎！」周虎話說得凶悍，又一臉煞氣，吳府的護院們頓時有些卻步。

被周虎挾持的管事更是全身發抖，連聲說著「不敢」。

周虎用刀背拍了拍管事的臉，惡言惡語地說：「昨天你們家老爺從東南巷帶回來的兩個孩子呢？人在哪裡？」

管事愣了一下才想起來，昨天半夜老爺確實出去買了一對肉鴿回來，他怎麼也沒想到欽差派人上門，竟是為了兩個……他猛然想起什麼，硬生生地打了個激靈。肉鴿、肉鴿叫得多了，他已經完全忘記那是孩子，是人命！殺人犯法，得償命的。

周虎見他臉色陡然發白，懷疑這兩個孩子已經被殺，頓時面露凶光，大喝道：「帶我去找他們！」

管事的腿已經軟了，還是顫巍巍地給周虎指了路，只是周虎挾持著他還沒走出多遠，吳府的大官人就已經從內堂走出來，隔著一段距離，遠遠地說道：「不知欽差使者大駕光臨，有失遠迎。只是吳某怎麼說也是舉人之身，上吳某府邸，一言不合就刀劍相見，不成體統吧？」

周虎並沒有搭理吳大官人的意思，仍舊朝著後廚的方向走去，而周虎身後的廂軍們你看看我、我看看你，到底還是跟在周虎身後，一是校尉讓他們得聽從這位周大人的命令；二則他們都是有血性的年輕人，誰也不想眼睜睜地看著慘案發生。

吳大官人的臉上頓時露出怒意，幾步上前要阻攔周虎。方才一聽通報就知道不好，已讓人去後廚把人給藏起來，沒想到養了那麼多護院都是廢物，竟然連拖時間都不會。

身為軍中最好的探子，周虎只消打量一眼俘虜的行為舉止，就大概能推測出此人的身分地位、心虛與否，這會兒他見吳大官人朝他走來，頓時不著痕跡地看了看吳府的格局。說時遲、那時快，他一把將手裡拎著的管事往最近的吳府護院推了過去，旋身一撈，就將吳大官人反向鎖喉，拽進了懷裡。

「你們敢過來半步，老子一用勁就能擰斷吳大官人的脖子。想不想看看是你們的刀快，還是老子的手快？」

吳大官人塊頭高大，脖子也不算細，卻被他一隻手掐得嚴嚴實實，連話都說不出來，只能拚命地朝著護院擺手。

周虎拎著吳大官人，一路順順利利地來到後廚，他的速度實在太快，後廚來不及藏人，原先擺好要用來宰殺肉鴿的東西也才收了一半。他看了一眼被捆在邊角處的兩個孩子，對著手裡的吳大官人冷笑一聲。「洗乾淨脖子，等死吧！」

吳大官人面色如土。

派周虎去抓人的空檔，顧嶼磨墨提筆，親自替王秋寫了一份狀紙，估算著時間，周虎應該回來了，卻沒聽見通報，正有些疑心，只見外頭周豹氣喘吁吁地跑了進來，好半天都沒把話說完全，最後喘著氣、指著門口說道：「大人，您還是出去看看吧。」

顧嶼放下手裡的筆，起身跟著周虎走出後堂，才來到揚州府衙的外堂大院裡，就見周虎親自押著一個穿著綢緞衣裳的中年人，後頭的十來名廂軍則各押著被捆得嚴實的人，而邊上不遠處，還站著一大群披著廂軍外袍的孩童，最大的不超過十一、二歲，看人的目光有的是怯怯的，有的很麻木，露在外面的胳膊上都是傷，讓人看了於心不忍。

「主犯抓到了嗎？」顧嶼看向周虎，眉頭微微地挑起，他記得平民人家不能穿這樣制式的青綢，也就是說周虎押著的中年男人，至少該是有功名在身的人。

周虎就把自己今天的所見所聞，如實對顧嶼說一遍。

顧嶼順著周虎憎惡的視線看向吳大官人，點了點頭，說道：「你做得不錯。」

吳大官人被捆著手腳，卻還想維持一點體面，勉強開口對顧嶼說道：「這位應該就是欽差大人了。學生吳自道，是去歲的舉人，買賣幼童之事雖然不合法規，但至多處以罰金，學生並沒有要害他們性命的意思啊！」

顧嶼並不理他，看向緊緊拉著妹妹小手的王秋，道：「本官會讓人給你們在府衙裡安排住處，這些日子你們就先在衙門住下，等結案後，你們會得到一些補償，到時候是歸家還是另尋善堂，都隨你們。」

王秋拉著妹妹跪下，給顧嶼磕頭，周虎救出來的那些孩童一個個也跟著跪了下來，只是他們的年紀有大有小，大部分知道人事的是對著顧嶼跪，也有的是對著周虎跪，還有的是對著那些親手把他們救出來、給他們穿上衣裳的廂軍們跪。

顧嶼扶起王秋，語氣裡並沒有太多同情或是別的情緒，只是淡聲說道：「原告、被告都在，人證也齊全，直接開堂。」

揚州府衙裡的小吏，早已習慣了這位欽差大人的雷厲風行，聞言趕緊各自忙碌去。

而周仁帶著一肚子氣回到官驛，連屁股都還沒坐熱，又被府衙來人給請了回去，他一路上咬牙切齒，等來到公堂，接過顧嶼遞給他的狀紙一看，他整個人都沈默了下來。

書吏知道周仁是剛剛才從官驛趕過來的，趁著還沒開堂，趕緊壓低聲音給他解釋了剛才發生的事情。

周仁聽完，看了看坐在堂上的顧嶼，從前天到剛才，這個人已經接連處理了許多大小事，還辦了兩樁案子，幾乎別人一個月才能做完的分量，這個人沒幾天就全做完了，甚至還能抽空陪夫人去看了一場燈會，簡直就像個鐵打的人一樣。

他有時候覺得顧嶼這個人很聰明，又很蠢，明明有能力，卻一點都不懂得勞逸結合、張弛有度。可他現在忽然覺得，也許不是顧嶼不懂這些，只是顧嶼真的沒有辦法停下來而已。

蒼生皆苦，唯有前行。

顧嶼辦案的速度仍舊很快，吳大官人是個讀書人，口齒伶俐，因此他便先提審朱大一家。順著王秋的口供，他在朱大家裡找到了交易的憑證，再加上解救出來的孩童們也有相當大的一部分願意站出來作證，很快就確定了朱大一家連同僱傭的幾名夥計買賣人口和殺人的罪名。

吳大官人很能狡辯，但他府裡的人卻不是個個機靈，他把吳大官人放在一邊，數人分開審問，得來的口供經過幾次核對，不多時就問出了結果。

原來吳大官人膝下只得一子，自小體弱，後來就有一位大夫開了偏方，說用人肉做藥引，吃上幾年就能身體康健。吳大官人起初沒有那個膽子，後來漸漸地發覺不少大戶人家都會這麼做，猶豫再三，還是用了那個偏方。

說起來也是怪事，那吳小公子只是嚐過幾回人肉的滋味，就再也不愛吃別的肉。吳家老太太心疼金孫，最多的一陣子，吳小公子一個月就吃了四個人。

吳大官人從最初的戰戰兢兢到習慣，甚至有的時候見兒子吃人肉，自己也會跟著吃上幾塊，已經不怎麼把吃人當一回事，如今東窗事發，卻整個人都嚇傻了。

顧嶼把書吏記下的口供看了一遍，眉頭微微蹙起，但還是在底下蓋了印章。由於人證、物證齊全，並不需要吳大官人簽字畫押，他把口供收錄進卷宗裡，直接宣佈退堂。

無論看過幾次，周仁都忍不住在心裡感嘆，顧文卿這人不去大理寺專管審案，還真是糟蹋了。

根據朱大的口供，這些日子聽聞欽差來到揚州，上上下下的買賣都不敢多做，除了王秋這一類有軟肋在他們手底下的，朱大也不敢隨意把人放出去，卻沒想到只是貪那一點銀子，也被抓了個現行。

顧嶼並沒有和這些人多說的意思，他知道，有些人一旦跨過了為人的底線，就不能再用常人的標準衡量他們，買賣和宰殺人口在這些人眼中看來，大約是和殺豬宰羊差不多的勾當。

朝廷刑法對這種犯人的處罰，是非常嚴厲的，一般都是主犯凌遲、從犯腰斬，且遇赦不赦。難以界定的是吳大官人這樣的買主，如果按照正常的流程來看，殺害幼童的屠夫等同受僱殺人，吳大官人是僱凶者，大寧律規定受僱殺人者監二十年，僱凶者死，從犯及知情不報者監十年，遇赦可赦，但顧嶼認為，吃人也該是死罪。

大寧開國數代，律法大多和前朝相同，另依國情酌情修改過幾回，可無論前朝、後朝，都沒有在盛世之下，以吃人為樂的例子，也就無從判刑。

如今罪是定了，案子也結了，可顧嶼覺得，還有其他該做的事情。

周仁頭一次沒有和他抬槓，而是認真地分析道：「那朱大既然說揚州城裡吃人不是新鮮事，就說明吳自道不是個例，連根拔起尚不容易，何況要加重罪名。文卿兄，你初入仕途，假若一意孤行，日後少不得要落下一個酷吏的名聲。這件事不如交給我，等回京後我同家父商議，以家父的名義上奏，聖上也會重視，這樣一來，不是兩全其美嗎？」

顧嶼不過略一思量，便搖頭道：「此事不該由臣下上奏，應派人向太子殿下傳遞消息，一則殿下在其位，由他提出修改法案，無僭越之嫌；二則你我都是殿下臣子，越過殿下直奏御前，有搶功之疑。」

「文卿兄真是大才！」周仁茅塞頓開，忍不住高聲叫道，停頓片刻，他陡然反應過來，又驚又喜地看向顧嶼。「文卿兄這是、這是打算……歸向太子?!」

顧嶼卻沒有多說的意思了，他把方才的案卷及口供整理備份，就像是面前沒有周仁這個人似的。

揚州府衙累積下來的公文非常多，各縣的案卷有很多都是來時什麼樣、擺在那裡還是什麼樣，顧嶼幾乎要疑心徐景年打從調任揚州刺史以來，就沒做過一件正經事。

他讓人把積壓的案卷都搬了出來，按照罪狀和年分分門別類，就這麼處理了一整個下午的公文。

周豹站在邊上，想到來府衙前陳若弱的囑咐，幾次想提醒顧嶼去吃飯，可每次一開口，總會有幾個人對著他怒目而視，他也只好憋著不說。

揚州府衙的小吏們並不想讓人打斷這位新來的欽差大人審查案卷，他們從來都沒見過像如此行雲流水般的審案速度，再難斷的案子，欽差大人都能用對應的朝廷律例斷罪判刑。一般他們審查卷宗，都要對著成箱的大寧律翻閱上好半天，而欽差大人能做到這樣神速斷案，顯然是把整個大寧律全背下來了。

那可是足足長達三百四十二萬字的大寧律！即便是正經科舉出身的官員，也是劃重點背記，更多的還是在鑽研詩文，畢竟詩文只要過關，即便律法知識上有些不足，也不會妨礙科舉成績。這年頭肯認認真真在這些文人所不屑的老教條上下功夫的人，實在是太少了。就算有，也沒幾個人能做到像這樣全文背記，並活學現用到具體案情上，而且速度還這麼快！

小吏們圍在邊上，大氣都不敢喘一聲，生怕打斷欽差大人的思路。看著那一堆沒有處理過的案卷小山越來越矮，而批覆過後的案卷則堆得越來越高。

隨便翻上一卷批過的卷宗，都能在底下看到清晰的字跡批閱，並不像徐刺史那樣簡簡單單地寫著「過」或「不過」，而是條條言之有物，有理有據，書吏們心中不禁充滿敬佩。

顧嶼合上最後一份卷宗的時候，才發覺天不知道什麼時候已經黑了，原先圍在邊上的小吏們已拿了燈盞站在邊上給他照明，四面的燈光極為明亮，也怨不得他一直都沒有察覺。

「明日通知各地縣衙派人來領卷宗。天色不早了，你們都辛苦了，回去吧。」顧嶼起身，卻不小心踉蹌了一下，周豹連忙扶穩他。

離得最近的一個小吏連聲說道：「一直都是大人在忙，小的們只是邊上整理而已，大人才是真辛苦。」

這話說得眾人都附和起來，官和吏是有區別的，吏是由府衙僱傭而來，平時有事都是他們在做，他們沒本事做的就只能放著，也正因為如此，他們最明白一天之內要處理完這麼多的卷宗，得消耗多大的精力。

顧嶼沒有客套，讓小吏們散了，他抬手按了按太陽穴，站在原地緩上好一會兒，才輕輕推開扶著他的周豹，朝府衙門口走去。

早上顧嶼走的時候，就說不用等他回來，陳若弱仍等到三更天，又派人到府衙跑了一趟腿，派去的人回來卻說大人還在忙，沒法傳話。她也不是多無理取鬧的人，便先洗漱就寢。

以前一個人睡慣了，剛和顧嶼一起睡的時候，她還有些不習慣，好在顧嶼睡覺規矩，不怎麼打攪她。等習慣以後，現在身邊忽然空出一個位置，被褥裡少了個人，她又不自在起來了，在床上輾轉許久，也沒醞釀出多少睡意，反倒是腦子裡開始胡思亂想。

一會兒想著顧嶼有沒有好好吃飯，一會兒又想著哥哥也該抵達西北大營了，照哥哥那脾氣，不知道會把顧峻折騰成什麼樣子。其實顧峻就是蠢了點，人也不算太壞……

顧嶼回到官驛，一進內院就發覺房裡的燈沒亮，知道陳若弱已經睡下，他不由得鬆了一口氣。臨到房門前，他放輕了腳步，緩緩地推開門，進了裡間，果然見到紗簾後側臥著一個人影，看樣子確實已經睡了。

陳若弱正想著事情，沒聽見動靜，冷不防床榻微微一沈，身邊多了個人，她頓時睜開眼睛，一轉身正對上顧嶼的臉龐。

窗外月色皎潔，月光隔著一層紗簾照在她的臉上，讓白日裡看起來猙獰的暗紅胎記變成溫柔的輪廓。

顧嶼微怔片刻，低聲道：「沒事，繼續睡吧。」

陳若弱毫無睡意，她眨了眨眼睛，也不說話，就這麼盯著他看，好像在看一個闊別已久的珍寶，眼神直白又熱烈。

「是我回來得遲了……」顧嶼嘆息一聲，把她抱進懷裡，語氣溫柔。「事情有點多，好在都辦完了，明天我陪妳多睡一會兒，過午再去府衙就行。」

陳若弱把臉埋在他的胸前蹭了蹭，小聲又嬌氣地道：「你什麼時候沒有事情做，那才奇怪呢。」

顧嶼失笑，抬手撫了撫她的頭髮，說道：「這次真的沒騙妳，而且不出意外的話，再過半個月，咱們就能回去了。」

「急著回去做什麼？你別自己累壞了就成。要是讓公公知道，他肯定也會心疼你。」陳若弱說著，忽然像是想起什麼，她坐直身子，問道：「都這麼晚了，你吃過了嗎？餓不餓？我去做點吃的給你。」

顧嶼面不改色地撒謊道：「二更天的時候和府衙裡的人一起吃了夜食，妳別折騰。」

陳若弱不疑有他，又躺了回去，語氣裡卻還是帶著一絲抱怨，說道：「你自己忙，還要別人也跟著你忙，別人家裡難道就沒有老婆、孩子眼巴巴地等著嗎？下次可再別這樣，小心人家背地裡扎你小人。」

顧嶼彎了彎眼眸，伸手摸了摸陳若弱的臉頰，語氣輕柔地說：「是、是，夫人就饒過在下這一回吧，在下以後再也不敢了。」

這話說來輕佻，但夫妻情話本就不拘禮節，陳若弱被哄得臉紅心跳，只得故作凶蠻地瞪他一眼，不一會兒，卻還是忍不住「噗哧」一聲笑了出來。

顧嶼看著她笑，也就跟著她笑，那雙明澈的眼裡似乎只容得下她一個人。

陳若弱笑著、笑著，忽然不笑了，她目不轉睛地看著顧嶼。

俊美的臉龐近在咫尺，溫柔的眼神繾綣難言，像是被什麼蠱惑了一般，她緩緩靠近他，在他的唇上落下一個輕輕的吻。

月隱星沈，黎明將出。到了最後的黑暗時刻，不見一絲光亮，彷彿天地共沈淪，黑暗將萬物一併吞噬，然而，晨曦終會到來。

第二十五章　青天

隔日顧嶼就將這幾天在揚州的所見所聞稍作整理，命人快馬加鞭送去京城。他知道這一來一回需要的時間不少，也許他的摺子尚未到京城，這邊的案子就已經辦完了，但有些該做的表面功夫還是得做。

周仁則一反常態地起了個大早，只帶上一個忠心的小廝，在揚州城的亂巷中轉了好幾道彎，確認沒人跟在後頭，這才遮遮掩掩地進了一戶官員的府邸，沒過多久，周仁又在主人家的殷切相送下從後門溜出去。如此去了四、五處地方，一個早上就過去了。

顧嶼來揚州沒幾天，卻已經把揚州府衙掀了個底朝天，周餘除外，淮南道的官員們皆人心惶惶，尤其是相府門客出身、卻怎麼也聯繫不上周仁的那幾個官員，更加提心吊膽，好在今日周仁挨個兒上門拜訪了一番，讓他們的心安定不少。

周仁原本不想出力，可事態演變到如今，他也不得不做些什麼，只好盡力而為。

從最後一個府邸裡出來的時候，周仁抬手揉一揉臉，笑了一個早上，他的臉都快要笑僵了。不過最終結果是好的，除去一個在周餘手底下做事的，話裡帶著些許推託之意，其餘人的反應都在他意料之內。

昨日稍顯冷清的揚州府衙已變了個樣子，周仁來時，只見許多衙役進進出出的，問起才知道，都是從附近的縣城來取案卷的。有的案子早已時過境遷，但揚州府衙壓著不批，至今也無法判罰結案，這些案卷取回去後，要怎麼做就是各地縣官的事情了。

周仁昨日還想顧嶼肯定是個判案的天才，卻沒想到驗證得這麼快，他伸手取來一冊已經分門別類好的卷宗，只是隨意地翻了翻，果然在底下看到顧嶼清雋的字跡，再翻別的，也都是一樣。

一旁的小吏與有榮焉地跟他解釋了昨天下午的事情，周仁聽後，不由更加感慨。「顧兄真是博聞強識，平生僅見。」

知道顧嶼還沒來，周仁也不驚訝，任誰一天之內做完這麼大的工作量，都得歇一歇的，他方才居然還在案卷堆裡看到了五年前的人命案子，真不知道徐景年這個揚州刺史是怎麼當的。

他自覺地接替了顧嶼的工作，把昨天的案子做了個整理，根據朱大的口供，初步確定幾個吃過人肉的揚州大戶，只是還沒來得及再作調查，外頭就聽人來報，說是周御史大人到了。

官場上的稱呼多是姓在前，下位者稱一聲大人；也有官職在前，再加上大人為尊稱的。但到底不是在朝堂上那麼正式的場合，平時也多用前者，只不過周仁和周餘同姓，所以才有了這麼個叫法。

周仁聽起來覺得怪怪的，不過他也有過執政一方的理想，只當自己的耳朵占了個便宜，笑咪咪地走到門口，把周餘請了進來。

「外頭亂，御史大人請進內堂。說起來顧兄昨日可是辦成一樁大事，把揚州府衙裡積壓幾年的案卷全部審了，勞心勞力，到這會兒還沒起來。我看顧兄得歇個好幾天了，御史大人要是有什麼事情，直接找我就是。」周仁自覺這話已經說得夠客氣，撇去出身不論，他是太子伴讀，聖上駕前也能說得上話，對一個地方上的官員尊稱一聲「大人」已經夠敬重。

周餘心下卻有些不悅了起來，只是沒表露半分，反倒點了點頭。「顧世子是個人才，年紀輕輕就有如此能力，又是這樣的出身，聖上愛才，想來回京之後定有好差事等著。」

這話說得和藹，像是個慈祥的長輩，周仁卻有些怪異地看了周餘一眼，沒說話。

周餘輕咳一聲，自己接過話頭，轉而說道：「本官原本有些事要找顧世子商量，既然顧世子還沒來，那就煩勞周副使替本官帶個話，讓顧世子休息好之後，來治所找本官一趟。」

周仁盯著周餘的臉看，好像那上頭長了一朵花兒似的，這讓周餘更加不悅，又說了幾句客套話，便轉身離開。

內堂裡只剩下周仁和跟著他跑了一個早上的小廝，周仁好半晌才反應過來，扭頭問小廝道：「我剛才沒聽錯吧？他讓顧兄去治所找他？」

小廝耿直地說道：「我聽到的也是這句，要不就是咱們兩個的耳朵同時出了毛病。」

周仁撇撇嘴，用疑惑的語氣說道：「這個周餘，別是腦子有毛病吧，就算不論欽差的身分和品級，有讓堂堂公侯世子去見他的道理嗎？」

小廝不解地跟著搖了搖頭。

顧嶼這一覺睡得很熟，原本他以為過午就該醒，沒想到再睜開眼睛的時候，窗外金黃色的夕陽正好照了進來。他剛要起身，眼前卻是一黑，扶著床架緩了好一會兒，身體才慢慢跟上了意識。

陳若弱端著一碗粥，推門進來，一見他坐在床上，連忙道：「你睡到現在，已經兩天沒吃東西了，先坐著別動，喝點粥暖暖胃。」

顧嶼的唇色微微發白，他點點頭，任由陳若弱端著粥坐到床邊，他才伸手接過碗。

粥是現熬的，陳若弱不知道他什麼時候醒，這已經是第三回重新熬過。她將米粥熬到黏稠，取一小塊火腿，切成碎丁加進去，熬到粥開，再打一個雞蛋，攪拌幾下，隨即關火，撒一點翠綠的蔥末上去，光看著都讓人食指大動。

顧嶼喝著粥，陳若弱就坐在邊上看著他，又是心疼、又是埋怨地說道：「今兒個要不是周公子來說，我都不知道你前一天就沒吃東西，還……你這麼大的人了，怎麼就不知道愛惜愛惜自己的身子呢？飯要一口、一口吃，事情要一點、一點做，哪有你這樣的。」

「沒有下次。」顧嶼低聲說道。

陳若弱瞪著眼睛。「你要是真聽我的，這次都不該有，我就問你急什麼？你要是昨天少做一點事，留待今日再去做，花一樣的時間，身子還能好好的。現在可好了，你做了一整天的事，又躺了一天，傷的不還是你自己！」

顧嶼做了十幾年的官，尤其遭逢變故之後，他只當自己是鐵打的人，別說兩天不吃飯，忙的時候一天只睡兩個時辰，三、五天才肯正經地吃一頓飯。他有時候也會想，也許他上一世的死壓根兒就沒什麼蹊蹺，以他那樣的身子，就算沒病、沒災的，突然猝死也是再正常不過。

只是如今，聽著耳邊絮絮的嘮叨聲，他忽然有一種久違的感覺，一種「原來他是個人」的感覺。

陳若弱見碗空了，正準備再去盛一碗，剛站起身，手腕就被握住了，她奇怪地看向顧嶼，問道：「怎麼了？」

顧嶼半坐在床上，伸手抱住她的腰，用一種疲倦的、哀求的，幾乎有些脆弱的姿態，像一個凍僵在冰天雪地裡的人，想從她這裡索取一點溫暖。

陳若弱有些不自在，但還是站著沒有動，好半晌，她才輕輕地問道：「夫君，你怎麼了？」

顧嶼沒有說話，只是像大夢初醒似地睜開眼睛，鬆開手，他的眼神再度變得溫和平靜下來，就像方才那樣脆弱的姿態不存在過一樣。他微微地搖了搖頭，輕聲笑道：「沒事，只是忽然很想抱抱妳。」

陳若弱本能地發覺到不對勁，她一瞬也不瞬地看著顧嶼的眼睛。

顧嶼垂眸，移開視線，不和她對視，語氣卻更加溫柔，說道：「再盛一碗粥吧。」

陳若弱給他盛了粥，便繼續盯著他看，只見顧嶼緩緩地把碗裡的粥喝了個乾淨。她收拾好碗筷，又親自給他打水洗漱，做完這一切之後，她瞪著眼睛站在床前，插著腰看向他。

顧嶼失笑，說道：「夫人這是怎麼了？」

「你不要岔開話題，這是我要問你的話！」陳若弱盯著他，十分嚴肅地說道：「你早上說那些夢話，我就覺得不對，醒過來之後更是整個人都不對了。到底發生什麼事情？你老實跟我說清楚。」

顧嶼微怔。「夢話？」

陳若弱咬牙，「哼」了一聲說道：「一會兒叫夫人，一會兒叫你那表妹的名字，這也就算了。我問你，你說夢話的時候一直說要報仇，還帶著哭腔，這是怎麼一回事？我聽說日有所思，夜才有所夢，是不是最近案子進展不順，還是有人用權勢壓迫你了？」話說到後來，她已褪去醋意，滿是殷切的關心。

顧嶼起初先是愣住，聽到後來，忍不住彎了彎嘴角，低聲說道：「我確實作了一個夢，只不過夢裡的仇已經報了，和別的什麼都不相干。」

陳若弱將信將疑，卻見顧嶼抬眼看著她笑。「真的，夢都過去了。」

快天黑的時候，周仁來了一趟，雖然摸不清楚周餘的態度，他還是如實地把話傳達給顧嶼，見顧嶼面上並沒有什麼驚訝之色，他心下越發疑惑，卻沒有表露出來。

顧嶼睡上整整一天，精神倒是養足了，送走周仁，索性換了身衣物，讓周虎去備車駕。

陳若弱只當他是不放心，要去府衙看看，連忙攔他。「天都黑了，還去幹什麼呀？你以為別人都像你似的，府衙裡的人就不回家了？」

顧嶼失笑，說道：「方才周兄過來是替人傳話，要我過去一趟，夫人就當我是去消消食吧。」

陳若弱有些失望地點點頭。「那你去吧，早點回來，我等你回來一起睡。」

顧嶼握住她的手，垂著眸子看她，忽然在她的額心落下一個輕輕的吻，見她怔住，他微微地笑了一聲，又重複一遍之前說過的話。「咱們很快就能回去了。」

陳若弱不信，推著他走，口中絮絮叨叨地說道：「哪有那麼容易啊，光是你帶回來的鄉民跟紅仙她們，還有那些孩子，哪件不是大案子？只是事情再多，你也不能把身子給熬壞了，人只要在，沒什麼事情是做不成的。」

顧嶼認真地看著她，良久，點了一下頭。

揚州府衙的效率變得前所未有地好了起來，新來的欽差似乎真把自己當成是一方主政刺史，不光把積年的案子全部清理個乾淨，還代官升堂，不到十來天，就成了遠近聞名的青天老爺。

也就是這短短十來天工夫，那些周仁認為不可能的事情，全都一一實現了。

揚州官員們的罪證陸陸續續地被證實，尤其是徐景年，自從公開審了徐小姐之後，就像是打開一道口子，受冤屈或被欺壓慣了的百姓們成群結隊地前來府衙報案，人數之多，讓人咋舌。

顧嶼知道，這並非全是因為他判了徐小姐之故，更多則是多方作用的結果。周餘是個謹慎的人，壓根兒不會留給他太多可以挖掘的空間，他的案子之所以進展得又快、又順利，有七成的原因是周餘想讓他走。

他只裝作心領神會，案子照常審，府衙大堂照樣坐，偶爾去穩一穩周餘的心，要是非說和一開始到揚州的時候有什麼區別，也許就是他每天回官驛的時辰提前了，在工作量沒有減少的情況下，他無師自通了昏官伎倆，把差事拿回家辦。

只是旁的昏官是拿這個當藉口，他卻是認真的，一樣是辦差，有夫人在身邊紅袖添香，和對著冷冷清清的府衙，感覺上可差得太多了。

周仁大約也猜到了什麼，這些天再沒有來問東問西，反倒踏踏實實地在府衙裡做了不少實事，著實幫上不少忙。

一場秋雨打散了未消的暑熱，臨到農忙時節，陳若弱收到陳青臨寄來的信，大約是他在半路上就寫好寄過來的，滿滿當當寫了五、六頁紙。她這些天也跟著顧嶼認了不少字，興沖沖地就要拿過來讀，看著信卻愣了一下。

陳青臨沒從軍前，是正式上過幾年學的，甚至還有個掛名的大儒師父，只是他實在不是讀書識字的料，常常打架鬧事，因此才教他沒多久，便氣得大儒連束脩都還了回來，連夜離開京城，也不知道算不算被逐出師門。

陳若弱太認識陳青臨的字了，一個字有兩節手指寬，會寫的字一筆一劃，不會寫的就畫個圈，根本不像信紙上這般清秀乾淨、還隱隱約約帶著一股自成風格的字。

顧嶼正在整理早上的卷宗，聽到動靜，抬頭看了一眼，說道：「那是三弟的筆跡，他打小愛惹是生非，家規抄多了，倒是練出一手好字。」

陳若弱咬咬唇，還是把信看完了。字是顧峻的，口吻卻是陳青臨的，果然是哥哥還在路上的時候就打發人寄信回來，只是不巧她和顧嶼已經在下揚州的路上，信也就只能轉託驛馬從京城再寄過來。

陳青臨在信裡說得很瑣碎，先是說她讓他帶上的東西剛剛吃完，又說看中押送軍需隊伍裡一個頗有些拳腳的年輕人，還說路趕得太急，正好錯過驛館，他們只能和馬在野地裡湊合著睡一晚，拉拉雜雜說到後來，才說起顧峻。

看到「顧峻」兩個字，陳若弱抬起頭看了看顧嶼，低聲唸了出來。「這兩天路趕得急，我可能話說得重了，這小子委屈地哭了幾回，不過新兵都是這樣的，再過幾天就好了，讓妹夫不用記掛，男子漢大丈夫，吃點苦不算什麼，我會好好看著他。」

顧嶼手裡的筆一頓，說道：「沒了嗎？」

陳若弱「嗯」了一聲。「沒了……啊，還有！」

她手裡最後一張信紙的背面，有兩行小詩，字跡倒是比寫信的時候要清晰有力得多，陳若弱唸道：「休言少年無勇志，一元萬象待明年。」

「心氣倒沒折。」顧嶼失笑，忽而見陳若弱有些失落的樣子，不由問道：「夫人怎麼了？還在生三弟的氣嗎？」

陳若弱捏著信紙，連忙搖了搖頭，似乎有些不知道該怎麼講起，她慌慌張張地背過身去，小聲地說道：「沒事的，我早就不生他的氣了……」

顧嶼從座位上起身，走到陳若弱的面前，抬手按住她的肩膀，低眼對上她的眸子，語氣認真地說道：「到底怎麼了，告訴我好嗎？妳不開心，我感覺得到。」

陳若弱被顧嶼看得心慌，想要背過身去，卻被按著肩膀；想要移開視線，卻怎麼也沒辦法從顧嶼的雙眼中逃離。

她面紅耳赤了好一會兒，才像是豁出去一般，狠狠地跺了跺腳。「我沒想到顧峻的學識也那麼好。我跟我哥哥什麼都不懂，你們家幾代卻都是書香門第，連個孩子都比咱們讀的書多，咱們家跟你們家根本不配，你……你不能嫌棄我！」

顧嶼啞然，他還以為是出了什麼大事，沒想到卻只是因為顧峻的幾個字。他壓下到了嘴邊的「其實顧峻的學識很差」，轉而說道：「夫人明理持家，待人有方，出得廳堂，入得廚房，能娶到夫人，是文卿的福氣。舅兄是真丈夫，常年在塞外邊關，苦寒之地，能以軍功立世，保家衛國，這明明是一樁門當戶對的親事。」

陳若弱聽得臉紅，但到底知道這是哄她的話，不是真的，一時有些喜，一時又有些愁。她喜的是顧嶼十分認真地在哄她，愁的是覺得自己真配不上這麼好的夫君和這樣好的夫家。

這些日子他對她的好，她都看在眼裡，她不知道是不是真正的君子，都是像自家夫君這樣的，她只知道自己真的很開心，也很喜歡他，正因為這樣，她才會不安。

腦子裡一時亂哄哄的，冷不防肩膀一緊，陳若弱整個人被帶進一個溫熱的懷抱裡。她愣愣地從顧嶼的胸前抬起頭，正巧對上他低眸看來的視線，那裡面有溫柔，也有無奈，還有她的倒影。

「有時候真想像話本裡那樣，有神仙、有妖怪，我可以把心掏出來給妳看，看看裡面裝的人，是不是妳的模樣。」顧嶼低聲嘆息。

陳若弱看著他的眼睛，好半晌沒有說話。

顧嶼摸了摸她的臉頰，動作很輕，也很溫柔。「真想把妳藏起來，這輩子就只給我一個人看。」

他的語氣很認真，陳若弱害羞地垂下頭，將耳朵貼在他的心口，隔著輕薄的秋裳，她可以聽見他的心跳聲。

顧嶼的心跳很平穩，一下又一下，十分有力。

陳若弱聽說兩個人在一起的時間久了，就連呼吸、心跳都會變得同步起來，她感受著顧嶼的呼吸和心跳，夜晚的房間很安靜，安靜到她也聽到了自己的呼吸聲，感覺到了自己的心跳聲。

這個和自己在一起呼吸和心跳著的男人，是她要相伴一生的夫君，沒有血緣，卻注定要比血親還親近。

顧嶼抱著陳若弱，抬手安撫地在她背上拍了拍，溫聲細語地又哄了她幾句。

陳若弱起初紅著臉，再然後，眼裡就帶上亮晶晶的笑意，雙唇微微地朝著他靠過去。

了。」

就在這個時候，門外忽然響起周虎四平八穩的聲音。「大人，趙校尉回來了，說事情成

顧嶼攬著陳若弱腰身的手一僵，輕咳一聲，放開了陳若弱，應道：「先讓他到書房等候，告訴他，我一會兒就過去。」

「大人，這裡就是書房啊？」周虎不解的聲音再度自門外響起。

陳若弱紅著臉瞪向顧嶼，壓低聲音，說道：「好了、好了，你忙正事，我在屏風後面躲一躲。不過這大晚上的，事情忙完就成，別拉著人家說話，讓人不好回家。」

顧嶼點點頭，陳若弱連忙轉到木製的屏風架子後面躲了起來。其實大寧比前朝開放得多，就算女子見了外客，也沒什麼好說道的，可不知是不是兩個人作賊心虛的緣故，外頭一來人，第一反應都是躲。

陳若弱躲好之後，顧嶼才反應過來，他不由得失笑，按一按眉心。

情是穿腸毒，愛是刮骨刀，兩世為人，他還沒幾次像這樣亂過章法，果真又是栽在夫人手上了。

第二十六章　認罪

趙狄興沖沖地推門進來，連禮都沒行，就急不可待地揚聲說道：「欽差大人，您讓我辦的事，我辦到了。黃將軍已經接過手諭，就等大人發話。」

顧嶼的眉頭挑了起來。「當真？黃將軍是怎麼說的？」

趙狄興奮地直點頭。「大人挑的人果然不錯，黃將軍嫉惡如仇，和周餘那老小子的關係又一向糟糕，假如大人真能拿出證據指認周餘，黃將軍說他將義不容辭地為大人效勞。」

話說到最後，還是忍不住帶著一點試探之意，趙狄是個心眼多的人，還非常滑頭，想讓這樣的人死心塌地，那是不可能的。

顧嶼卻像是沒聽出來，唇角微微地上揚幾分，說道：「定不會讓黃將軍失望。」

打從來這淮南道的第一天起，顧嶼就沒想過單單只找個替罪羊應付了事，他的目標一直很明確，那就是掀了這淮南道的天，覆了這淮南道的地，填了這片太平盛世底下見不得人的污濁泥潭。

徐景年只是一個開始，周餘也不是結束，他這些日子所做的事情並非只為麻痺周餘，更多是為了在淮南道的百姓心中樹立起一個形象。從近兩日收到的狀紙數量來說，這個目的顯然已經達到了。

顧嶼把昨日寫下的紙張從鎮紙底下取出來，交給趙狄。

趙狄只是掃了一眼，心裡就大概有數，語氣裡帶著些許疑惑。「大人，這些是城中的富戶、商賈和一些做見不得人生意的行當，您這是？」

顧嶼點了點紙上最後一行，說道：「還有周餘四房妾室的娘家生意，你帶人去處理，不得拖延，務必在今夜之內全部查封，將相關人等一併關入大牢，嚴加看守，等明日一早，再行分說。」

趙狄聞言咋舌，要不是看顧嶼的神色認真，這些日子也著實辦了不少實事，他幾乎都要以為這位欽差大人是辦案辦瘋了。之前欽差大人沒憑沒據就拿下徐景年，要是沒有周餘的睜一隻眼、閉一隻眼，被有心人傳到京裡可是個大麻煩。現在好不容易徐景年所犯之罪有了證據，欽差大人這刀子怎麼還使上手了呢？

顧嶼見他猶豫，面上升起一片正色，說道：「你只管去拿人，一時找不出證據也無妨，我自有辦法讓周餘坐穿牢底。」

趙狄咬牙，但帶著手底下的兵馬勒緊褲腰帶過了這麼多年的怨氣，還是占據上風，又想到顧嶼的身家背景，料定就算他真的嘴上無毛、辦事不牢，也有上頭的人罩著，頓時把心一橫。「大人的吩咐末將都已清楚，末將領命！」

趙狄走後，顧嶼坐回位子上，陳若弱從屏風後面急急地走出來，連聲問道：「你要直接辦了周御史嗎？他怎麼說也是一方大員，跟你平級，要是找不出證據，他反過來去京城告咱們一狀怎麼辦？」

顧嶼的臉色不復見趙狄時那般正色嚴肅，反而微微地彎著眸子，笑著道：「夫人可信我？」

陳若弱頓時就沒了脾氣，但還是有些著急。

顧嶼握住她的手，把她拉進懷裡，讓她坐在他的腿上。他的唇靠在她耳邊，輕聲說：「咱們還是繼續方才未完之事吧。」

陳若弱險些沒聽清，等到反應過來，她看著顧嶼，又是好氣、又是好笑地直捶他胸口。

趙狄從官驛出來時，還沒到宵禁的時刻，他留下一百人守在官驛外面，然後回到兵營，召集手底下剩餘的全部人手。

顧嶼給的名單上一共五十三戶人家，還有一些店鋪和廠子，趙狄讓底下的人按隊分兵，從臨近外城的人家抓起，呈包圍之勢向內包攏。

也許是徐景年入獄，緩和了一部分人的神經，連周餘也跟著鬆懈下來，再加上這會兒華燈初上，根本就沒幾戶人家有防備。趙狄親自帶隊去抓的幾家商戶和大族，他甚至沒怎麼費力，就抓走一大幫子人。

負責宵禁的衙役見到廂軍，壓根兒沒敢上前盤問，只能眼巴巴地看著這些廂軍打著亮堂堂的火把，腰上別著刀，四處抓人。

附近人家有的貼著牆、豎起耳朵聽動靜，膽子大一點的則順著門縫往外看，卻是連大氣都不敢喘一聲。

趙狄的臉很少有人不認識的，有個開青樓的老鴇被抓時，還直嚷嚷著他上回帶人來玩，是賒了帳走的，聽得幾個兵卒忍不住發笑。

趙狄一張臉都沒紅，只是嚴肅地擺擺手。「行了、行了，抓完這家還有下一家呢，今兒個誰都別想睡。等事情辦完，你們再挨個兒來我這裡開假條，一人回去睡一天。」

軍中休沐少，廂軍雖然輕鬆一些，可也難得有回家的時候，聽見趙狄這話，跟著他出來的士卒們簡直比聽見加軍餉還高興，齊聲應了，士氣頓時又往上升一層。

顧嶼給的名單雖然只有幾十戶，但大部分的富戶都是妻妾成群、兒孫滿堂，光是成年男丁，一家就有四、五個之多。

隨著抓來的人越來越多，揚州大牢從來都沒這麼滿過，這些人在牢裡見了面，上了年紀的還能皺著眉頭，細想首尾，而年輕一些的就直接扯著嗓門開罵了。

「趙狄！你知道老子是誰嗎？披上欽差的虎皮就敢隨便抓人……我操你娘全家祖宗！」

「你抓我宋、王兩家也就罷了，連孫老爺子你都敢抓，是真當我揚州豪族無人了嗎？」

趙狄一共親自押了三趟人，他去抓的都是一些高門大戶，而他們莫名被抓，不知道前因後果的，等到了牢裡互相一問，也都跟著罵起趙狄來。

校尉是五品的武官，但大寧朝重文輕武，五品武官到了七品縣官面前都不敢拿喬，何況在揚州這一片遍地是官的地方。今夜被抓的人就算權勢再低，也有膽子當著趙狄的面，指著他的鼻子罵人。

鬧騰了大半夜，官驛裡倒是十分太平，臨到五更天時，陳若弱還在打著小呼嚕。

喜鵲輕手輕腳地推門進來，剛要叫醒顧嶼，他的眼睛就睜開了，是一雙微帶血絲、半點不見睡醒時矇矓的清明眸子。

「別出聲，出去說。」怕吵醒身邊的人，顧嶼的聲音壓得很低。

喜鵲連忙點點頭。

顧嶼起身，替陳若弱把被褥掖好，便拿起衣裳到外間去穿。

喜鵲連忙跟過去，小聲地說道：「大人，周大人來了，就在正堂坐著呢，像是來興師問罪的，臉色沈得好嚇人……」

顧嶼點點頭，理了一下髮冠，臨到出房門前，他對喜鵲道：「夫人昨夜睡得不好，妳別去吵她，讓她好好地睡一覺，要是過午還不醒再叫她，否則睡多了容易頭疼。還有，若她起來要用膳，就吩咐廚下去做，讓她安心休息，別太過勞累。」

喜鵲愣了一下，點點頭，應了聲「是」。

前天剛下過一場小雨，地上還帶著一些微乾的泥濘，顧嶼在正堂前慢條斯理地踩了踩門檻，把腳底上沾到的泥蹭乾淨，這才走了進去。

周餘坐在正位上首，顧嶼盯著他看了一會兒，周餘也沒有要坐到下首的意思。於是顧嶼就這麼站在正堂中央，溫和地笑了。「周大人，不知一早上門，有何見教？」

周餘臉色沈冷，聞言更是來氣，他壓抑著怒意，連顧嶼身後還跟著周虎、周豹二人都不管，一拍桌子，喝道：「欽差大人派人去抓走本官的親朋、妻妾共百十餘人，如今倒是裝作不知情？」

「原來昨夜的那些人，是大人的親朋和妻妾，這本官倒是真不知道。」顧嶼感嘆了一句。「大人的親朋可真多，本官家中連出了五服的遠方親戚一併算上，也沒有這麼多人；至於友人，那就更少了，家父不善交際，在朝中和好幾位大人都有矛盾，尤其是定國公、西寧侯，還有個成國公，家父曾說過，要活到給他們送終。」

周餘的臉色勃然一變，他可沒忘記，眼前這個狐狸般的小子，當初取信他時所說出來的，正是他給上頭幾位大人送去的錢款總數。他強穩住心神，握緊座椅的扶手。「欽差大人，就事論事，莫要胡言，本官根本不知道你在說什麼。你抓的這些人，就算和本官有些關聯，朝廷法規也只說商賈之子不得做官，從來沒說過官員不得納商人之女為妾，如今你打算以什麼罪名關押他們？」

顧嶼面色微冷，還沒說話，周餘就像是看穿了似的說道：「欽差大人既然明法度，就該知道無故關押平民、調動廂軍是大罪。今日本官在此，想問大人一句，你要怎麼圓了這一條知法犯法之罪！」

周餘的氣勢強盛，看不出半點心虛，周虎站在顧嶼身後，幾乎都要拔刀出來了，整個正堂氣氛凝滯，卻忽然響起一聲輕輕的笑。

「本官抓走這些商賈和富戶，手裡自然有他們犯罪的證據，這些被告所涉及之罪案過大，暫時收監無可指摘。不過嘛，看來周大人也是懂法之人，那大人的罪名，該有一條知法犯法。」

周餘這會兒倒是冷靜下來，他盯著顧嶼的雙眼說道：「你既然還沒定這些人的罪，那本官的罪又如何定？顧文卿，你莫要忘了，本官和你同朝為官、分屬平級，你雖然有欽差金印在手，卻也無權沒憑沒據便審問本官！」

顧嶼正色說道：「事到如今，大人還不肯認罪，看來還要再追加一條死不悔改之罪了。本官也覺得很奇怪，明明是一件人盡皆知的事情，大人為何死咬著不肯承認呢？」周餘還要說什麼，就聽顧嶼輕輕地感嘆道：「一品准置妾十人，二品置五人，三品可置三人，四、五品及以下者不得納妾。周大人足足有四房諸禮皆備之正妾，是官員私德之重罪，本官已有確切證據，在尚未結案前，只能委屈大人在牢裡待著。」

周餘氣得嘴唇都在顫抖，他指著顧嶼的鼻子，好半晌都說不出話來。

其實並不怪周餘沒想到這一齣，而是顧嶼說的這條律例始於高祖，那時亂世初定，天下苦寒，整個大寧人丁凋零，急需補充人口，連守寡十幾年的寡婦都被逼著重嫁。高祖為讓官員以身作則，故而仿效古禮，親自定下這一條律例。然而高祖的朝代早已過去，盛世太平了這麼多年，這條律例雖然還沒有被廢除，但已經形同虛設。

一般無根無基的地方官員置妾，大多不為美色，而是為了維持各方平衡的必備條件。就像他府裡的四個妾室，兩個是揚州本地豪族大家之女，榮寵各半，互為掣肘；一個是得力下屬的親妹妹；還有一個是為他生了三個兒子的瘦馬，跟了他五年，頗為受寵。

一妻四妾，哪怕是拿到京城朝堂上，也算得上一句清正，可眼前這個小子，非得搬出不知道多少年前的老黃曆，看似可笑，卻是一把實實在在的尚方寶劍，壓在他的脖頸上。

周餘來時只帶了一個下屬以及四個抬轎的衙役，都沒進正堂，因此顧嶼看了周虎一眼，周虎立時會意，攔住周餘的去路，周餘頓時怒喝道：「顧大人，即便老夫真的犯下私德重罪，也該上報朝廷，由吏部轉呈聖上，再定罪論罰。大人如今攔住老夫去路，莫非是想代天行事，做一回天子不成？」

這話說得實在太過誅心，顧嶼卻是饒有興致地欣賞了一下周餘氣得通紅的老臉，微微地勾起嘴角，輕笑道：「看來周大人的記性真是不大好，我本就是天子派下的欽差，金印在手，代天行事。此番查出大人罪行，押大人入獄，何來僭越之說？還是本官這些天替徐景年坐堂審案審多了，大人真把本官當成調任而來的揚州刺史嗎？」

周餘面露死灰之色，但還是不甘心，想要再說些什麼。

顧嶼抬手，面上的笑意全然斂去，目光直視著他，聲音裡帶著幾分威儀、幾分薄怒，喝道：「罪官周餘，你在揚州所行罪惡滔天之事，本官在來之前就已得知，此案上達天聽，莫再心存僥倖。定國公保不了你，相反的，你若是執迷不悟，一意不肯認罪，有得是比本官更想殺你的人。」

周餘腿一軟，只見顧嶼冷笑著睇了睇眸子，說道：「周虎，即刻讓趙狄派人圍了周府，不論男女老幼，一併押入大牢候審，再派人通傳黃總督。本官確實無權直接押大人入獄，周大人，不如您就暫且坐在這裡，陪本官喝杯茶吧。」

一道之地，御史治下四方，卻非一手遮天。淮南道主軍政的總督黃勝，官居二品，乃寧國公幼弟，當初黃輕能那麼輕易拿下周餘，和這個二叔也脫不了關係。好在寧國公同鎮國公府交情還不錯，雖然朝中重文輕武，但黃勝並非純粹的武官，以他的身分來管這件事，最恰當不過。這也是因為顧嶼有了上一世的經驗，知道黃勝為人正直，是當初幾個沒有受到波及的官員之一。

黃勝來得很快，顧嶼之前就給他去過信，他倒是不怎麼驚訝。見到癱坐在正位上首的周餘，他壓根兒沒多看一眼，而是端端正正地對著顧嶼行了一個平級官員之間的禮節，以他的身分和品級來說，實屬禮遇顧嶼。

顧嶼立在原地，安然受禮，然而受禮之後，回的卻是後生晚輩的禮節，比黃勝還要恭敬得多。站在欽差的立場上，受下這個禮天經地義，可身為晚輩來說，該當還禮。

黃勝是個四十來歲的中年男人，白面無鬚，眼角眉梢處像極了顧嶼熟悉的黃輕，卻要成熟得多，看著不像是個武將，反倒比周餘還要儒雅一些。他身上官服整齊，身後還有副將捧著以紅布遮蓋的官印，一列親兵在正堂外成排護衛著，擺足了要來抓人的陣仗。

「有勞將軍跑這一趟，實在是文卿品級不夠，雖有明證，卻不能將犯官繩之以法，只得煩勞將軍了。」

黃勝嘴角抽了抽，卻還是大手一揮，讓人去捆了周餘，又對顧嶼說道：「欽差大人不必客氣，周餘的罪證確鑿，只是大人也要抓緊時機，這條罪可大可小，定得了一時，定不了一世，若是還有需要本將的地方，只管明言就是。」

顧嶼微微地笑了一下，沒有說話。

黃勝知道這是什麼意思，只是他活了這麼多年，若要跟一個小輩搶功，他還真拉不下這個臉來，只好爽朗地笑了笑，當作什麼都沒發生過似的，拍了拍顧嶼的肩膀。

周餘隨即被押走，以周餘的身分，並不應當被關在揚州大牢裡，而是該由黃勝親自看管囚禁起來，在沒有得到京城的回覆之前，什麼都不能做。

黃勝有心幫顧嶼一把，決意再拖延幾日上報，再加上揚州到京城這一來一去，足足替顧嶼爭取了一個多月的時間，假如在這一個多月裡，顧嶼找不出周餘的其他罪證，到那個時候才得有個說法。

其實周餘，包括黃勝和周仁，都在一開始就被顧嶼誤導。

當初黃輕來時，只想查清難民案，後來徐景年推鍋，各方誤導，黃輕一力排查，卻把事情越扯越大，實在騎虎難下之際，為保寧國公府這位最有才華的繼承人，由黃勝起頭、寧國公護航，直接掀翻周餘，之後上達天聽，才有元昭帝起意，事後徹查，帶出京城數家勛貴、血洗午門之事。

而在這個時候，元昭帝壓根兒沒想過這件事會牽連到那麼多的朝中重臣，也就是說，顧嶼讓所有人都以為元昭帝是打定主意要徹查淮南道，甚至心中已決定要對牽扯進去的勛貴有所制裁。因而黃勝才會以為這是一場天大的功勞，甚至都猶豫過自己是否與小輩搶功了。

顧嶼飲盡杯中微涼的茶水，起身走出正堂，周家兩兄弟連忙跟了上去。

快要到門口時，顧嶼對周豹說道：「你留在官驛裡，夫人要是醒了，有什麼話想傳，你就多跑幾趟，來府衙找我，不必拘泥，什麼時候都可以直接過來通報。」

周豹點頭應下。

顧嶼便帶著周虎去了揚州府衙，如今周餘被抓，他要做的事情只會比以前更多。

第二十七章 有孕

陳若弱憂心，睡也睡不踏實，顧嶼走後還不到一個時辰，她就醒了過來。

喜鵲在外頭一邊做針線、一邊候著，才聽見動靜，沒等陳若弱叫人，喜鵲就已經推門走了進去。

「姑爺又去府衙了？」陳若弱揉揉眼睛，忽然反應過來，急聲問道：「昨晚的事……」

喜鵲連忙把她按回去，安撫道：「沒事了，小姐。今天一早，總督黃大人就把那個周大人帶走並關押起來，聽說還給姑爺爭取到好長一段時間去查案呢，一定不會有事的。」

陳若弱出嫁前，早惡補了一番京城勛貴之間的關係，再加上來揚州的時候，顧嶼又給她解釋過淮南道官員的勢力劃分，因而喜鵲一說，她就想起這個黃總督是什麼人了。知道寧國公府和鎮國公府的關係不錯，她稍稍放下心來，一放下心，她的肚子就咕咕地叫了起來。

喜鵲馬上命人傳膳，自己則先服侍小姐更衣、洗漱。

看著眼前淮揚口味的早膳，陳若弱沒啥興致地隨便吃了一點，便拿起帕子擦擦嘴，起身就要朝後廚走去。

「小姐，不是才吃過早膳嗎？怎麼還要下廚呢？姑爺走的時候，可是特別吩咐奴婢看好您，別讓您累著的。」喜鵲焦急地說。

陳若弱摸了摸肚子，小聲地嘀咕道：「我吃不慣那些早膳，還是自己動手做點合胃口的吧。」

她來到廚下，轉了一圈，又到放魚的缸裡看了看，臉上露出些許失望的神色。「我昨天聽紅仙說，如今街上已經有賣螃蟹的了，看來是螃蟹貴，他們沒送過來。」

「小姐想吃螃蟹，讓周豹去買不就得了？才值幾個錢呢。」喜鵲倒是寧願小姐多吃幾隻螃蟹，鮮味的東西一旦沾上嘴，再吃別的就沒味道了，小姐也不會一直想要下廚。

陳若弱想了想，有點猶豫地說：「螃蟹好貴呢……」

喜鵲連忙說道：「不貴、不貴，淮南道離養螃蟹的產地很近，那是送到京城才變貴的。小姐正好別忙了，奴婢去買蒸熟的回來。」話一說完，像是怕陳若弱不同意似的，喜鵲連忙提著裙子跑出去了。

昨天折騰一夜，今早又抓了御史，揚州府衙比起往日更忙了許多。

顧嶼一到府衙，就把最近幾日收到的案子稍作整理，準備先審重要的人命案子，其餘押後。他又將周餘的四門妾室和姻親一一提審，只要不是過於老奸巨猾的，在公堂上大致都能審出一些頭緒來，錄入口供。

可縱使如此，被抓進牢裡的人實在太多，顧嶼一個下午連開十三次堂，一口水都沒喝過，仍然有一大半的人還沒審到。

若放在以前，他大約就是夜審到天明，再到第二日，等什麼時候他撐不住了，才會稍微歇一會兒。可現在不成了，有人記掛著他，他得留著這條命。

回到官驛的時候，已是月上中天，顧嶼買了一包白糖糕，剛下車駕，步子就是一頓。他微微地挑起眉頭，只見官驛裡燈火通明，來來往往都是急匆匆的腳步聲，站在門口似乎都能聽見裡面的歡聲笑語。

周豹一直守在門外，一見顧嶼的車駕，馬上走了過來，臉上的喜氣壓都壓不住，可一到顧嶼面前，卻只是張著嘴、憋紅了臉，好半晌才說道：「大人，您進去看看吧，夫人有個天大的好消息要告訴您。」

顧嶼在門前站了很長一段時間，長到周豹都忍不住想說第二遍，他才長出一口氣，提步向官驛內走去。

陳若弱人不在內院，燈火一直從大門口亮到正堂。顧嶼來時，發覺周仁也在，一見他，就是一臉的羨慕和嫉妒。

周仁剛要上前道賀，顧嶼就從周仁身邊走了過去，幾步上前抱住了陳若弱。

陳若弱的臉上帶著紅暈，等反應過來後，她推了推顧嶼，小聲地說道：「別這樣，還有客人在呢……」

顧嶼沒說話，只是把她抱得更緊了些，陳若弱掙不開，也不是那麼想掙扎，她的嘴角忍不住翹起來，喜孜孜地說道：「你都知道啦？」

「夫人有孕了，是嗎？」顧嶼的聲音有些沙啞，語氣裡難得的帶著那麼一點不確定，又重複問一遍，道：「夫人真的有孕了嗎？」

陳若弱的聲音小了一點，說道：「我最近總是嘴饞，今早吃螃蟹，忘記之前才吃過兩只梨，結果肚子疼得厲害，便請了大夫來看。大夫開了安胎藥，讓我好好保重身子，我這次是真的懷孕了！」

喜鵲笑著說道：「小姐還不肯信，非得又找來兩個大夫，那兩位大夫也都說是有孕了，就連周大人幫忙把了脈，也說確實是喜脈呢。」

顧嶼深深地呼出一口氣，抬手摸了摸陳若弱的髮絲，語氣低柔道：「抱歉……我一時不知道該說什麼。若弱，這輩子能娶到妳，是我顧嶼最大的福氣。」

陳若弱羞得捶他胸口，連頭都要抬不起來了，不禁嬌羞地埋怨道：「說這些幹什麼？還有人在呢。你、你不能等回房再說嗎？快放開我。」

「咳，小弟留在這兒似乎有點不適合。那文卿兄、嫂夫人，小弟就先走了，等明日再上門來道賀。」周仁實在待不下去了，不禁乾笑兩聲。

陳若弱還想說幾句客氣話，可無奈平日待人有禮的顧大世子抱著她不肯放開，她也就只能看著周仁落荒而逃，捶在顧嶼胸口的拳頭更重了。

顧嶼抱著她，閉上了眼睛。「若弱、若弱……」

「我在呢，一直都在呢。」陳若弱笑著看他。

顧嶼的嘴角一點一點地彎起來，那是一個不帶絲毫城府的純粹笑容，前塵在這一刻化作雲煙，記憶裡的酸楚被難以言喻的喜悅填滿，所有的事情都已經脫離前世的軌道，他和若弱即將有一個屬於他們的孩子。

他想，這才是真真正正的，重生了。

彷彿又回到新婚的時候，陳若弱好不容易才從顧嶼的懷抱裡掙扎出來，連忙離他遠一點，不過見他的精神不大好，她忍不住又靠近他一點。

「你是不是又沒好好吃飯？你看看你，可別把自己的身子給熬壞了，不但傷了自己，還給孩子帶來壞榜樣呢。」陳若弱一臉正經地嘮叨著。

顧嶼沒有反駁，反而是認真地點點頭，陳若弱也就說不出更多指責的話來了，畢竟這會兒天色也沒到多晚的程度。她原先還想著，要是他再過一會兒還不回來，她就要直接讓人去傳話，把他給叫回來。

喜鵲悄悄地拉著翠鶯和在正堂裡伺候的僕從們離開了，不去打擾這一對恩愛夫妻。

顧嶼把路上買的白糖糕從懷裡拿出來，還是熱的，卻見陳若弱愁眉苦臉地摀著肚子，搖了搖頭。「你吃吧，我吃不下。現在感覺還好一點，剛才真的差點沒死過去，我以後再也不敢亂吃東西了。」

顧嶼猶豫一下，卻沒說什麼，只是取出一片白糖糕送到嘴邊。鬆鬆軟軟還帶著溫熱甜香的白糖糕吃起來，似乎沒有想像中的那樣甜膩，他吃了兩片白糖糕，又喝了半盞茶水。

陳若弱看著他吃，眼睛都彎了起來，正堂裡的燭光暖融融的，她坐在顧嶼身邊，伸手去撥他額前的碎髮。

顧嶼的面相是真的很好，眉眼裡透著溫文爾雅的氣息，一言一行看起來就是個再完美不過的世家子弟。可陳若弱知道，他的本性並非如此，這世上沒有人是完美的，如果找不出一絲一毫的缺點來，那這個人一定受過很多苦，才會如此隱藏自己。

但怎麼可能呢？他生來就是公侯子弟，錦衣玉食、相貌出眾、才學斐然，他的心裡究竟壓著什麼事情，才會把自己逼成這樣，一絲一毫的錯都不肯犯，也不敢偷一點點的懶，好像他一生下來，就是要為天下蒼生謀福祉的。

顧嶼微微地抬起眼來，那雙眼裡滿是清澈又柔軟的笑意。「怎麼了？怎麼這樣看我？」

「你好像很高興的樣子……」陳若弱一時想不到可以搪塞的話，只好慌慌張張地胡言亂語，她忽然想起他方才的笑容，連忙追加解釋道：「我就是覺得很少看到你這樣笑，我不是說你沒笑過，就是、就是感覺和以前的笑不大一樣，很好看！」她說完還重重地點了一下頭。

顧嶼微微地怔了一下，隨即溫柔地笑了。「那我以後天天笑給夫人看，只是怕夫人看膩了。」

陳若弱點點頭，又繼續盯著他瞧，發覺他的笑容雖然和以前一樣溫柔，但眼神確實是不大一樣了，有種如釋重負的感覺。

從正堂到內院的路不算長，陳若弱卻每一步都走得小心翼翼。她看過不少話本，裡頭的婦人有了身孕，簡直像在肚子上綁了雞蛋似的，磕著、碰著都會小產，她這會兒才有一個多月的身孕，得更仔細一些才行。

顧嶼看著陳若弱緊張的樣子，覺得有趣，也就順著她的意思來，還伸出手扶著她，在小路上慢慢地走。

陳若弱的手腕很細，這幾天的胡吃海喝也沒能給她添多少肉，顧嶼起初還有些歡喜地扶著她走，可握上她的手腕沒多久，他心裡不禁緩緩地升起一絲憐惜。

亭亭少女，碧玉年華，前世他及冠而娶，雖則也是大了她幾歲，但終究沒有到離譜的程度。後來感情漸深，孕事也是水到渠成，若沒有那些生離死別，大約會是一場平淡又圓滿的人生。

時光倒轉，一切重來，卻不能帶著他的青春年少一起重來。這張弱冠的表皮之下，是在官場沈浮了十幾年的顧文卿，是四十歲的顧文卿，是鬢邊華髮早生的顧文卿，是身如行屍、心如古井的顧文卿，是冷著臉能嚇哭幼童的顧文卿。

若弱卻還是當年的若弱，即便他早已想通，可到底十年錯位，那種老夫少妻的感覺是抹不掉的。他就像是一個上了年紀卻硬娶二八少女的老男人，竟然還不知憐惜，讓她早早地懷了身孕。

想到這裡，顧嶼的眉頭蹙了起來，他頭一次發覺自己居然是個無恥的人，因為他此刻心裡的喜悅，完完全全地蓋過愧疚之意。

陳若弱只覺得自己的手腕一緊，才到房門口，就被顧嶼帶進懷裡。

她都要翻白眼了，頓時伸手去捶他的胸口。「好了、好了，一段路到底要抱幾回？你之前還說希望我遲點再懷孕，現在可比我高興多了。」

顧嶼沒說話，靜靜地抱著陳若弱，臉埋在她的脖頸間，過了好一會兒，才悶悶地說道：「是我不好，我明知再過幾年生育，對妳的身子最好，可現在……卻還是高興。」

「你要當爹了，不高興才是壞事。」陳若弱噘著小嘴，用臉在他的懷裡蹭了蹭，小聲地說：「這都是我自己願意的，若換了個人，我才不盼著給他生孩子呢，我只想給你生孩子而已。再說醫理上說再過幾年生最好，那就一定是最好了嗎？我怎麼聽說年紀越大，生下來的孩子越蠢笨呢？」

顧嶼失笑，剛想說什麼，就聽陳若弱洩了氣似地說道：「我小時候聽人說，我娘就是生我哥生得太遲，才把他生得四肢發達、頭腦簡單；我娘生我時又更遲了，於是把我生成這副醜樣子……」

聽出話裡的自嘲之意，顧嶼心疼又憐惜，抬手捧起陳若弱的臉龐，在她的胎記上落下一連串的親吻，低聲嘆息道：「這世上的美人千千萬萬，不過是精緻一些的眉、眼、鼻、唇，一萬個人裡都不一定能在臉上生出這麼漂亮的胎記來，十萬個人裡也很難剛好有夫人這樣的美貌，這麼多的巧合才能得出一個陳若弱，妳可是獨一無二的，也許有人會覺得妳醜，但那一定是他們眼瞎。」

陳若弱起初還以為顧嶼又要搬出那套「夫人最美論」，卻被他不同於以往的安慰狠狠地打動了，聽到最後一句，她不禁一愣，顧大世子難得開口罵人，她忍不住「噗哧」一聲笑了出來。

顧嶼的眸子裡帶笑，輕輕地摸了摸陳若弱的髮絲。

官驛裡的消息總是傳得很快，隔日顧嶼去府衙的時候，一路上有許多小吏向他道喜，他也難得沒有緊繃著臉，臨到過午時，還給他們每人發了兩顆紅雞蛋和幾兩喜錢，算是方才道賀的回禮。

然而審訊的進展卻沒有因此落下，顧嶼早上開堂四次，主要審訊的是周餘四姨娘李氏的娘家人。

他甚至沒用上嚴刑逼供，李氏的養父就被顧嶼問了個滿頭大汗，最後一五一十地交代了自己這幾年間透過周餘的關係，買賣或強奪良籍幼女並調教賣出的罪狀。藉由這一條線索，又帶出私底下收購調教失敗的幼女，當作肉鴿賣進大戶的兩戶人家，巧的是其中一家正在昨日被抓的人裡頭。

顧嶼讓手底下的衙役去抓另外一戶人家，雖然昨日已經打草驚蛇，但有黃勝的支持，從昨日開始揚州就城門緊閉，不許進出，現在去抓人倒也不算遲。

趁著抓人的時間，顧嶼先提審了肉鴿賣家的其中一戶。

刑訊審問，從來都是民比官好審，顧嶼的品級擺在那裡，又有周餘下獄之事，自然震懾人心，因而那肉鴿賣家幾乎不用怎麼問，就眼淚、鼻涕直流地交代出自己的所作所為，明明是一副痛哭悔改的模樣，看著卻讓人升不起半絲同情的心來。

一個早上過去，完成四張口供，顧嶼讓負責記錄的小吏把案卷重新抄錄了三份，一份留在府衙存檔，一份整理好待上報京城，剩下一份卻是用白紙謄成通告，在府衙大門前立起一人高的木牌，將案情進展公諸於眾。

考慮到不少百姓是不識字的，顧嶼還安排兩名小吏站在木牌邊上，兩人輪換，每隔一刻鐘就把案情公告大聲地唸上一遍。

如此一來，每日的案情進展就成了揚州百姓茶餘飯後的話題，即便是有些認為事不關己、不願去湊熱鬧的人，也從周圍百姓們的紛紛議論中，聽到不少內情。

揚州百姓們即便之前對官府的瞭解不深，也清楚平日揚州府衙辦案的速度，他們驚嘆來自京城的欽差辦案神速的同時，不免對案情有了更多的好奇，而有些較為駭人聽聞的案情，甚至都不用改編，就成了說書先生話本裡的段落。

第二十八章 血書

顧嶼足足審了五天，才把案情初步梳理開來，其中還有兩家揚州豪族，任憑他如何審問，都是咬死了說沒有參與其中。

在沒有更多證據的支持下，案子無法結，周仁急得嘴上都起了一圈火燎泡，顧嶼倒是十分冷靜。

他知道，這兩家案情的切入點不在於他們本身，而在於周餘，只有周餘倒了，他們才會跟著倒，而如今，也是時候該提審周餘了。

元昭帝派他來淮南道查案，臨時撥給他的官銜也是有幾分講究的，若只是單純的欽差名頭，那便是見官大一級，權威深重，而給他個三品官銜，似是看重，實則為制衡。

淮南道實際上的掌權者是周餘，正位三品，官員品級猶如天塹，同為三品官員，誰也沒有審誰的權力，剛好可以限制他的行為。相對的，也導致周餘不敢輕舉妄動，一旦查出什麼犯罪之事，朝廷總歸是做出決斷的一方。

顧嶼要做的，也不是把周餘弄死在淮南道，相反的，他還得嚴防死守，防止周餘在回京的路上出了什麼意外，斷去這一條通天的線索。

整理好這幾天的審訊結果，顧嶼沒有立即開堂，而是先聯絡黃勝，在牢房裡見了周餘一面。

比起前些天的春風得意，周餘顯然狼狽許多，牢房裡的獄卒待周餘還算客氣，好吃好喝地伺候著，但不代表周餘能吃得下，就連顧嶼這般不怎麼關心別人相貌的人，都可以看出周餘整整瘦了一大圈。

顧嶼一身官服齊整，隔著牢房的鐵柵欄，對周餘微微點頭示意。他沒有坐上獄卒搬來的椅子，只是負手站定，緩緩開口道：「犯官周餘，本官已定於明日提審你，開堂之前，可有什麼想交代的？」

周餘頭髮蓬亂，聞言撩了撩眼皮，沒說話。

顧嶼也不惱，只說道：「你所犯之罪，足以全族連坐，你的兩個兒子也都犯了殺人死罪，一旦查實，舉族三代充軍不准返京，五代不得科舉，你周氏一族百年辛苦將付諸東流。你不認罪，是還抱著希望，以為你能將所有的罪名都抵賴過去，是不是？」

「本官沒罪，不知道該認什麼！」周餘臉上浮現出怒意，但按在稻草堆裡的手還是不自覺地抽動一下。

顧嶼把周餘的反應看在眼裡，低聲笑了笑，說道：「周餘，本官知道你有個外室，替你生下一個小兒子，你要是肯好好配合，等到結案之時，本官可以睜一隻眼、閉一隻眼，日後這個孩子是從商還是入仕，本官都可以裝作不知，你看如何？」

周餘的眼皮狠狠地抽了幾下，他前幾年剛來淮南道上任時，睡了個秦淮美妓，他嫌棄那女子上不得檯面，但終究貪圖她的美色，把人養在外頭。他起初還懷疑過孩子是不是他的，不過隨著孩子一天天長大，和他長得也越來越像，要不是出了這檔事，他已經準備讓那孩子認祖歸宗了。

顧嶼了然一笑，又道：「你也不必想著定國公會救你，他要是能顧得上你，這個欽差就不該是我。實話同你講，這次的案子是聖上交給太子殿下的，殿下又舉薦我下淮南查案，雛鷹三年不鳴，一鳴就該驚人，聖上這是在為太子鋪路，淮南道是棋盤，而你我都是棋子。」

周餘沒想到顧嶼會說出這一番話來，不過這些年朝堂的局勢他也分析過，太子愚鈍，諸皇子蠢蠢欲動，其中不乏有明主之象者，偏偏聖上從來沒露出過另擇儲君的意圖，反倒是一力把太子往前推。假若聖上早就清楚淮南道亂象，為讓太子立威，才起意徹查，那十個定國公也擋不住這天意如刀。

顧嶼走了，留下周餘一個人在牢房裡，把自己嚇得滿頭冷汗直冒。

其實顧嶼說得沒錯，元昭帝把案子交給太子全權負責，就是為了給太子增添威信，有其一就有其二，這次過後，再把別的案子交付太子時，就變得順理成章，只是元昭帝沒想到這一樁開頭的案件，竟會這般艱難而已。

顧嶼的消息是走水路送到京城，太子的回信卻是用驛站最快的飛鴿傳書，除了前線戰報以外，這是只有皇帝才能動用的傳信管道，因而顧嶼收到信的時候，心中一驚。

只是此時就開始憂心太子處境未免太早，顧嶼也不及多想，他用銀錘敲開封口的火漆，把捲在竹筒內、包裹著一層防水油紙的信取了出來，緩緩展平。

顧嶼認識太子的字跡，和舅兄的字有異曲同工之妙，只是稍微好看一些，看不出什麼鋒芒風骨，就只是尋常的一撇一捺，字跡工整。

這封飛鴿傳書顯然是太子親筆，一句廢話皆無，針對顧嶼上報的肉鴿及瘦馬兩件事情，表明一個態度。

不論主從，犯人格殺，犯官立判，吃人同死，毋怕，回京有我，瘦馬案等報父皇議。

顧嶼對著信紙看了很久，很早以前，他對太子的看法是和很多人一樣的，一個愚鈍卻又好運的儲君，沒有二皇子持重，沒有三皇子英武，沒有五皇子圓滑，也沒有瑞王聰明過人，卻偏偏承受一個君王最大限度的父愛。歷朝歷代被廢的太子很多，被廢之後再立，等同兩度動搖國本，可偏偏那時很大一部分人都覺得這件事可成，原因就在於元昭帝毫無原則地寵愛著太子。

他投靠太子時，已經是太子失勢之後，世態炎涼，人心思變，他能看得出來太子的變化很大，但是之前接觸不多，所以他並不大清楚太子究竟變了多少，但現在，他忽然有些明白了。

一個真正英明的君主，不在於他本身有多麼的聰明，也不在於他有多少魅力能夠籠絡到有用的人才，而在於他的心中，是不是亮著一盞明燈，能為手底下的人指出一條明路。坦坦蕩蕩、心懷大義，這樣的人即便有些衝動愚鈍，但若為君，底下的人至少看得見光明。

顧嶼收好信紙，卻不代表他打算按照太子所說的去做，只是有了這一份承諾，他可以先派人將相關人犯都抓起來，等到回京再作判決。

在即將開堂審周餘之前，能得到這麼一封態度明確的信，若是旁人，那真是實實在在地吃了一顆定心丸，比如周仁。周仁在拿到太子的信時整個人差點沒哭出來，當即撩起袍子對著京城的方向，端端正正地行了個大禮，但對顧嶼而言，心中只不過有一點觸動而已。

他從一開始就知道自己要做的是什麼，也已想好後果，設想了最好和最壞的結局，所以無論發生什麼事，他都是最波瀾不驚的人。

這一日過午提審周餘，顧嶼仍舊讓府衙大開，準備公開審案，讓全城百姓有空閒的都可以過來圍觀。他只在公堂外頭一線之隔的地方，設了鐵柵欄，並派出衙役守衛，以防止意外發生。

最近這些日子，整個淮南道鬧得沸沸揚揚的，而今日要審的，居然是堂堂正三品的御史，那可是一方大員，整個淮南道的天！只要不是實在忙得沒法子的，連臨近幾個州的百姓都提前趕過來，一直從府衙公堂擠到外頭的兩條街上。

顧嶼在正位邊上給黃勝留了座，周仁和另外一位淮南道治所的重臣對坐下首，周仁居右位。

周餘被帶上來的時候，雖然面色憔悴，但並沒有穿囚服，見了顧嶼和黃勝也不跪，只是微微彎著腰站立。

這裡頭有講究，官審民可即刻結案，死罪要上報刑部，驗證無誤之後，轉呈天子御前批閱，有了天子的親筆批覆，再下轉地方官府，判定死期。然而官審官就麻煩得多了，無論大罪、小罪，品級高低與否，都不可當堂結案，犯官認罪之後，審案官員必須將堂上筆錄和口供整理之後上報京城，由大理寺審批無誤，再轉下公堂判罪，罪刑定後，再呈報大理寺，經大理寺確認無誤，由大理寺主事官員向天子上報，天子首肯之後，先下達吏部，劃去犯官名冊，再將犯官提到京城重審，審問無誤之後，才能結案。

前世周餘就是在提到京城重審的路上被人滅口，導致斷了線索，這其間整整經過半年有餘，朝廷對判定官員犯罪的謹慎程度可見一斑。

顧嶼沒有拍驚堂木，緩聲說道：「本官奉君命下淮南，徹查淮南道難民一案，到今日已有半月之久，其間查出諸多罪行，更牽連數十位地方官員。其中揚州刺史徐景年已經認罪，案情上報大理寺，等候聖裁，而今日所審，乃是淮南道御史周餘，本是遭牽連入罪，但在開堂之前，有人給本官送來一樣東西。」

他說完，看了周虎一眼，周虎立刻領命，去到後堂，搬出一卷一人多高的厚實白布。顧嶼對周虎點了點頭，周虎就和周豹兩個人一起，把那卷白布在公堂上鋪展開來。

底下離公堂近一些的百姓們頓時炸開了鍋，竊竊私語的聲音大了起來。

黃勝和周仁，連帶著那個淮南道治所的官員，全都驚訝地坐直身子。

那卷白布鋪展開後，上頭竟然是一片密密麻麻的血書，全是人名，有的字跡尚可，有的則是歪歪扭扭的幾道筆劃，似乎是按著每村、每地挨個兒寫的名字，同姓的都聚在一起，還有一些分散在四周的名字。

然而無論是聚攏的名字，還是分散的名字，那些血跡或深或淺，全都十分清晰，似乎每一道筆劃裡，都能看出明顯的恨意。

這是……萬人血書！

萬人血書不是沒有過先例，就在本朝太宗年間，發生過一起案子，封疆大吏魚肉一方，百姓困苦之下，由數位入京趕考的學子帶頭，每家每戶咬破手指寫血書以陳訴冤情，最後運到京城的時候，竟然用了上百匹馬，足足拉上一個多月才拉完。

時間倉促，顧嶼帶上堂的血書數量並沒有那麼多，然而上頭的名字挨挨擠擠，早就超過了萬人之數。

寫在最前頭的十幾個名字字跡還算工整，周餘一見，臉色隨即一變，等再往後看，已經沒有太多認識的人了。

顧嶼觀察了一下周餘的反應，瞇起眼睛，揚聲說道：「周餘，告你的人太多，本官一件一件處理。首先是在去年九月十二深夜，你的長子周成、二子周達，兩人無視宵禁，夥同一幫揚州混混強擄民女趙氏至煙花柳巷，輪番將人侮辱之後留名而去，趙氏不堪受辱自盡。身為一方父母官，你本該大義滅親，秉公行事，卻立案強污趙氏為妓，將其死因歸咎成為妓多年，愧而自盡，趙父堂上怒斥直言，被你二子記恨，第二日趙父就被人發現死在家門前。」

周餘沒說話，顧嶼也不需要他說話，即刻讓人傳了周餘的兩個兒子上堂問案，連帶著那幫為虎作倀的揚州混混，和那夜的三名目擊學子。

趙氏父女相依為命，在鄰近城門處租了一間民居，邊上住的多是一些在揚州城中求學的貧寒學子。那日這三名學子偷偷避開宵禁去賞月飲酒，回來時正好撞見趙父被害一幕，也是這些日子顧嶼公正廉明，開堂求案，才讓這幾個學子的心得以安定，把這件事報了上來。

周餘的長子已經三十來歲，低著頭不敢看人，還有些窩囊地弓著背；二子個頭高一點，約莫和顧嶼年歲差不多，聽著邊上學子敘述著自己所犯下的罪，怒得血氣上頭，額上青筋暴起，眼神很是駭人。

顧嶼並不在意周達看自己的眼神，只是擺了擺手，讓目擊的學子繼續陳訴。

那學子定了定心，不再看周達的方向，語氣加快了一些。「那時候周大公子說教訓一頓就成了，若是午間開堂，晚上就死人，對周家的名聲不好。可周二公子不聽，撿起地上的半截青磚，就對著趙老伯的頭砸過去，砸得血肉模糊的，趙老伯掙扎著想跑，周二公子還追過去，拔出刀來，從背後把趙老伯給捅死了……」

顧嶼點點頭，又傳仵作。趙家父女的屍骨在結案之後，一併扔到亂葬崗火化，經手的只有當時官府裡的仵作。仵作為賤役，周餘得勢自然靠周餘，這會兒見周餘要倒，上堂來時馬上嚇白了臉，將當時經手的情況一五一十地說了出來，和那學子所言的殺人細節不謀而合。

周餘也許從來沒有想過在揚州這片地界上，會有人推翻他結的案子，故而也沒有很用心地善後。

趙家父女在官府裡的籍貫仍舊是平民籍，這就否決了他第一審的判詞，再加上學子和仵作的口供，周成和周達強占民女、事後殺其父滅口一案，已是罪證確鑿。

這個案子顧嶼結得很快，因為事先已經讓相關人員在堂下待傳，省去了提審的時間，前後只花不到半個時辰。

周餘還是死撐著不說話，顧嶼看了周仁一眼，周仁對他點點頭，取出一份擬好的狀紙，起身唸了出來。

顧嶼忙活了好幾天才審出的肉鴿鏈，審到最後樁樁件件都和周餘手底下的人有關，由於事情實在太過駭人聽聞，所以顧嶼只挑其中一戶殷實人家作為開篇。

這狀紙是顧嶼親筆寫的，不僅格式規矩，更兼文辭毒辣，字字誅心，周仁唸著，每唸到一個周字，都跟著周餘一起臉熱。

「人皆有子，戶戶如此，疼似金玉，寵如明珠，水冷懸心，水溫尚憂，置於掌心怕著寒，含在唇舌尤怕熱。殺人子取肉食之，如殺雞屠狗，更兼買賣，視若平常，約周公已入仙境，不與凡人同。然皇恩浩蕩，天子有諭，命查此案，人之罪，與人論，仙之別，請周公待死後與天言。」

顧嶼收起周仁遞過來的狀紙，讓那戶丟了孩子的人家上堂來，只是話音才落，就聽周餘啞聲說道：「不勞欽差費心，這罪老夫認了。」

顧嶼微微地挑起眉毛，只見周餘抬起頭，目光冷厲，似乎有些惱怒，卻又無可奈何地說道：「可此事並非由老夫這裡開端，不信欽差大人去問問，肉鴿一說究竟是多少年前的事情了？兩百年前就有！百姓亂世裡易子而食，荒年吃人之事頻繁，等到盛世太平了，仍舊有人惦記著人肉的滋味，只是沒個正經的名頭不好辦。從老夫來這揚州城的第一天，就知道這攤渾水裡有多少齷齪。」

「可聖上派你赴任，不是為了讓你來操持人肉生意的！」周仁忍不住怒聲斥道。「你是一道御史，更有調兵大權，盡可破此危局，或將此事上報朝廷。」

周餘的那些理直氣壯，頓時像魚肚子裡的泡泡，一戳便洩了個乾淨，他聲音沙啞地說：「官場的水有多深，豈是你們這些天生富貴的子弟能懂的？三品的御史，官階高嗎？一點都不高。」

被周餘的態度激怒，周仁還要理論，顧嶼卻制止了周仁，語氣淡淡的道：「你既已認罪，那就無須再多言。揚州府衙能審的只到這裡，其餘的話，留待上京再說吧。」

聽了顧嶼的話，周餘像是一瞬間老了十歲，面容一片愁苦之色，昔日風光不再，如今看起來就是個再狼狽不過的老人家，要是沒有那萬人血書，只怕同情他的大有人在。

下堂之時，周仁氣得遠遠對著周餘的背影「呸」了好幾下。

因為周餘的提前認罪，顧嶼安置在內堂的諸多人證和苦主，都沒了上堂的機會。

周仁躲了，顧嶼卻不閃不避，耐心地向他們解釋審官的流程，並告知他們周餘已經認罪，想了想，又道：「這次的案情實在太過惡劣，聖上應該會考慮民意，審過周餘之後，不會按律在京城處死，而是發回揚州當眾論死。諸位不必急躁，也沒有追去京城的必要，其餘一些相干人員，例如朱大之類，待本官明日審問結案之後，即刻著人將案卷發往京城，按理來說，最遲不超過兩個月就會行刑。」

在後堂的苦主們大多是丟了孩子，好不容易找到線索，卻連屍骨都找不回來，要是換作旁人來說，幾番推搡就會犯眾怒。但顧嶼的態度實在太好，而且還把朝廷的審問流程講解得一清二楚，就連原先哭得最慘的一家子都擦乾了眼淚，表示很能理解欽差大人的處境，也相信他的人品。

等送走這些苦主們，天色已經不早了，明日還有收尾的後續要辦。

顧嶼整理了一下今日的口供，雖然知道消息還沒有傳到京城，但也沒有鬆懈。周餘認罪後，便下獄關押，他親自命一百兵卒日夜輪班，就守在周餘的單間牢房外，不說是被人暗害，就算周餘想要自盡，都沒那麼容易。

而周餘這樣的人，能多活一刻就是一刻，他要是有那個膽子自盡，前世也不必輾轉半年，早就去死了。

揚州城的案子不算告一段落，也算是完成得七七八八。

陳若弱一早就讓喜鵲和翠鶯擠在百姓裡頭，聽完了白日公審的案子，如今只是聽著轉述，她都興奮得臉頰發紅，想來要不是懷著身孕，她早就擠過去跟著眾人一起看公審了。

喜鵲比翠鶯會說話，見陳若弱喜歡，連忙又回憶一下細節，誇道：「小姐您是沒瞧見，姑爺在堂上穿著官服的樣子可威風了，姑爺一拍驚堂木，底下的人全都抖上三抖，還有那個周餘，看著挺大一個官，居然整張臉全白了。」

陳若弱喜孜孜的，卻故意說道：「他犯了事，心虛嘛，被嚇一跳，肯定得白臉，跟文卿可沒什麼關係。」

「小姐這是得了便宜還賣乖呢！」翠鶯吃吃地笑。「站我邊上的那些大姑娘、小媳婦，看姑爺的眼神可都發直啦，口水都要流下來了。嘻嘻，誰能想到姑爺堂上審案的時候那般冷肅，回到家裡對著咱們小姐，卻是一副溫柔的樣子呢……」

陳若弱被說得臉紅，趕緊背過身去，不一會兒，她忽然想起什麼，回轉過身子，問道：「周餘認的只有肉鴿一事嗎？他這樣的人，背地裡不是應該犯下很多罪？」

這回喜鵲還沒有回答，顧嶼已經推門而入，聞言低笑一聲，道：「是還有別的事，但不能在堂上說。」

陳若弱聽見顧嶼的聲音，連忙轉身朝門口看去，一骨碌地從椅子上站了起來。「今天這麼早回來?!」

顧嶼失笑道：「以後會更早的。」

第二十九章 歸程

周餘事了，顧嶼在揚州城的事務也告一段落，至多還有一些需要收尾的雜務，但那些對他來說並不算什麼。

算起來，辦案的時日還沒有在船上花費的時間長，可陳若弱一點也不覺得驚奇，顧嶼辦案簡直是奔著玩命去的，別人花上幾天時間才能完成的事情，他非得在一天或者半天之內完成。

她心疼顧嶼，可終究也只能勸他該歇的時候歇一歇，畢竟他是為了百姓做事，再苦、再累都不能埋怨。如今事情都忙完了，等回到京城，就算再有什麼差事要辦，至少也不會像現在這樣天天累得連水都喝不上。

顧嶼把審問周餘的相關資料整理過後，太子的第二封飛鴿傳書也到了，信裡仍舊沒有廢話，只是簡單地說明元昭帝對這件案子的看法和態度，再次給顧嶼和周仁吃了一顆定心丸。最後太子讓顧嶼查出犯官後不必走那些流程，直接帶回京來，能夠在信裡給出這樣的承諾，說明京城那裡已猜出這樁案子背後必然牽連眾多。

顧嶼心知肚明，太子身邊有很大一部分人是能做實事的，這次淮南道之行，他看似孤身一人，其實背後站著的是整個太子一派。

對於後續收尾的工作，顧嶼稍稍放鬆，讓閒暇這麼多天的周仁忙個徹底。

這世上從來不缺會做事的人才，但能做到八面玲瓏且不落人話柄才叫困難。他這一趟不知是功、是過，若幾乎沒讓這個名義上的副使沾手一星半點兒，知道的會說他謹慎小心，不知道的會當他是剛愎自用、排擠同僚。

周仁一開始還在抱怨，等到逐漸會過意來，頓時變得十分積極。

顧嶼就這樣放了幾天假，帶著夫人在三、五日之內，賞盡揚州秋景。

就在顧嶼一行人要離開揚州城的那日，黃勝帶著數十位淮南道治所的官員前來送行，一直送到城外二十里。

等顧嶼回到車駕上時，陳若弱已經睡著了。

自從被探出喜脈，陳若弱就像是被什麼提醒了似的，吃東西開始反胃，睡眠時間增多，多走幾步路就要喊肚子疼，成了一朵嬌嬌弱弱的小花。

顧嶼知道她十之八九是裝出來的，只是為了纏著他一塊兒休息，他故作不知，更藉著這個明面上的理由，把周仁指使得團團轉。

來時走的是水路，是因為夏季水路快，如今入秋，回京就得轉陸路。水路二十來天，陸路就得走上一個多月，陳若弱起初還擔心自己懷著身孕受不住，等到紮紮實實地趕了幾天路，也確實沒什麼不舒服的地方，她才鬆了一口氣。

從淮南道到京城的一路上，基本上沒什麼荒山野嶺之地，車駕從日出開始行進，日落停駛，趕不上官驛就住客店，沒有客店還可以借宿民居。

顧嶼來時沒帶什麼人，周仁的下僕帶得就多了，再加上這次不僅是欽差歸京，更要押送周餘、徐景年等犯官歸案，因此回程顧嶼又帶上趙狄和他手底下的八百兵卒，浩浩蕩蕩一行人走在官路上，再窮凶極惡的土匪見了都要繞道。

這一路三十多天毫無波折，臨到京城前夜，周仁騎馬趕上來，伸手敲了敲顧嶼的車駕，隔著一道簾子問道：「顧兄，算算路程，明日就該到京城了，我看不如讓趙狄他們回去吧。雖然有黃總督的調令，但這百來號人進了京畿重地，被盤問起來也是一樁麻煩事。」

陳若弱正在和顧嶼下五子棋，聽了周仁的話，也覺得有道理，於是看向顧嶼。

顧嶼對她微微地搖了一下頭，掀開簾子一角，抬起頭對周仁說道：「我已經讓人去給家父報信，等明日家父帶人來接手犯官之後，再讓趙狄回去，否則在這荒郊野外，只剩下咱們兩家的下僕，並不安全。」

周仁抱怨地說：「顧兄你實在太過謹慎了些……不過我倒忘了顧世伯正是掌管京畿巡防這一塊的，想來這樁麻煩在顧兄看來也不算什麼麻煩，也罷，是我多事了。」

顧嶼解釋道：「此案牽連甚廣，你我來時消息還不曾傳到京城，可最近這些日子，京城的風也該起了，周餘要是被滅口，等於前功盡棄，我不得不謹慎。」

周仁也經手過一些案子，明白其中的道理，可到底是在皇城裡頭轉悠長大的公子哥兒，他並不覺得那些話本裡才有的事情，會發生在自己頭上。他微微一哂，打馬退到一邊，讓顧嶼的車駕先行。

暮色黃昏，離京城還有百十來里的路程，他們終究還是來到前不著村、後不著店的地界，好在知道這些天要趕路，眾人都備著一些在外過夜的物什。

趙狄帶著三百來號人走在前頭，在林子前邊尋了塊平整的空地安營紮寨。

顧嶼不放心，讓趙狄把犯官的監籠也拉到營寨裡頭，還特意去看了一圈。

不過一個多月的時間，周餘和徐景年幾人看起來都老上許多，顧嶼這次押送的是主犯，官階沒有低於五品的，如今瞧著雖然落魄，但都還有一些官威在。

顧嶼轉過身，對趙狄道：「最後一天了，不要鬆懈，夜間仍舊派人在四周警戒，營寨周圍三步一崗、五步一哨，把守的人不得少於一百，別忘了睡前要先演練一回。」

趙狄笑嘻嘻地應了，顧嶼見他這般態度，臉色微微地沈了下來，眼神十分嚴肅，又重複了一遍。「此案牽連甚廣，現在咱們雖已在京城地界，可一旦被賊人得手，等同前功盡棄，淮南道也不過是再換個周餘上任。本官如今所說的話，你須得牢牢記住，這些人一個都不能死。」

趙狄頓時一臉肅穆，沈重地點點頭。

顧嶼走到安置周餘和徐景年幾人的監籠前，目光掃視一圈，似乎是想起了什麼，又讓趙狄叫來幾個人，一直忙活到天黑，直到陳若弱派人來催過兩回，顧嶼才起身拍了拍趙狄的肩膀，道：「這一夜不得給他們餵任何食物和水，不允許任何生人靠近監籠，來往要有暗號。今晚辛苦你們了，等明日家父過來，你們就能啟程回揚州了。」

聽著顧嶼的話，趙狄先是點頭，隨後長長地呼出一口氣，接著道：「下官今晚乾脆不睡了，就守在這兒。」

顧嶼沒有同他客套，把周虎、周豹兩兄弟也留了下來。

周虎擔心顧嶼的安全，但到底還是不好違抗命令，幸好顧嶼的車駕離這裡不遠，自己只要和周豹輪班站到適合的位置上，兩頭也能兼顧。

車駕裡已用兩塊木板拼成一張足夠兩個人睡的大床，上頭鋪著一層柔軟的褥子，陳若弱還跑去另外一輛車駕上，搬來一個小茶几和三冊話本。

顧嶼挑了一下眉毛。「夫人這是不打算睡了？」

陳若弱一邊擺正茶几，一邊哼道：「我還不知道你？這次的案子這麼大，都到家門口了，你肯定不能放心，我就當是在新年守歲，陪你熬一個晚上，也省得你給我裝睡。」

顧嶼失笑，卻想不起來自己裝睡的事情是什麼時候暴露的，只好無奈地搖了一下頭，但到底沒有拒絕陳若弱。他把她搬來的話本略微翻了翻，挑一個結局不錯的，再從頭翻到尾，就大致知道這是個什麼樣的故事。

自上次《雪嫣傳》的結局被陳若弱知道後，她總是先讓他把話本通讀一遍，再跟她講一下大概的劇情，尤其結局一定要是好的，而她要先聽完話本大致上的情節發展，再決定要不要細聽下去。

在揚州城的這些日子，顧嶼很少有時間給她讀話本，不過這一路上的空閒倒是很多。像這樣的聽故事方式，顯然少了許多樂趣，但比起這個，陳若弱顯然更怕新奇地聽完話本之後，在結局上被來一刀。好在顧嶼概括故事的口才不錯，幾次下來就知道要如何在透露故事走向的情況下，既勾起陳若弱的興趣，又不會因為說得太多而被她猜到劇情。

顧嶼看話本的時間，陳若弱也沒閒著，她讓喜鵲和翠鶯把昨天路過城鎮時買的瓜果點心端上幾碟，還有多的就給周仁和趙狄送去，又把車廂裡的燈滅了，換成四盞掛在車廂側壁的燈籠，這樣才不會熏眼睛。

「《乘風記》，這名字倒有點江湖氣息，講的是什麼故事啊？結局怎麼樣？」陳若弱一把抱住顧嶼的胳膊，抬手翻了翻他手底下的話本，見那兩頁插圖畫著一對江湖人，一個是戴著斗笠、猜不出年紀的男人，一個則是衣帶飄飄、佩劍在身的姑娘家，瞧著該是男主和女主了。

顧嶼先給她講述了一下大概的情節，最後笑了笑，對陳若弱道：「是個好結局，都在一起了。」

陳若弱眨眨眼睛，兩手托在臉頰邊上，這就是她準備要聽故事的標準姿勢了。

顧嶼揭過序章，直接從開頭唸，開頭倒也新奇，從一對母女被賊人追殺講起，經過兩、三遭的死裡逃生後，就是男主粉墨登場。

和陳若弱之前聽的那些個公子、王孫的男主不同，這話本裡的男主是個常年戴著斗笠的男人，一把舊劍揹在身後，唯獨個子比旁人要高上一大截。

剛一出場，也不像陳若弱想的那樣，一劍逼退賊人，救下那對母女，反倒是立刻轉身去官府報案，半點俠客氣概都沒有，但就是這幾筆尋常到像是普通過路人似的描寫，卻讓陳若弱聽得揚起腦袋，不停地催著顧嶼繼續往下唸。

顧嶼又揭過一頁，剛唸到一半，就聽見車駕外有腳步聲響起。

周仁壓低聲音，小心翼翼地道：「顧兄、嫂夫人，你們睡了嗎？」

顧嶼沒搭理他，陳若弱則把簾子掀起一半。「沒睡呢，周大人是有事要找文卿嗎？」

周仁頂著一頭剛從被褥裡爬出來的蓬亂頭髮，露出一個憋屈的表情，說道：「趙狄把大半個營地的火把都點上了，我那車駕邊被照得跟白晝似的，實在睡不著，所以想來找顧兄和嫂夫人說說話，也算解個悶。」

陳若弱忍不住笑出聲，顧嶼沒笑，卻開口說話了。「待歸京之後，文卿定當擇一良辰，夜半上門，邀開餘兄夫妻二人秉燭夜話。」

周仁厚著臉皮說道：「嫂夫人是好客之人，我來叨擾一二沒什麼，可我家那個母老虎，她不講道理，顧兄還是免了吧，省得她拿掃帚把你趕出去。」

顧嶼臉色不變，重複了一遍。「母老虎……」

周仁頓時想起什麼，露出了驚嚇的神色，急忙道：「顧兄，你可不能把咱們背地裡說的話告訴我夫人去！」

「哦？我倒沒想這麼多，開餘兄提醒得妙。」顧嶼替憋笑的陳若弱拍了一下後背順順氣，才緩聲說道：「這夜半三更，又有夫人在側，恕不奉陪。要是開餘兄實在覺得無趣，不如我借你一副棋，你自己玩兒去吧。」

周仁瞪圓了眼睛，他厚著臉皮跑過來，心裡確實是存著一絲「你不讓我好過、我也不讓你們好過」的心思，可他怎麼也沒想到顧嶼會把話說到這個分上。這次歸京以後，他們就是同一條戰線上的人了，就算背地裡再有矛盾，表面上誰不是做出一副和和睦睦的樣子來？難道，他在顧嶼的眼裡，壓根兒就沒有做做樣子敷衍或拉攏的必要？

周仁仔細想了想，整個人忽然像是被冷水澆了頭似的清醒過來。他從離京那天開始分析，一直到一個多月前案子辦完，雖然不大想承認，可這些天他除了打打下手，壓根兒就沒有做實事的機會。不是他沒能力，而是顧嶼辦案的速度實在太快了，他都還來不及布局，就被告知一切事情都辦完了。

原本在太子一派的設想裡，這些明明是顧嶼的戲分，他才是那個被選出來辦實事的人！現在可好了，不光實事沒辦成，還被人當成混吃等功的跟班，周仁只覺得自己那城牆一般厚的臉皮都快要繃不住了，只好乾笑兩聲。

陳若弱聽見顧嶼的話，連忙拍了一下顧嶼的手，「哼」了一聲，說道：「你呀！哪有你這樣說話的，本來也不是什麼大事，偏要說得讓人害臊。正好我最近想學下棋呢，我讓人把車廂裡收拾、收拾，你們下棋吧，我在一旁看著。」

「妳不必給他臺階下，別慣他這毛病。」顧嶼低笑道，語氣裡雖是斥責的意思，卻讓人莫名多了幾分親近的錯覺。

周仁被冷水澆透的腦袋頓時冒出一點騰騰熱氣，心裡順暢許多，厚臉皮也回來了，他自己給自己搭了個臺階下。「是我不識相，罷、罷、罷，顧兄還是把你那副棋借給我吧，我可不敢再跟你下棋，輸怕了，我找別人下去。」

陳若弱聞言，趕緊去把顧嶼的棋子和棋盤一起翻出來，拿給周仁，還熱情地笑道：「之前我想著要學下棋，卻老是忘了，周大人若是有心，等回京以後，再讓你家夫人教教我，不論高低輸贏，總是個解悶的法子。」

周仁連忙應下，便拿著棋具離開了。

顧嶼重新把簾子放下，要給陳若弱唸剛才的話本，可這會兒陳若弱已經不大想聽了。

她靠向顧嶼，伸手抱住他的腰，把自己大半的重量都壓在他的身上，臉就埋在他的胸口，吸了一大口他身上的氣息，然後長長地嘆了一口氣。

顧嶼輕輕地撫摸著她的髮絲，柔聲說道：「累了？」

「沒有。」陳若弱重重地搖了搖頭，過一小會兒，她把小臉往上挪了挪，靠在顧嶼的臉側，才小聲地說道：「我只是在想，以後的日子是不是就這樣過了？把孩子生下來、養大，然後咱們一起慢慢變老……」

她說不上來有哪裡不對，但總覺得不該是這樣的，她並不是討厭平靜的生活，只是有些害怕一覽無遺的未來。

顧嶼摸了摸她的臉頰，唇角微微地彎起來，語氣低柔道：「夫人覺得這次的揚州之行如何？」

陳若弱的臉頰鼓了起來，氣哼哼地說道：「你都快要累死在那裡了，還敢問我覺得怎麼樣？整天就看你一個人在忙，那麼多的事情……」她說著，聲音卻有點變小了。「不過這次的案子真的太可怕了，我在想要是換一個人來，肯定不會查得這麼快，若遲個一天、兩天，不知道還會死多少人，有時候想想都害怕。」

「祖父以前有句話，說天底下的官要是都能為百姓辦實事，那江山能穩三百年；天底下的官要是有一半在做壞事、一半做實事，江山也能穩三百年；要是天底下的官一大半在做壞事，但有一小部分的官能震住這些人，江山一樣能穩三百年。」

陳若弱覺得新奇，眨眨眼睛說道：「祖父他老人家怎麼就和三百年槓上了？而且這根本不對啊，都是好官才三百年，一半好官、一半壞官也是三百年，一小部分好官去管大部分的壞官還是三百年，就沒有五百年、八百年嗎？」

顧嶼失笑，低聲嘆道：「沒有八百年的王朝，歷朝、歷代都是輪迴，天下蒼茫，人如螻蟻，匆匆百年，或於亂世朝不保夕，或在盛世安享福壽。前朝有人說，寧為太平犬，不做亂世人，能與夫人生在盛世之時，死生不見戰亂，已是文卿不知道修了幾輩子的福氣。」

顧嶼的表情很認真，看著他的雙眼，陳若弱忽然覺得心情有些沈重，可過沒多久，就像有一隻大手拂開了壓在她心頭的烏雲，她心中的鬱結慢慢地散開來，取而代之的，是一陣深深的嘆息。

兩人在車廂裡靜靜地抱了一會兒，外頭偶爾傳來輕微的人聲，遠處有狗吠聲響起，除此之外，就是一片深夜裡獨有的靜謐。

忽然，一道長箭破空之聲掠過車駕，隨即就是數道紮實的鐵射穿木板的悶響，外頭陡然亂了起來，有人大聲叫著「保護欽差大人」。

陳若弱起初沒有反應過來，卻見顧嶼立時冷下臉，一把將她護在身下，揚聲對外道：

「看住犯官，原地守衛，不要讓任何人有接近犯官的機會！不用管我！」

第三十章 遇襲

車廂的簾帳垂掛著，看不見外頭，顧嶼第一時間判斷射箭的方向是在林子深處，而且並非是為了取他性命而來，箭頭入木的聲響都在很高的地方，顯然不敢真的刺殺他，刺客只是想玩一手圍魏救趙之計。

箭雨來得快，散得也快，顧嶼緊緊地護住陳若弱，透過簾帳的縫隙，他看到不遠處的監籠仍被趙狄帶人護得嚴實，頓時鬆一口氣，卻也不敢太過輕敵，警戒地感受著外頭的動靜。

發覺趙狄根本沒有挪動一星半點兒，林子裡的人顯然急了，對著顧嶼的車駕再次放一輪箭，這次的箭比上次更低一些，陳若弱注意到有的箭幾乎是擦著顧嶼後背過去的。

她急得眼睛都泛紅了，仔細往四周一看，發現射到車駕裡的箭大都是從簾帳那一面進來的，只要用鋪床的木板擋住，車廂裡就安全了。可顧嶼把她護得嚴實，若要豎起木板，首先她得先起身。

陳若弱連忙跟顧嶼說了，顧嶼眉頭蹙起，否決她的提議。「不行，太危險了。這些刺客不敢真的傷害咱們，再說咱們的人應該已經進去林子裡搜索，過不了多久，這一陣箭雨就會停下，別怕。」

顧嶼是個有主見的人，陳若弱雖然平時主意也很大，但每每對上顧嶼的眼神，都會不由自主地聽他的話。只是這一次，她都還沒來得及點頭，一支從外頭射進來的箭就直直地刺進顧嶼的胳膊。

顧嶼猝不及防地悶哼一聲，但很快就鎮靜下來，他抬手按住傷處，見陳若弱眼裡冒出淚花，還勉強彎了彎唇角，低聲道：「我沒事……」

此時又是一陣簌簌的箭響，不過他的反應很快，迅速地俯身低頭，避過好幾支箭。

陳若弱不知道還要多久外面的箭才會停，卻瞧見顧嶼胳膊上的血跡隨著他的動作，暈染開一大片，她的眉頭緊緊地擰起來，忽然抬手抱住顧嶼的脖頸。

顧嶼只當她是害怕，低頭輕輕地蹭了蹭她的臉頰，安撫道：「看箭的制式，應當是弩箭一類，不過林子離得遠，只要不傷到要緊的部位，就不會有事的。」一般弩箭多塗毒，可他受傷到現在並沒感覺到有什麼異常，顯然這些箭是沒問題的。殺害欽差等同目無聖上，是株連九族的重罪，刺客只為殺犯官滅口而來，犯不著搭上九族的身家性命。

陳若弱小聲地說了一句什麼，顧嶼沒聽清，不由問道：「怎麼……」

他話還沒說完，陳若弱忽然一把將他推到一邊，整個身子壓到他的身上，幾步便爬到簾帳前，冒著時不時會被冷箭射中的危險，咬牙豎起之前用來拼床的一半木板。

顧嶼立刻反應過來，翻身和她一起撐起木板，嚴嚴實實地擋在簾帳前。

陳若弱背靠著木板，喘息幾聲，才嘿嘿地笑了起來。「這下子咱們可以放心啦。」

顧嶼一隻手按著傷處，眉頭緊蹙，看向她的目光忽然一滯。他擦了擦沾著血跡的手掌，從懷裡取出一方帕子，陳若弱以為他要包紮，連忙去接，卻見他用帕子輕輕地按在她沒有胎記的另外半張臉上。

陳若弱這才後知後覺地發現臉頰生疼，伸手一摸，竟是一手的血，她嚇一大跳。

顧嶼既心疼又生氣地說：「妳怎麼能做那麼危險的事？好在傷口不深，疼不疼？」

陳若弱欲哭無淚，指著自己的臉道：「我都要破相了，你還問我疼不疼？我就剩下這半張臉好好的，要是還留一道疤，那真見不得人了……」

顧嶼倒完全沒想過這個問題，見她緊張兮兮地摀著臉，血都糊了半張帕子，卻不見一點疼痛之色，簡直不知該說什麼才好。半晌，他深深地嘆了一口氣，用完好的手臂抱了抱她，啞聲說道：「妳就算留疤也好看。」

他的語氣之中沒有半點嫌棄，陳若弱眨眨眼睛，忽然覺得鼻子有點酸，她反抱住顧嶼，過一會兒才像是想起什麼似的，急忙挪開身子，擔心地問道：「你的傷沒事吧？疼嗎？」

見顧嶼搖搖頭，陳若弱連臉都不摀了，小心地替他解開外袍，正要撕開他傷處的布料，忽然外頭傳來重重的拍擊聲，是周虎的聲音。「夫人、大人，你們沒事吧？剛才那幫賊人朝著大人的車駕放箭，趙校尉說是調虎離山之計，不讓咱們過來……」

「沒事，只是受了一點小傷，趙校尉猜得沒錯。」顧嶼按著胳膊上的傷口，冷靜地說道：「情況怎麼樣了？有死傷嗎？」

周虎略微放下心，道：「監籠那邊被護得嚴嚴實實的，賊人趁亂想靠近，如今已被捆著候審呢。大部分賊人已被殺了，只留下幾個活口，外面已經安全，只是廂軍那邊傷了幾十個人，還死了五個兄弟。」

顧嶼的眉頭深深地蹙了起來，良久又展開，道：「他們不會白死的。你先去拿些傷藥過來，記得再派人去看看周副使那邊的情況。」

周虎立刻領命去了，欽差車隊是不備創傷藥的，不過廂軍那邊應該會有。周虎才離開沒多久，就取回一個未開封的傷藥紙包。

陳若弱小心翼翼地幫顧嶼把藥給上了，這才允許他為自己處理臉上的傷口。她偷偷拿起小鏡子照了照，發覺傷口確實沒她想像的那麼深，但留不留疤倒是不好說。

她耷拉著眉毛，看起來對破相挺在意的樣子，顧嶼真想就這麼坐在車廂裡抱著她，安慰上一天一夜，然而最終，他還是低聲道：「抱歉，死傷不少人，我得去看看。」

陳若弱的傷是斜著的一道，布帶得繞著頭包紮一圈，看起來有些可笑。她愣了一下，連忙推他。「有什麼好抱歉的？這麼大的事呢，你當然該去看看了，快去吧。」

顧嶼用完好的那隻手拍了拍她的頭，然後掀開簾帳出去了。

外面的情況不是很好，雖然刺客已經殺的殺、抓的抓，可到底死傷不少，廂軍不是西北軍，有的一輩子也沒見過幾回血，這次不過護送幾個犯人，竟然也會死人，營裡的氣氛頓時低迷起來。

顧嶼挨個兒去看過傷者，除去已死的五人，還有四個受了重傷，隨行的卻只有一個軍醫和兩個學徒，此時正忙得團團轉。

趙狄也受了點傷，臉色不是很好，一見顧嶼就道：「多虧大人警覺，要不是大人反覆叮囑，這次的傷亡不會這麼少。這些刺客都是經過特殊訓練的，身上的小玩意兒個個藏毒，好在沒讓他們靠近監籠……」

「在京畿之地找來這樣一幫刺客，根本是在把刀往聖上手裡遞。」周仁一瘸一拐地走過來，神色正經地說道：「幸虧案子結得快，兩地消息不流通，所以一直到京城才有了這一遭，不然真不知道這一路上會有多少麻煩。」

顧嶼沒說話，趙狄則是憋著笑。光看周仁那副正經的樣子，可能還以為他的傷是和刺客英勇搏鬥的結果，可趙狄一早聽人回報，說這位周副使一聽見有刺客，立刻從車廂跳出來，拔腿就朝相反的方向跑，那傷是在跳車的時候崴了腳。

周仁尷尬地咳了兩聲，對趙狄和顧嶼道：「發生這麼大的事，睡也睡不成了，咱們不如早點拔營，省得夜長夢多吧？」

顧嶼想了想，說道：「也罷，讓傷者和軍醫留下，其餘的人先帶著犯人趕路。咱們本就是途中遇刺，要是進城前遇到京畿巡防軍，也有個說法。」

顧嶼都這麼說了，趙狄當然沒有意見，剛剛鬧了一場，營裡的人心也不安定，聽說要連夜朝京城趕路，那種低迷的氣氛倒是提高一些。

關押著周餘幾人的監籠，後來索性和欽差車駕並行，首尾皆被護得嚴嚴實實，也不知道是這樣的保護方式起了效果，還是刺客真的只有一波，一直到了夜盡天明，遠遠地看到京畿巡防大營，也沒有多餘的禍事發生。

陳若弱快到凌晨的時候睡著了，車駕停下來的時候，顧嶼輕輕地推她，把她喚醒。她揉了揉眼睛，正好摸到臉上的那一片布帶，好半晌才反應過來。

顧嶼的聲音很輕，也很溫柔。「已經到家門口了，回房再睡吧。」

「還要見公公呢，不然也太沒有規矩了……」陳若弱睡意朦朧，還是強打起精神。

顧嶼忍不住笑了笑，摸了摸她的臉頰，像是在撫摸一樣珍寶似地摩挲幾下。「沒事，妳安心去睡吧。咱們遇刺一事不簡單，我得先去和父親單獨商議一下，再說妳是為了我而受傷，父親疼惜妳還來不及，又怎麼會怪妳呢？」

陳若弱睏得眼睛都要睜不開了，聽見顧嶼溫溫柔柔的聲音，也就朦朦朧朧地跟著點頭。

顧嶼讓開身子，好教她自己從車駕上下來，也是這麼一個舉動，讓陳若弱反應過來顧嶼也受了傷，她的睡意馬上飛走不少，拉著他完好的那隻手說道：「你也一夜沒睡了，還受了這麼重的傷，可別和公公說太長時間的話，早點回來休息呀。」

顧嶼點點頭，笑著應下了。

喜鵲和翠鶯也跟著擔驚受怕了一夜，連忙扶著陳若弱回到闊別已久的新房裡休息。

今日正好趕上大朝會，早在欽差車駕到達京畿大營的時候，鎮國公就上朝去了，於是管家上前勸了幾句，想讓顧嶼也去休息，他卻搖了搖頭，說道：「等父親回來再說。」

管家唉聲嘆氣了一會兒，卻知道自家世子打小就是有主意的人，旁人勸一句不管用，那就算再勸一百句、一千句都是不管用的了，也只好隨他去。

一般而言，大朝會得花上三個時辰，然而今日卻不同，顧嶼只等不到一個時辰，就聽下人來報，說國公爺的車駕回府了。

鎮國公才出皇城，就有管家打發來的下人把消息告訴了他，於是他馬上吩咐車駕加快速度。

這些天朝堂上也不太平，自從收到顧嶼的信開始，太子就不顧底下人的勸阻，一力上書要求親自去淮南道查案。太子已做了三十年的太子，有些資歷的官員幾乎都清楚他的性子，欽差只管查案，但若真把這位太子爺派去，肯定會把犯事的淮南官員殺到一個不留。元昭帝顯然也明白這一點，於是否決了太子的上書。

太子要是能忍，那就不叫太子了，等再收到顧嶼的回信和案情新進展的時候，他氣得把桌子砸了。身邊的人勸不動太子，偏生御史臺又有個愣頭青，針對淮南道之事，洋洋灑灑落筆千言，上諫言請書廢賤籍制，末了，似乎是為了稍稍迎合一下太子，又補充求諫肉鴿案主、從犯及吃人者都該論死，這剛好對了太子的意。

一連幾日，太子的摺子不知被壓下多少，有兩回還被元昭帝叫去談話，但太子還是照樣上書，甚至連早朝時也在鬧騰。

淮南道的事情要是都像這些初入官場的愣頭青想得那麼簡單，就不用大費周章地派欽差去查案，直接一道聖旨殺了周餘也就完事。

鎮國公知道，少去一年時間的思慮，聖上這會兒應該還在猶豫是否要對腐朽世家動手，畢竟這道口子一開，接下來的事情要是沒有足夠的精力去完成，一旦引發眾怒，世家聯合反撲，甚至會動搖國本。

元昭帝要思慮的問題太多，太子和那個愣頭青卻還在為廢不廢賤籍制和殺幾個犯人搖旗吶喊，落在聰明人眼裡，也就只有搖頭的分了。

鎮國公冷眼瞧著，對顧嶼說的那些離奇經歷不由得更相信幾分。這樣的太子，風平浪靜時還好，要是遇到有心人算計儲君之位，太子敗得再快也不是奇事，而後來太子還能起復，這其中不知耗了身邊之人多少的心血和精力。

顧嶼和鎮國公交換了一下京城和淮南道的消息之後，略一思索，說道：「兒子待會兒去述職，會先探一探太子的意思，能勸就勸，要是不能勸，兒子另有打算。」

鎮國公有些憂慮。「太子那性格要是能壓得住，黃家早就壓了，他們是太子的姻親，尚且說不上話，你就是說破了天，太子不聽，又有什麼用？」

「在其位，謀其政，太子並非不能溝通之人。黃家之所以沒能勸住太子，應該是和兒子想到一塊兒去了。」顧嶼微微瞇了瞇眼睛，見鎮國公露出不解的樣子，不禁笑了。

本朝的世家結構簡單，一部分是當年跟著高祖南征北戰的名臣後裔，初代鎮國公和寧國公就是開國時的左、右相，這一類爵位世襲罔替；還有一部分是前朝有權勢的家族，在高祖起事之後不戰而降，原先還是有封地的，後來在太宗時期部分世家作亂，太宗發兵除四族、留五家，留下的一些世家也就留在京城；其餘的則是一代一削的勛爵貴族，例如陳若弱出身的陳家，就是當年跟著高祖的一些戰將，將爵很少能世襲。

若說當除的，非那些前朝世家莫屬，太宗殺了幾家實力強的，為了昭示皇族寬容，留下的那一部分人年年拿著朝廷的榮養金，卻與民爭利、仗勢欺人，而養門客、攬官場的，也大多是這些世家。

鎮國公只是聽顧嶼稍一提醒，馬上反應過來，想要讓元昭帝下定決心很難，但若是扯上元昭帝疼愛了三十年的太子，那就不同了。

寧國公之所以由得太子像個跳梁小丑似地犯蠢，是因為寧國公有心想逼一逼元昭帝。太子的行為看似愚蠢，但太子揪著淮南道不放，其實正是踩在這些世家的底線上。

顧嶼有前世的眼界，很清楚一旦太子之位受到衝擊，第一個行動的不會是那些野心勃勃的皇子們，而該是元昭帝。鎮國公之所以也被寧國公帶進了溝裡，是因為鎮國公這些年遠離朝堂是非，根本不清楚元昭帝對太子的感情有多深。更甚者，元昭帝的猶豫可能只是一層迷霧，想藉此看看太子屁股底下的皇位，到底有多少人惦記著，更想讓太子看看，有誰表面一套、背後一套。

顧嶼想得深了些，卻沒說出來，父子兩人交換一個心照不宣的眼神。他喝了一口茶盞裡的熱茶，隨即道：「事不宜遲，兒子現在就去一趟東宮。」

鎮國公點點頭，又聽顧嶼道：「昨夜有人截殺周餘，若弱為了護住兒子，臉上被傷，父親要是見到她，也別多說什麼，姑娘家愛美，安慰多了反倒讓她時時刻刻惦記著。」

「竟有這樣的事？這些人簡直是膽大包天！」鎮國公倒吸一口涼氣，再看顧嶼時，忽然察覺出一點不對勁。「若弱受傷，你也受傷了？」

顧嶼不在意地說道：「傷了左胳膊，只是不到半指寬的皮肉傷，大夫說養養就好了。」

鎮國公見他神色鎮定自若，也就嘆了一口氣，道：「回來就好、回來就好。」

顧嶼失笑。「父親去休息吧。若弱受了驚，又一夜沒睡，可能要睡到晚上……折騰一夜，差點忘了告訴父親一件喜事。」

鎮國公露出疑惑的神色。

「若弱已經有了將近三個月的身孕，大夫看過，說這胎很好，若弱的身子也比尋常婦人康健一些。」顧嶼已經過了喜悅的勁頭，說得平平淡淡，鎮國公卻猶如被一道驚雷劈中似的，好半晌才回過神來。

而顧嶼前腳剛走，顧凝就急匆匆地來了，她這些天大部分時間都待在城外別莊，也是早晨才聽說顧嶼回京，便立刻讓人備上車駕，回到鎮國公府。

鎮國公見了她，卻是臉色一黑，連理都沒理她，轉身就走。

喜鵲和翠鶯跟陳若弱一樣舟車勞頓，陳若弱睡在裡間，她們兩個睡在外間的小隔間裡，睡得沈沈的，一直到中午過半後才醒。

聞墨替打著哈欠的陳若弱更衣、洗漱，因為得到鎮國公的吩咐，整個院子裡的人見了陳若弱，都是一副平常的樣子，好似她的臉上什麼東西都沒有。

要不是照見鏡子，再加上還有點疼，陳若弱都要把自己臉上的傷給忘了。

她剛喊一句「餓了」，想去給自己做點吃的，沒想到聞墨立刻就讓人傳了膳。兩個多月沒回來，府裡多了個大廚，有四十年的廚藝功底，就連鎮國公這個不怎麼吃葷的人，再加上這些日子煩心事又多，卻還是足足被養胖了一圈。

那新廚子的手藝極好，陳若弱滿足地吃完飯後，便來到鎮國公府的正堂。

管事得知陳若弱是來向鎮國公問安的，連忙告訴她國公爺正在外院見客，他先去通報一聲，於是陳若弱就坐著等。

等了好半晌，只見管家從外院回來，恭敬地對著她行了個禮，笑著說道：「世子方才去太子跟前述職，才出去沒多久，宮裡就命人來傳話，說是讓老爺也進宮一趟。少夫人是有身子的人，不好久等，故而派老奴來說一聲。老爺都歡喜一個早上了，想著早些看見少夫人，又怕攪了少夫人的美夢，還吩咐咱們都不准吵醒少夫人呢。」

這話很是熨貼，陳若弱不禁笑眼彎彎的，卻不小心帶動臉上的傷口，不由得「嘶」了一聲，她下意識地摀住臉上的傷痕。

管家卻像是沒瞧見她臉上的傷口，聞墨也連忙過來打岔，不多時，陳若弱便高高興興地從正堂出來了。

秋高氣爽，落葉紛飛，鎮國公府內、外各處，都有人每日重複打掃好幾次，地面也都乾淨得很。

陳若弱吃得太飽，聞墨想扶她去花園裡消消食，陳若弱卻瞧見離正堂不遠處，有一株極高大且掛滿黃色葉子的銀杏樹，隔著牆都能看到大半的樹冠。鎮國公府那麼大，她還有很多地方沒去過，頓時起意想去瞧瞧。

鎮國公府遠離朝堂紛爭多年，少養門客，聞墨隱約記得那是一處閒置的客院，於是也就順著陳若弱的意，扶著她出了內堂，穿過迴廊，來到通向客院的小路。這條路是後廚和客院之間的近路，平時都是下人在走，有時候後廚會在閒置的客院裡曬點乾貨，繡工也經常來此處，銀杏樹不生蟲，夏日裡在樹底下一邊乘涼、一邊繡東西，最為舒坦。

陳若弱離得近了，忍不住加快步子，她在西北時沒見過銀杏樹，只有在聽話本的時候聽過幾回。那扇子似的葉子遠遠看著還不覺得有什麼，等落到手裡才發覺有多精緻和新奇。秋日葉枯，她沒費什麼力氣就摘下好幾片完好的黃色葉子，攏在手裡，像得了新鮮玩意兒的小孩子。

聞墨拿出帕子要給她包著，陳若弱卻拒絕了，銀杏樹的葉子已經很乾，拿在手上脆生生的，生怕捏碎了邊角，要是再包到帕子裡，一個不小心就全沒了。

「這個院子這麼大，怎麼只種著一棵樹？那些房間看起來都挺漂亮的，為什麼沒有人住？」陳若弱眨了眨眼睛，問道。

聞墨在鎮國公府待的時間很長，立刻為她解釋了一下什麼是客院，末了又道：「府裡有四、五個客院呢，聽說原先這個院子，就是周相爺在咱們老相爺門下做學生時所住的地方，這棵銀杏樹是前朝的東西，上頭還被國公爺和周相爺刻過字。」

陳若弱一聽，連忙靠近樹幹去看，可轉了一圈也沒發現哪裡有被刻字的痕跡。

聞墨「噗哧」一聲笑了出來，說道：「少夫人，周相爺都已經做相國做了那麼多年，那還是周相爺當學子那會兒刻的字，早就長出新樹皮啦。」

陳若弱嘟起嘴，不知道怎麼回事，最近她的腦子總是笨笨的。聽說懷孕的婦人因為把大部分養分都用來供給胎兒，所以自己就不夠用了，她覺得應該是因為這樣，她才會變得傻乎乎的。莫非……她還得多吃一些才行？

第三十一章　太子

淮南道的案子是交由太子全權處置，顧嶼回京該去述職的對象，自然也是太子。

這些天太子在朝堂上碰了一鼻子灰，平日喜愛摔跤、打獵、騎馬的太子，如今對這些玩樂也失了興致，每日下朝後就一個人待著，連太子妃都勸不住。

顧嶼來時，東宮已有不少人在，太子則在內殿裡冷臉坐著。太子的東宮裡，和很多貴人喜歡擺一些金銀玉器不同，到處都是結實耐用的青銅器。原先還有木製的桌椅，這些天也都被太子妃作主換成青銅的，一眼看去，簡直像回到好幾個朝代之前。

剛要行禮，太子就擺手道：「免禮。文卿，你是這次破案的功臣，你來說說在淮南道的所見所聞吧。」

顧嶼卻沒順著太子的意，只是簡單地說明一下抓捕徐景年和周餘一行人的經過，對於這些犯官的罪行也都是輕飄飄帶過，然而就算這樣，太子還是聽得怒髮衝冠。

顧嶼看著上首太子的臉色越來越黑，漸漸地止了話頭。

太子有些不滿地說道：「怎麼不說了？你還有什麼可替那些畜生遮掩的？快些通通說出來，讓本太子的這一幫智囊都聽聽看，到底是不是本太子做得不對！」

「殿下，重安不是這個意思，殿下的做法沒有錯，只是……」站在邊上的黃輕看了顧嶼一眼，擰起眉頭對太子解釋道：「聖上的心思還得再多加琢磨，這次淮南道的案子牽扯甚廣，重安是怕殿下做了別人的棋子，到時候被人利用事小，失了聖心事大！」

太子重重地拍了一下面前的青銅長桌，發出一聲不小的悶響。

少年才高多傲氣，黃輕連眼皮都沒動一下，他也有些生氣了。這些日子不管他怎麼勸，太子就像是吃了秤砣一樣，鐵了心要和淮南道的案子槓上。要不是做了皇親，太子對姊姊也著實不錯，黃氏全族榮辱皆繫於太子身上，他又何必日日對牛彈琴。牛不肯聽他的話，難道他還能按著牛的頭吃草不成？而且越強壯的牛勁頭越大，他就是想按也按不動。

東宮裡的氣氛一時凝滯，顧嶼微微地抬頭，眉眼略低，做出一副恭敬的樣子來，不帶什麼感情地說道：「文卿未曾想替周餘等人遮掩，這些犯官之罪行罄竹難書，個個該死，想來文卿知道這個道理，殿下也知道。」

這些日子難得有人給了太子一個肯定的支持態度，太子的臉色緩和一些，但仍舊帶著餘怒說道：「你知道，本太子也知道，可父皇和這幫人竟誰都當作不知道。君為舟，民為水，一旦民心鬆散，水可覆舟，如今處置這些犯官，可以給百姓一個交代，江山可穩，民心可安，正義昭彰，明明是件再簡單不過的事情，本太子不知道他們為什麼要弄得這麼複雜？從來就沒人給本太子一個解釋，只是讓本太子別失了父皇的心。」

顧嶼聽得出太子的委屈，心裡微微地嘆了一口氣，他抬頭看了一眼立在太子身邊的人，幾乎都是黃輕、周仁一輩的年輕人，誰都不傻，誰都是聰明人，但越是聰明的人就越容不下蠢人，只有在蠢人是棋子的時候例外，可偏偏這個蠢人就坐在儲君正位上，是他們要效忠的主公。

只是，既然把太子當作主公，又知道太子可能不是那麼聰明，就該好好地跟太子解釋清楚利弊，撥開太子眼前的迷霧。解釋過一次、兩次以後，太子就能慢慢地學會沈穩，懂得去聽取別人的意見，漸漸曉得該如何權衡得失。

然而這些聰明的年輕人知道太子蠢笨，也習慣了教太子如何去做，卻又把太子當作聰明的主公般，說話總是隔了一層，不解釋太多，怕招忌諱。

前世他不能和太子說個明白，是因為那時的太子已經被逼得謹小慎微，每日生活在忌憚和懷疑之中，真正到了「只能教教太子如何去做，卻不能解釋太多」的地步。

黃輕聽了太子的話，清俊的臉上浮現出一絲潮紅的怒意，只是剛要開口嘲諷，就聽顧嶼平穩的聲音響起。「文卿昨夜歸京時，在路上遭遇刺客，是為殺周餘而來。殿下以為，周餘當殺？」

「那肯定是被周餘所害的可憐人想來報仇，要是父皇這次不殺周餘，本太子就……」

太子的話沒說完，顧嶼便毫不客氣地出聲打斷，說道：「刺客是為了將周餘滅口，甚至不惜殺傷隨行護衛多人，幸而未能得逞。」

太子一愣，追問道：「周餘的後頭還有人？難道周餘和朝廷重臣有關聯？」

黃輕也愣住了，沒想到勸了這麼些時日，太子居然不知道周餘身後是有人的。

顧嶼抬頭看了一眼太子的神色，心中有數，於是點點頭道：「文卿審問周餘時，已大概摸清其底細，掌控淮南道的朝廷勢力以定國公為主，成國公、西寧侯次之，牽扯進去的勛貴重臣達六家之多。其中西寧侯長子是江南道御史，成國公則是在西北軍中經營多年，定國公的話……殿下應該知曉。」定國公是比寧國公更純正的皇親國戚，太后就是定國公府出身，而李貴妃雖然不受寵愛，也沒有孩子，但這麼多年在宮裡的地位依然穩如泰山。

從來沒有人對太子如此詳細地解釋朝中重臣和勛爵的身家來路，這麼多年來，太子也只是按照自己的想法去理解這一切。然而顧嶼一開始說出這幾個勛貴頭銜的時候，太子也只是擰了一下眉頭，並不覺得這些人是不能動的。

顧嶼看著太子，只見太子愣神半天，好一會兒才說道：「那、那可以先把成國公調回來，軍中這麼多年來已換過三任主帥，成國公的勢力就算再大也……」太子的話說到後來，就有些說不下去了。

顧嶼靜靜地說道：「這些都需要時間，就算聖上已下定決心，也不可能立刻就去實施，更何況現在聖上的決心未定。假如殿下信文卿，文卿只能說，殿下若真想徹底辦了淮南道的案子，那只有兩條路可走。」

黃輕立在一邊，目光中帶著些驚異。他從來沒見過這麼安靜的太子，以他對太子的瞭解，太子此刻確實是無比認真地在傾聽著，並且努力思考著。這個顧文卿究竟有什麼能力，竟能讓太子乖乖聽話？

顧嶼沒有賣關子的意思，見太子並未發怒，便接續之前的話說道：「其一為緩兵之計，只誅周餘及其下犯官，不牽扯其他。殿下只要不深入，那不僅聖上會痛快地同意處置淮南道一案，連帶著定國公之流也會暗地裡相幫，以振殿下聲威。待日後時機成熟，再行他事。」

這第一個法子其實和顧嶼在淮南道用的沒有太大區別，只不過周餘勢薄，他只要能拖延一個月的時間就已足夠；而太子想要鏟除的勛貴勢大，沒個三、五年是絕不可能等到適當的時機，甚至可能要等到太子登基。

太子一聽就堅決搖頭，本來確實只想處置周餘，可一聽說周餘身後有人，這麼多年來被刮下的民脂民膏，都填了那一幫尸位素餐老賊的肚子，太子心中就一陣憋屈，恨不得現在就提刀上門，把他們挨個兒都砍了。別說暫緩，太子就連現在忍著沒說話，也都是看在顧嶼言辭誠懇的分上。

顧嶼拋磚過後，便是引玉，他抬頭看了黃輕一眼，微微地笑了。「其二，寧國公的意思是……」

「絕不可能！」太子斷然說道。這些天黃家的人都在勸自己忍下此事，連辦周餘都不要干涉，如果是寧國公的意思，那還不如不聽。

顧嶼收斂臉上的笑容，有些嚴肅地對太子說道：「殿下大約沒有理解寧國公的意思。這次淮南道一案，多虧有黃勝將軍的支持，若非如此，要破案恐怕還得費上不少時日。寧國公並非怕事之人，之所以讓殿下別輕舉妄動，是為緩兵，殿下這邊緩兵，背地裡就可用兵；若想要折西寧侯人脈、弱成國公聲威、斷定國公勢力，必不能在此時打草驚蛇，可殿下一連數日張揚，已壞寧國公之局。文卿想著今日重安兄來，必是為了與殿下商議下一步棋。」

太子愣了愣，用懷疑的眼神看向黃輕。

黃輕素來急智，顧嶼給他搭了橋，雖然是座危橋，可如今再危險的橋他也得上，便垂下眸子，道了聲「是」。

太子一肚子的火氣頓時消散無蹤，只是拍著後腦勺笑了，並拉起黃輕的手說道：「是本太子這些日子太過急躁，一直聽不進你跟你姊姊的話，是本太子誤會了。重安你千萬別生本太子的氣，大局為重，還是趕緊告訴本太子該怎麼做吧。」

黃輕被太子握著手，面容僵硬地看了顧嶼一眼，只見顧嶼回他一個溫潤如玉的笑容，好似山水畫裡走出來的翩翩君子。唉，他明知道這是個坑，卻還是得往下跳。

「家父……言殿下已打草驚蛇，又不肯撤，如今之計，唯有將計就計，讓殿下把事情鬧得轟動朝野，聖上必定會在殿下和勛貴之間猶豫不決。趁此機會，殿下可在明面上做靶，背地裡由我寧國公府成事。」

黃輕看上去一副處變不驚的樣子，心裡卻是忐忑不安。這確實是他和父親在背地裡商議過的應對方式，也準備舉全族之力替太子打勝這一仗，可太子性如烈火，這個計策說白了就是讓太子當傀儡，那些風雨是非都由黃家來扛，更沒必要告訴太子經過。幸虧太子腦子不靈光，要是換了個主公，這個計策他連提都不敢提。

黃輕用眼角餘光瞥見太子的臉色瞬間變得陰暗，心裡不禁沈了幾分。沒想到一陣難言的沈默過後，太子開口道：「有把握嗎？」

黃輕說道：「成不成功得取決於聖上的心思，但即便聖上有所顧慮，不願對勛貴下手，只要殿下能給我黃家一年時間，定能穩操勝券。」

太子依舊拉著黃輕的手，面上微露沈思之色。

顧嶼敏銳地察覺到黃輕投來意味深長的目光，不由得失笑，卻沒有順著黃輕的意，反而微微地躬身行禮道：「殿下宅心仁厚，天命當之，顧氏全族，願為殿下馬前卒。」

「好、好！」太子一邊拉著黃輕的手，一邊重重地拍了拍顧嶼的肩膀，面上難掩激動和喜悅之色，這麼多天以來的陰霾全部一掃而空。

人一高興，就容易沒控制好力道，黃輕的手已被太子握得青紫，臉上出現鐵青之色。

顧嶼的胳膊還傷著，可挨了太子兩下，臉色竟然一點變化也沒有。

從東宮出來後，黃輕攔住顧嶼的去路，他離得近了，才發現顧嶼竟比他還要高出半個頭，連忙假裝自然地拉開一點距離，才咬著牙對顧嶼說道：「方才還真是多謝顧兄了。」

黃輕是個比顧峻大不到兩歲的少年，眉眼間透著靈氣。顧峻長得其實也挺好，奈何卻是個聰明相、呆肚腸。

顧嶼用一種看後輩的眼神打量了一眼十八年前的黃輕，頭一次發覺同僚多年的老狐狸居然會有這般順眼的時候，唇角不禁泛起笑意，說道：「不必謝，為太子分憂，乃為人臣子的本分。」

黃輕更氣了，原本他和父親商議的結果，是打算讓太子做出頭鳥來帶動朝野目光，這些天的勸阻也只是為了讓太子少在案情上折騰，平白顯露愚笨之態，並非是顧嶼所說的緩兵之計。沒想到他才順著顧嶼所搭之橋，說出原本的計劃，並打算一表自己和家族忠心，好讓太子同意這個計劃的時候，卻又被顧嶼這廝插了一腳。

「重安兄年歲幾何？」顧嶼忽然問道。

當黃輕從牙縫裡擠出個「十八」，顧嶼就笑了，說道：「重安兄自四年前就在太子身邊謀事，太子待重安兄親如手足。然太子年已而立，重安兄不過十八，太子卻仍時時刻刻聽取重安兄的意見，故而無論旁人還是重安兄自己，都不宜張揚行事，尤其是在太子面前更要謹慎。」

黃輕皺了皺眉頭，沒有說話。

顧嶼臉上的笑意沒有收斂，語氣輕緩，卻一字一句重重地打在黃輕心上。「重安兄可知，太子這樣的人若真有嫉妒或忌憚之心，又為何要事事聽重安兄的？太子以誠待身邊之人，身邊之人卻不能以誠相待……太子如今還未見慣官場風雨，等有一日太子明白了，難道不會心寒嗎？」

黃輕站在原地，一動也不動，直到過路的宮人叫了他一聲，他才如夢初醒，然而顧嶼的身影卻早已消失。

第三十二章 變故

從東宮出來後，顧嶼又去了一趟大理寺，回府時已是華燈初上。京城的秋夜似乎比淮南要暖和一些，他一下車駕，迎面而來的晚風都是溫柔的。

顧嶼遠遠就看見陳若弱穿著一件翠色衣衫，手上提著燈籠，站在院子裡等著，他還沒靠近，就見她像是受了驚嚇似地對著他連連擺手。

顧嶼有些疑惑，走上前去問道：「怎麼在這裡等？小心吹了風會受寒。」

「公公和小姑在正堂裡吵起來啦！」陳若弱的聲音很低，還回頭看了一眼，對顧嶼道：「我不敢進去，方才小姑又哭又喊的，公公也說了不少重話，還砸東西。看來公公這一次是真的生氣了，至於是什麼原因，我也弄不清楚。」

顧嶼握住她的手，發覺十分冰涼，他嘆了一口氣，說道：「那妳也不能在外頭等，這天可是越來越冷了，妳先回去吧，我進去看看。」

陳若弱搖搖頭，面露擔心地說道：「我就是在這裡等你回來，好一起進去的，我一個人怕不好說話。待會兒進去，你拉著公公，我哄哄小姑，讓他們別再吵了。」

顧嶼瞇了瞇眼睛，他其實有些猜到顧凝會為什麼事情和父親吵架，別說是勸架，按照他的脾氣，只會比父親罵得更狠。

顧嶼帶著陳若弱進去的時候，幾個丫鬟正在低著頭收拾一地狼藉，鎮國公手裡的茶盞已被摔在地上，碎得不成樣。

顧凝哭著跪在地上，見到顧嶼進來，她第一個反應是害怕，隨即咬牙，臉上露出倔強的神色。

陳若弱上前要去扶起顧凝，可顧凝卻把手抽了回去，用哭啞的嗓音說道：「嫂子，妳不用管我，反正也沒人管我是死、是活，我不如就跪死在這裡。」

鎮國公氣得伸手拍桌子，指著顧凝說：「妳還要為父怎麼管妳？是為父老了，管不動妳了，才會讓妳變成這般愚蠢至極的模樣！」

「不用扶她，讓她跪。」顧嶼走到鎮國公身側，抬手拍了拍鎮國公的後背順一順氣，冷冽的目光落在顧凝身上。他雖然還沒開口問，但已經大致上從鎮國公和顧凝的神色裡看出個所以然來。

顧凝抬起頭，淚光模糊，面容瘦削，不過短短兩、三個月的工夫，她整個人就像老了十歲似的。

鎮國公看著不忍，別過頭去，顧嶼卻是不避不讓，幾步走到顧凝面前，抬手捏起她的下巴。

他的動作一點也不溫柔，顧凝被迫抬起頭看著他，只是一眼，就禁不住想垂下眸子。

陳若弱沒想到顧嶼是和公公站在同一陣線上的，見小姑子的身形搖搖欲墜，不由得伸手拉了拉顧嶼，小聲地說道：「你少說兩句，還沒問清楚是什麼事呢。」

顧嶼冷冷地說：「要不是因為瑞王，她還能為什麼事把父親氣成這樣？顧凝，妳除了會哭，還會做什麼？」

「我只恨我這輩子不是男兒身，和什麼人在一起、過什麼樣的日子，全得由你們替我作主，從生到死都沒有自由。大哥，你想去做什麼事情，父親就算押上全族的性命，都肯為你鋪路，可我呢？這世上只有定北侯疼女兒是不是？堂堂鎮國公府，父親但凡疼我有疼大哥的一半，瑞王瞎了眼睛才會去找別人！」顧凝狠狠地擦了一把臉上的淚，扭頭掙開顧嶼的手，迅速地站起身來。

陳若弱從沒見過顧嶼如此生氣的樣子，不禁有些害怕，連上前去拉住他都不敢，只能吶吶地站在原地說道：「你們別吵啊，都是一家人，把話說開就好了……」

顧嶼目不轉睛地瞪著顧凝，問道：「顧凝，妳認為定北侯肯為了女兒而靠向瑞王，所以要是父親也願意幫助瑞王，妳就能趕走孫側妃，然後繼續和瑞王一起過著以前那種神仙眷侶般的日子？」

顧凝咬牙，沒說話，但緊緊絞在小腹前的雙手，卻將她的心思顯露無遺。

顧嶼用沒受傷的那隻手按了按太陽穴，聲音裡有些疲憊。「妳從生下來，就沒吃過一點苦頭，家裡有什麼好吃、好玩的都會先給妳送去，連顧峻都知道要疼妳。父親為妳請最好的女師，女師定下的規矩太嚴，妳受不了，還是父親不許女師打妳、罵妳。祖父在時，就替妳定下和南安王世子的婚事，可妳固執地要嫁給瑞王，咱們也替妳把那樁祖父定下的婚事給推了。這幾年瑞王想起事，明裡、暗裡不斷使計，想讓鎮國公府投向他，可這步棋一旦踏錯，就是萬劫不復，父親怎麼可能同意？妳在王府過得好時，咱們什麼都沒跟妳說，怕妳兩面不是人；如今妳過得不好，哭著想回來，我也帶妳回來了，妳卻還覺得委屈。妳見過別人家的貴女，過的是什麼樣的日子嗎？」顧嶼冷笑一聲，又道：「顧凝，妳覺得妳委屈，是因為妳生錯地方了，妳該生做公主才對，那樣便可以想嫁什麼人、就嫁什麼人。可妳生在區區鎮國公府，如今妳想回到瑞王身邊，那就是要帶著全族一起陪葬！」

鎮國公覺得顧嶼的話說得太重了些，不禁咳了一聲，算作警示，顧嶼卻沒有理會。

顧凝的哭聲更大，卻快要流不出眼淚來了，她哭著說道：「是，我就不該生在鎮國公府，我去當個平民的女兒，都比生在這裡要好得多。至少我喜歡誰、我想跟著誰，不用為了別人的想法而顧慮這麼多。」

顧嶼指向門口，道：「妳以為妳從這裡離開，回到瑞王府，他就會對妳好？對，他會對妳好，等到妳再度對他死心塌地之際，他便會張口來咬下鎮國公府這塊肉。顧凝，妳以為妳在他眼裡算得上什麼？不過是個還有利用價值的人罷了。」

這些天和鎮國公鬧過許多回，顧凝心力交瘁，她從小天不怕地不怕，最怕的就是顧嶼這個大哥，好在顧嶼不是個習慣說重話的人，可今日大哥卻刻薄得讓她心碎，此時她連轉身跑開的力氣都沒有了。就在顧嶼話音落下的時候，她的身子晃了晃，一下子暈了過去。

陳若弱連忙上前，只是顧嶼更快一步，一把接住了顧凝。他一隻胳膊上還帶著箭傷，頓時面白如紙，悶哼一聲，卻還是把顧凝抱了個穩穩當當。

鎮國公立刻叫人扶顧凝回房裡去，又找來府上常駐的大夫去看一看顧凝。

顧嶼的傷口有些裂開，陳若弱趕緊回房拿來傷藥，長吁短嘆地替他重新上藥。

疼也就疼一陣，顧嶼緩過來後，抬手拍了拍陳若弱的手，轉而對鎮國公道：「凝兒本該在氣頭上，不可能忽然原諒瑞王的。這些日子她是否見過瑞王？」

「都是為父不好，那天早晨凝兒說想去寺裡燒香，回來時就有些不對勁，像是剛哭過，但心情看起來又不錯。之後太子的事情鬧得凶，為父一時也忽略了她，就在前些天，她忽然說要回去，說瑞王已經把孫側妃趕到城外別莊去，年後便會尋個由頭打發孫側妃，而她去別莊看過，確實是真的……」鎮國公不禁深深地嘆了一口氣。

皇家側妃並非尋常人家的侍妾，即便孫側妃真是個小官的女兒，也已經入了王府的門，怎麼可能隨便尋個由頭便打發走？再說還有定北侯那一層關係在。顧凝未必看不清這一點，只是她和瑞王年少夫妻，情愛迷眼，這不過是她給自己的藉口罷了。

自古多情總是癡，但顧凝不是活在話本裡的小姐，她的情愛也注定不可能那般圓滿。

顧嶼面無表情地說道：「罷了，從今日起，別再讓她出門，等到瑞王實現承諾，就直接送她離京，兒子已經替她安排好一切了。」

鎮國公有些出神地問：「你說，是不是該把你的事情告訴凝兒？」

顧嶼沈默了一會兒，陳若弱不禁看向鎮國公，眼裡有著好奇的光芒，鎮國公這才如夢初醒似地回過神來，只聽顧嶼道：「眼前的尚且看不清，知道以後又能有何區別？她心裡只當自己是還沒出嫁的小姑娘，父親說什麼她都聽不進去的。」

府裡的大夫一直住在外院，雖然知道這些日子裡鎮國公府的氣氛不大對，但也沒有想太多。大夫知道二小姐是瑞王正妃，所以號脈的時候格外小心，等到把完脈，他又不大確定地重新把了一次脈，臉上頓時露出笑容，揚聲對在房裡伺候的兩個丫鬟說道：「喜事、大喜事啊，王妃娘娘已經有了整整兩個月的身孕。」

等丫鬟帶著大夫來到正堂，稟報王妃娘娘有孕一事後，顧嶼聽見，臉上的神色連變都沒變，而鎮國公根本沒想到會發生這樣的事，頓時瞪大眼睛，一句話也說不出來。

陳若弱反應快，連忙讓人去拿了賞封給大夫，裡頭足足包了二百兩的銀票。

大夫的眼睛頓時笑彎了，滿嘴都是好話。

顧嶼淡淡地道：「煩勞王大夫去開一劑安胎藥。」

大夫連連應「是」。

鎮國公愣了好一會兒，才反應過來，連忙拉住顧嶼的衣袖道：「文卿，這到底……」

顧嶼沒有說話，只是抬手按了按太陽穴，眉頭蹙得很深。過了片刻，他握住陳若弱的手，對她說道：「妳先回房吧，我和父親還有事情要商量。」

陳若弱有些擔心地看著他。「好，我先回去，你也別想太多了，這世上的事沒有絕對的好壞，只看自己是怎麼想的。」

顧嶼拍了拍她的手，給她一個淡淡的溫柔笑容。

只是這一夜注定不平靜，陳若弱人還沒回到內院，就聽見外院傳來不小的動靜，腳步聲雜亂、呼喝聲吵嚷，其中有個特別尖銳的聲音，十分清晰地把話傳到她的耳朵裡。「快來人啊！三少爺回來了，快點來人！」

顧峻？

陳若弱愣了一下，顧峻這會兒，人應該在邊關才對，起碼得在那裡待上一年的，怎麼會現在回來？

顧峻要回來前，連一點風聲都沒有，等消息傳到內堂，鎮國公和顧嶼都嚇了一跳。

鎮國公下意識地驚呼出聲，道：「這逆子莫非還敢逃軍不成！」

顧嶼沒有說話，臉色微微地沈了下來。他絕不信顧峻會是臨陣脫逃的懦夫，舅兄當初寄信，也是由顧峻代筆，顯然對顧峻也有幾分信任。他按住了鎮國公，對前來通報的小廝道：「把話說清楚，三少爺有沒有說他為什麼回來？」

小廝白著臉，磕磕巴巴地說道：「三、三少爺他昏迷著，不能說話，是軍中的人將他送回來的……血，有好多血，三少爺他全身上下就沒個、沒個完好的地方。」

鎮國公和顧嶼同時愣住，顧嶼很快反應過來，他先是為鎮國公順了順氣，冷靜地說道：「從西北到京城千里之遙，三弟這一路上都沒事，回京又有最好的大夫照料，不會有事的、不會有事的……」顧嶼說話從來果斷，現下也亂了章法。

鎮國公白著臉，連指尖都在發抖，聲音顫抖地說道：「扶為父去看峻兒。」

顧嶼和小廝一起扶著鎮國公，來到顧峻被抬回來的地方。

一進院門，他們就瞧見裡頭站了二十來個健壯的軍中漢子，身上盔甲都沒脫下，在夜色的掩蓋下，就像是一尊尊不動如山的銅像。

領頭的是個面黑長鬚的將領，看那盔甲的制式，至少該是三品武將，一見鎮國公父子來到，立時命下屬讓開一條路。

鎮國公來到房門前，卻不敢去看。

顧嶼先是推開門，剛一進去，就聞到一股血腥味，喉頭不禁微動一下，定了定心神，還是走了進去。

顧峻去西北之後，院子就空了下來，陳若弱作主替原本在他院子裡服侍的人，都調了新地方。這會兒顧峻回來，一時沒個能用的下人，一應事務都是這些一路上護送他回來的軍漢幫忙收拾、照料。

顧嶼靠近床邊，還沒掀開被褥察看顧峻的傷勢，就先見到他一張蒼白的臉。

雖然顧峻不肯承認，但他確實是京城中最俊美漂亮的一位公子哥兒，只要是他打馬經過的地方，必有少女久久為之駐足。去西北的這些日子，他的臉曬得黝黑，靠近臉頰的地方多了兩道相交著劃開的細小傷痕，唇上沒有半點血色，看著倒是濕潤，顯然就算受了傷，他也被照料得很好，這一路上沒受什麼苦。

顧嶼單膝半跪在床前，慢慢地伸手掀開顧峻的被褥，入眼全是滲著血的布帶，就像大片、大片綻開的紅花鋪滿了顧峻的身子。

鎮國公一進來就看到這一幕，頓時幾步走上前，卻又一時不知道該怎麼辦，呆看了半晌，眼裡泛出淚光。

「顧糧官從邊地運押糧草至飛鷹關大營，遇異族劫掠，轉向奔逃入大同鎮固守求援，以五百押糧兵死守異族三萬，殺敵兩千，糧草未丟……」

送顧峻回來的將領在一旁默默地述說他的功勛，西北是對抗異族第一道防線，這種事情一年裡沒有三回，也有個兩回，連一等功都算不上，勉勉強強也就是個二等功勛。要是普通軍人，活著便立功升官，死了則撫卹會多一點，並無二話，可顧峻不同，他是京城錦繡繁華鄉裡的貴冑公子，遭此變故，即便戰事吃緊，還是得把他連同戰報一起送回來。

府裡的大夫得出和軍醫相同的結論，顧峻傷得最重的部位，是在前胸一道離心臟不足毫厘的刺傷，其餘大大小小二十七處傷口，因為救援及時，已經沒有什麼大礙。如今最重要的是傷後照料，留在軍中確實不妥，假如傷口腐爛，那他這條命才是真保不住了。

鎮國公大悲之後，聞大夫所言甚是驚喜，還好顧峻這條命，確定是能保住了。見陳若弱急匆匆趕來，鎮國公連忙勸她在門前止步。「若弱，妳別進來，以免受驚。文卿，你送若弱回去，老三性命無礙，此時該多多靜養。」

顧嶼握住陳若弱的肩頭，眉頭緊緊地蹙著，但還是對她露出一個安撫的笑容，說道：「三弟確實無事，還小立一功。」接著又對鎮國公道：「那就煩勞父親送諸位將士出去，咱們先回內院了。」

將士們在來到鎮國公府之前，就知道鎮國公府的世子夫人，正是駐守飛鷹關大營那寧遠將軍陳青臨的妹妹，因此一見之下，倒沒有如常人那般的驚訝和輕蔑，反而覺得親近。在陳若弱要轉回內院前，將領忍不住多說了一句，道：「世子夫人，異族來犯，飛鷹關首當其衝。在末將送三少爺回京前，令兄長已率軍斬敵五萬，想來待戰事罷，當為第一功，主帥言……」

「多謝將軍，前線戰事就不要同我這深閨婦人多言了，我腦子愚鈍，聽得多了反倒壞事。」陳若弱低頭行了一個小禮，態度大方。

將領醒悟過來，婆家發生這樣的事情，娘家卻有可能高陞，當著婆家人的面說這樣的話，確實有些不妥，於是連連說自己糊塗，把事情含糊了過去。

鎮國公沒多說什麼，待顧嶼和陳若弱離開後，便親自把送顧峻回來的西北軍士們，送出鎮國公府的大門。

顧凝有孕，顧峻傷重，都算不上喜事，在別人看來，卻是一喜一悲的事情。

隔日上朝，一些見到鎮國公的官員們，都不知道是該恭喜他，還是該勸他想開一點。

倒是瑞王一發現鎮國公，遠遠地便含笑迎了上來，先是替顧峻好一番唏噓，隨即話鋒一轉，就來到顧凝身上，眼神誠懇地說道：「凝兒心志尚淺，素日操持家事、照料長輩還好，若真要讓她勞心勞力，莫說岳父不捨，連本王也掛念在心。如今她有孕在身，鎮國公府又發生那樣的事情，本王想了想，不如讓她回來王府，不知岳父同意否？」

鎮國公臉色不變，說道：「凝兒孕事未穩，她本善妒，老夫也不怕張揚家醜，凝兒這些日子回來並非因老夫有疾，而是王爺另娶側妃之故，凝兒日夜苦恨難言，這才氣走娘家。凝兒要是同王爺回府，聽側妃名則怒、見側妃面則恨，皇子龍胎，早晚讓她折騰至夭折，鎮國公府可不敢擔這謀害皇嗣之罪，只求王爺容小女在娘家待產。」說這話時，鎮國公有意無意地把聲音提高不少，話裡是對女兒的氣惱，卻又難掩溺愛。

瑞王臉色略僵了僵，說道：「本王已讓側妃離府，去城外別莊……」

「養女不孝，命挾全族，歸王府則害皇嗣，三族將同小女株連，只望殿下不要為難老夫。」鎮國公說著，還用帕子擦了擦眼淚，顯然是一副悲切難言的樣子。昨夜的事情確實讓他勞心勞神，鬢角上的白髮似乎都多了一些，看著就讓人同情。

太子一早起來就聽說鎮國公府的變故，也是一陣嘆息，這會兒見瑞王杵在這兒，用小兒女情事來給鎮國公添亂，不禁眉頭一皺，一巴掌拍在瑞王的後腦勺上，斥責道：「你成婚的時候答應過顧家丫頭，說一輩子只有她一個，大哥站在邊上可是聽得真真切切。如今你就為幾句破詩詞，娶了個不知道什麼玩意兒回來，要不是父皇縱著你，大哥都想揍你了。這件事是你先對不住弟妹的，現在又來逼迫顧老，這是什麼道理？你要是真想弟妹了，下朝以後就到鎮國公府的門口去站著，弟妹一天不跟你歸家，你就站到弟妹願意跟你回去為止，少來折騰人家做父親的！」

瑞王被太子一巴掌打得眼前發黑，好不容易站穩了，就聽見太子滿口教訓的話，知道今天是不成了，只得露出一個憂鬱的笑容，道：「皇兄說得是。」

太子勾住瑞王的脖子，對鎮國公咧嘴笑了一下，直接拽著瑞王走到早朝前列。他昨日已經和黃輕、顧嶼商量好之後的事，今日正是初戰。

顧嶼歸京之後，三品職權就自動卸下，除非傳召顧嶼來解釋案情，否則是沒有資格上朝的。他打算等這次的事情過去之後，替顧嶼在朝中安排一個職位，正好黃輕的年紀也到了，不能再每日頂著一個伴讀的名頭出入官場。

太子盤算了半天，坐在龍椅上的元昭帝卻冷不防地說道：「淮南道一事暫且不提。按察使顧嶼、副按察使周仁，月破奇案，為棟梁之才，朕欲許其二人官職，以慰臣心，不知眾位卿家有何提議？」

太子驚了一跳，下意識地回頭看向寧國公，寧國公則看向周相。

周相想了想，讓自家兒子去辦案，破倒是能破，但絕不可能這麼快。故而聖上提及此事，重點應當不在於自家兒子，而是顧嶼。這次顧嶼的功勞不小，入朝的起點應該要比尋常官吏高上許多，又是鎮國公世子，就算給個正位五品都不為過。

但一般來說，封賞該在結案過後，元昭帝卻反其道而行之，把案情放在一邊，單提此事，這就很值得說道了，不過，這會兒也只能順著元昭帝的意思來。

周相微微偏頭看向鎮國公，持玉圭出列一步，低頭恭敬道：「犬子無功，聖上封賞愧不敢受。此番淮南道一案多虧顧世子斷案神速、智謀過人，當掌刑獄審案，入大理寺為宜。」

元昭帝的眼睛微微地眯了起來，沒說好，也沒說不好，反倒看向太子。

太子猶豫片刻後，站了出來，只道：「依兒臣看，顧文卿志不在大理寺。」

「太子，那你說說，顧文卿該去做些什麼？」元昭帝的語氣十分和藹，太子的膽子也就大了起來。

想起昨日顧嶼向他彙報淮南道一案的情形，太子停頓一下，鼓起勇氣開口道：「父皇，兒臣聽說顧文卿在淮南道查案的這些日子裡，兼顧揚州府衙每日政務，提出的一些建議也十分老道。兒臣覺得比起刑獄審案，顧文卿更適合執政一方，不如讓顧文卿去地方上鍛鍊幾年，如有成效，也算兒臣知人善用了吧。」太子說這話的時候，不禁笑了一下。

元昭帝也笑了，說道：「你呀，看著憨，心裡果然是有幾分成算的。也罷，這次是吾兒親自點的將，顧氏歷來不出庸才，朕就信你們一回，讓顧文卿去管淮南道。」

鎮國公的頭猛然抬了起來，出列一步，急著要說話，卻見元昭帝抬手道：「朕只聽謝恩的話，顧卿就不必替年輕人自謙了，要是顧卿之子真當穩不住一道之地，就讓他親自前來請命，讓朕收回旨意。」

鎮國公無可奈何之下，只能行禮謝恩。

元昭帝的心情似乎變得格外地好，又對周相道：「太子昨日上的摺子朕已看過，周卿也生了個好兒子，朕記得大理寺還缺了位少卿，就讓他先做著吧。」

周相連忙和鎮國公跪到一起，領旨謝恩。

太子等他們兩人都回列，心裡斟酌了一下語句，橫跨一步出列，揚聲說道：「前些日子兒臣不了解淮南道的情況，言辭激烈又無物可陳，父皇罵兒臣，是兒臣當罵。昨日文卿歸京後，已向兒臣詳細描述案情經過，兒臣才明白這其中的彎彎繞繞，此人間慘劇非淮南一地獨有。兒臣求父皇再派能吏徹查地方，尤其同為江淮之地，江南道與淮南道民風甚類，兒臣不信這其中沒有犯罪情事。」

「殿下這話未免有失偏頗了吧？」戶部侍郎李誠出列一步，看了太子一眼，昂首激烈地陳詞。「觀一人，言知其地貧富；落一葉，言其秋已至，如今因淮南道貪官、酷吏橫行，又疑江南道，再疑嶺南、劍南、隴右道。臣不知殿下是受何人蠱惑，竟不知此為取禍之道！」

太子虎目圓瞪，看了李誠一眼。

李誠起初發怵，但很快就反應過來這裡是朝堂上，太子總不可能一言不合就衝過來打自己，這才略略安心，卻也沒那個膽子再去看太子一眼，只能昂著頭看向龍椅。

元昭帝沒有要維護太子的意思，反倒看向寧國公，問道：「黃卿如何看待此事？」

寧國公淡淡地道：「殿下氣盛，然李侍郎所言也太過。江淮自古本為一體，淮南道陰私駭人聽聞，江南道豈能獨清？旁的地方也就罷了，江南道是非查不可，不過早晚而已。」

「早是多早？晚是何時？」元昭帝又問道。

寧國公意味深長地看了定國公一眼，說道：「若當早，就是即刻；若說遲，就是在犯官周餘定罪之後。」待他話音一落，整個殿上都安靜了。不少人都在偷偷地打量西寧侯，誰都知道，江南道御史宋微正是西寧侯的長子，而立之年到任，在任五年，也算無功、無過。

太子急聲附和道：「父皇，兒臣也以為江南道該查！」

元昭帝面露思索之色，沒多久便說道：「江淮兩地確實密不可分，朕即日另派欽差下江南道徹查。淮南道一案所涉犯官，一律革去官職，下押天牢待審。顧嶼、周仁破案有功，稍待休整幾日，就各自上任去吧。」

鎮國公知道元昭帝這話，說的主要是自家兒子，大理寺就在京中，周仁就算現在跑著去也沒問題，需要休整的只有他那要離京趕赴淮南的長子。

第三十三章　難題

陳若弱一早起來，就為了顧峻和顧凝的事情忙得不可開交。先是把原先顧峻房裡的人都給調回來，又替顧凝請來精通婦人孕事的嬤嬤，那嬤嬤還是從宮裡出來的。

顧凝心情鬱結，陳若弱沒敢把顧峻的事情告訴她，只是溫言軟語哄了她快一個時辰。顧凝打小傲氣，少有親近的閨閣密友，如今被陳若弱這麼一哄，話頭就止不住了。

剛從王府出來的時候，她確實是恨瑞王的，恨他嘴上甜言蜜語，背地裡卻因為兄長的一點利益誘惑而輕易放棄她。就像他當初為了定北侯的勢力，不惜把他們兩人的定情詩詞，套給另外一個全然陌生的女子，甚至納為側妃。

顧凝不是蠢笨的人，假如瑞王只是在利用她，她再傻也看得出來，可就因為明白瑞王和她之間是有真感情，至少到目前為止，他眼裡都還只有她一個人。

但他雖愛她，卻不肯為她放棄權位，她不過是為這一點而惱，什麼孫側妃、定北侯，在她眼裡就像是跳梁小丑，可笑又可悲。她占據著這個男人柔軟的部分，卻又貪心地想要將這一點柔軟變成全部。

喜歡一個人，就會覺得他的所有一切都是好的，顧凝做了這麼多年的皇家兒媳，更是看得清楚。

太子愚鈍，諸位皇子或多或少都有缺陷，然而她的夫君，她的瑞王，和太子一母同胞，才學及能力卻高出太子不止一籌。他差就差在時間，成年之時諸位兄長都已勢成，所以很難一爭天下，這也成了他的心病。

太子只靠一門寧國公的岳家，就能穩坐儲君之位三十年，堂堂鎮國公府，究竟比寧國公府差在哪裡？顧家五代四相，門人三千，祖父更曾為天子師，何其輝煌，難道就掙不出一條從龍首功之路？

陳若弱一句都沒打斷顧凝，見她說得急了，還替她拍了拍背，見她不說了，這才說道：「我打從西北來之前，就聽說太子是個糊塗人，只是聖上不知道什麼原因特別寵愛他，才讓他做了這麼多年的太子，你們住在京城，這種話可能聽得更多一些。」

顧凝唇色蒼白，聞言不語，但從她臉上的神情看來，顯然也是這麼認為的。

陳若弱餵她喝了一勺牛乳粥，牛乳是加杏仁煮過的，以去掉腥味，熬成粥以後更是香濃滑膩。

就算顧凝再沒有胃口，為了孩子，她還是張口慢慢地喝下去。

「太子從出生時就是太子，整整三十年，我活的時間都沒那麼長，因此這麼多年以來，我對太子也就只有個印象。有時候會和丫鬟們一起談論幾句，大多是說一些太子的笑話，但妳知道咱們從來沒有說過什麼話嗎？」陳若弱輕聲問。

見顧凝有氣無力地搖了搖頭，陳若弱嘆一口氣，又給她餵了一勺粥，才說道：「咱們從來沒有說過，要是哪個皇子能代替太子就好了，誰都不會想說這種話，因為……太子做了這麼多年的太子，犯過蠢、鬧過笑話，但從來沒有做錯事啊。」

顧凝含著一口熱呼呼的牛乳粥，忽然愣住了。

陳若弱替她擦了擦嘴，又道：「立嫡立長，瑞王占嫡，太子也占嫡，太子是長子，嫡長子即位是規矩，他又沒有犯錯，難道就因為不如瑞王聰明，便一定要把儲君之位拱手相讓？小姑，妳是瑞王的妻子，所以偏向瑞王，可公公和文卿又沒有跟著妳一起嫁給瑞王，沒道理一定要為了瑞王，押上自家性命去賭那未可知的前程。」

顧凝想要辯駁，可話到了嘴邊，卻是啞然。

現在的端王自然不會做太出格的事情，但以後呢？若真決意要和太子爭天下，兄弟反目，不過是近在眼前。

陳若弱還惦記著顧峻那邊，見顧凝有些理虧的意思，便輕輕地拍了拍她的頭，柔聲寬慰道：「妳是當局者，總不如旁觀的人看得清楚，這不是妳的錯。公公跟妳大哥是疼妳，才捨不得讓妳去撞南牆，要是換作別人家，妳在王府裡就算哭死了，會有人管嗎？小姑，咱們年紀相當，有些話妳不好跟他們那一幫大男人說，就跟我說吧。」

顧凝從小到大，見過的同齡貴女要不就是惦記著她的兄弟，對她極盡討好奉承；要不就是嫉妒她，和她針鋒相對；也有那總想做好人的，眼前一套、背後一套，左右都是把她當成鎮國公府的二小姐來看待。若要論真心，那些人都還不如眼前這個長相醜陋的長嫂。

顧凝看著陳若弱一臉的關心，不禁抿抿唇，點了一下頭。

陳若弱對她笑了一下，眼睛亮晶晶的，很是真誠。

顧凝愣了一下，猶豫著也對陳若弱露出一個笑容來。

從顧凝的住處出來，陳若弱腳不沾地直接去了顧峻的院子。

她在前線待過，知道顧峻的傷勢確實很重，再加上顧峻的身子從小就虛，又為母守孝，吃了三年素菜，也就是這些日子才稍稍養回來一點肉。如今他整個人時醒時睡，雖然大夫說無性命之憂，但確實得好好調養一番才行。

陳若弱來時，顧峻剛好醒著，他房裡原先的大丫鬟春兒正在一邊給他餵藥，一邊和他說話，眼裡滿是心疼，眼淚都要掉出來了。

陳若弱記得這個春兒，春兒的父親是當初查帳的時候被趕出去的管事之一，她原本想把這些管事的親戚、兒女也一起趕走，可顧峻死活護著自己房裡的人，她無可奈何，只能讓她們留下。

春兒雙眼只盯著顧峻看，並不知道陳若弱已經進來了，只是強忍著眼淚，跟他講著這些日子裡發生的事。「表姑娘上個月嫁人，國公爺去了，回來說那戶人家雖是商戶，但看得出來家風清正，表姑爺的相貌和性格都很不錯。還有啊，二小姐最近跟國公爺鬧得有點凶，不知道是為了什麼事情……」

見春兒一副要哭的樣子，顧峻微微伸出手，替春兒把眼淚擦了，卻正好瞥見站在門邊的陳若弱，他眨了一下眼睛，啞聲道：「大嫂。」

陳若弱還從沒被顧峻這麼心平氣和地叫過一聲「大嫂」，頓時有些訝異。

顧峻看出了陳若弱的驚訝，漂亮的杏眼裡浮現出笑意，竟然隱隱有一些顧嶼的神采。「好歹我也是死過一回的人，要是還像以前那麼混帳，閻王爺都不肯放我回來了。」

陳若弱看著他沒有血色的消瘦臉龐，忽然有些希望他還像以前那樣混帳就好，她隱隱約約感覺到，以前的那個顧峻再也回不來了。

顧峻喜甜怕苦，餵藥前春兒早已準備好一大盤的蜜漬果餞，可直到顧峻把整碗又濃又苦的湯藥喝完，他的眉頭也沒有皺一下。

陳若弱笑著說道：「你的傷沒什麼大礙，就是心口那一箭傷得重了，大夫說只要你乖乖吃藥，再多吃一些補氣養身的東西，很快就會好的。」

「我聽大夫的。」顧峻笑了一下，忽然對陳若弱說道：「以前是我不對，我看不起武將，也看不起你們家，還嫌棄妳配不上我大哥；可真到了邊關，見到戰事，還有自己親身經歷過一回，我才知道武將過的是什麼日子。陳將軍是個大英雄，我以前太狹隘了。」

陳若弱一頭霧水地看向顧峻，卻見顧峻的臉龐上泛起一絲血色，眼裡也噙著一點淚光，聲音沙啞起來。

「我從來不知道，一個活生生的人竟會脆弱到那種地步，不過是一刀、一槍，甚至一箭，那麼多熟悉的人就沒了。我拚命地砍、拚命地放箭，我以為我也會死……」

春兒聞言不禁抽泣起來，陳若弱則是站在邊上，神情沈重地看著他。

朝廷為了防止西北軍怯戰，隨軍的家屬住處就設在邊關百姓聚集地，她在西北的時候，光是性命就差點沒了兩回，她並不覺得有什麼，倒是這京城的日子太過安逸，安逸到讓人害怕的地步。

顧峻很快就調整過來，見陳若弱絞盡腦汁想要附和他幾句的樣子，失笑道：「是我見識太少，天底下並非只有京城這一處地方。盛世百姓見不到血雨腥風，是因為盛世之外，有人替他們扛下刀槍，要是我的傷能好，這輩子怕也只有西北這一個去處了。」

陳若弱別的沒聽懂，只有顧峻的最後一句話，她聽得真真切切，連忙說道：「怎麼會？你是鎮國公府的少爺，生來就跟別人不一樣，想要什麼前程沒有，何苦去打仗？」

顧峻眨了一下眼睛，他漂亮的杏眼裡原先只有少年的傲氣和不諳世事的天真，可如今卻已染上西北的滄桑顏色。

他抬頭看向窗外，似乎透過繁華的京城藍天看到了西北的灰暗天空，他有氣無力地搖了搖頭，微嘆一口氣，一字一句，很認真地道：「既見雄鷹，何逐粉蝶……」

陳若弱勸不動顧峻，不過他這傷就算能養好，也要幾個月之後了，她雖然擔心，但還不到火燒眉毛的地步，只好嘆著氣從他房裡出來。

顧嶼一早就出去了，趁著早朝這段時間，正好足夠他來到刑部整理出淮南道一案的所有卷宗，以及他在揚州府衙所批的全部公文。

不是所有官員都有資格上早朝，好比六部，唯有正位尚書連同左、右侍郎才有資格上大殿，且早晨事務也不能廢，故而每次左、右侍郎會輪流留下一人，另一人隨同尚書上大殿。

今日留在刑部的是左侍郎楊謙和，他看著顧嶼所呈上來幾乎可以作為範本的卷宗，裡頭字字珠璣，不見絲毫錯漏之處，不由得連連感慨。

第一次辦案就能做得這麼漂亮，入朝的起點又這麼高，怕是日後官場三十年，又要出一位顧氏重臣。青年才俊，前程錦繡，總是惹人豔羨。

當鎮國公帶著傳旨公公回府時，顧嶼還沒到家，只得先請宮裡的傳旨公公稍待片刻，再派人去刑部傳世子歸府。

陳若弱該大方的時候，向來都是無比大方的，她讓人去包來整整三百兩銀票的紅封給傳旨公公。

元昭帝這次賜官顯然是經過深思熟慮的，派來的傳旨公公也是親近的御前太監總管，可就連他這個平日收慣孝敬的人，也不由得被這大手筆給驚了一下。他收下紅封，隨即笑逐顏開，連連讓鎮國公不用著急。

顧嶼回來得很快，他其實早已料到元昭帝會賜他官職，卻沒想過竟有這麼大的差事在等著他。

天下十道，江淮為最，淮南道雖然不比江南道富庶，但也是鹽糧中心、水路樞紐，何其重要，就這麼交給一個從來沒有做過官的年輕人，連他都有些摸不清元昭帝的意圖了。

顧嶼蹙眉思索了一番，忽然得出一個結論。

鎮國公府剛投靠太子，就得到淮南道御史一職，元昭帝這是為顯示太子的地位無可動搖，也為震懾那些心懷異端的皇子們。至於為太子增添勢力，那不過是小節，畢竟聖心在，就什麼都有了。

君王心思難測，顧嶼不好就此下太多判斷，更何況上面的人最忌諱底下人將其心思看得太透。

京城事忙，顧嶼雖然有外放的打算，但也沒想到會這麼快，好在元昭帝多寬限了一些時日，讓他可以把京城的事情處理好以後再上路。

於外，他要處理的無非就是淮南道一案的後續，以及與太子一派的相處，不過有周家這一層關係在，鎮國公府想在太子一派中站穩腳跟，並不是多困難的事。

於內，就是他那雙雙出事的弟妹了。

顧嶼雖然心疼顧峻，但顧峻在西北的那段日子裡，真的是長大了不少，如今留在京城由最好的大夫照料著，即便放不下心，他也沒辦法做更多，讓他最擔心的，是顧凝。

原本已經定下的事情，因為顧凝的懷孕被全盤打亂。他本想讓人打掉顧凝的胎，免得再生枝節，可戕害皇嗣乃滅族重罪，當時聽聞此事的丫鬟、僕役以及大夫，上上下下十來條人命，想做得乾淨太難，即便顧凝因此得以脫離苦海，他也會一生難安。

況且他雖然同顧凝肚子裡的孩子沒有感情，卻是看著顧凝長大的，一旦決定打胎，兄妹之情或許會就此斷絕，讓自小疼愛的妹妹恨他一生一世。

不過路並不是全然無法再走下去，決定不動胎兒以後的一刻鐘裡，他就想過不下五種應對瑞王的方案。

最具可行性的，就是讓顧凝生下孩子，再把孩子交給瑞王府，並按原計劃上報顧凝身死，因難產而過世，是最合理不過的了。

皇室產子內外都有人把守、看護不假，但看的是皇嗣，護的也是皇嗣，孕婦如何，並不是那麼重要。

但這個計謀得由他親自坐鎮，才有可能成功。前世的經歷讓他很少相信別人，而這府邸裡得用的親信，更是一個也沒有，若把事情交給父親去辦，難保父親不會對顧凝心軟。

於是當務之急，是讓顧凝自己轉變心思。

顧嶼對此不抱什麼希望，除了夫人之外，他很少去關心女人，更加不會揣摩女人的心思，但也知道女人心思易變。

歸府之時，顧凝曾淚流滿面，他以為她恨極了瑞王，不想等他從淮南道回來，她就有了身孕，還比從前更加執著於瑞王，根本毫無理性可言。

他平生遇到的難題數不勝數，但總能跳出框外，用冷靜的態度和手段應對，因此難題雖多，他也不覺得有什麼過不了的關。

唯有在面對家人時，他無法置身事外。

陳若弱一邊擦著頭髮，一邊走到外間，秋衣有兩層，她卻還是結結實實地打了個噴嚏。剛剛沐浴過，她臉上帶著一團粉粉的色澤，似乎連那暗紅色的胎記都顯得嬌嫩幾分。

顧嶼正要放下手裡的筆，就見她踮著腳尖跑過來，坐到他邊上，看了看硯臺裡的墨汁，頓時笑逐顏開。她拿起茶盞，往硯臺裡倒了一點茶水，又伸手取過雕刻精美的雲紋徽墨。

「怎麼想起來要給我研墨了？」顧嶼有些驚奇地挑起眉頭。以往若弱總是對這文房四寶避之唯恐不及，讓她認字還好，要她寫字簡直比登天還難，這還是她第一次主動碰墨和硯。

陳若弱用帶著水氣的頭髮蹭了蹭他乾淨的衣襟，小聲地說道：「我聽說別人家夫妻都是這樣子的，咱們家不點香，沒得添香，難道還不准我給你磨點墨了？」

顧嶼失笑，也不嫌棄陳若弱磨的墨汁已灑出不少在桌上，他筆尖微點，換了一張新紙，在紙上落下一行小字。

陳若弱這些日子已經認識很多字了，她伸長脖子看過去，只見顧嶼在紙上寫道——

不欲乘風意登仙，不羡紅袖夜添香，萬般紙上黑白色，一硯雲墨傾此成。

陳若弱看不懂，但讀出聲之後，彷彿捉到顧嶼的什麼小辮子，笑嘻嘻地說道：「沒韻、沒韻！這詩不成，這不叫詩。」

顧嶼把笑鬧著的陳若弱抱進懷裡，低聲笑道：「詩言志，詞言情，不算詩更好，妳只要知道這是我寫給妳的情就行。」

陳若弱起初還鬧騰著，可慢慢地臉就紅了起來。

顧嶼在她的紅唇上落下一點溫熱，微微嘆息道：「這些日子真是辛苦妳了。」

陳若弱心想他說的應當是顧峻和顧凝的事情，連忙撫平他的眉心，莞爾道：「哪裡辛苦我了？這府裡上上下下，打掃的僕役、開藥的大夫、做菜的廚子，還有照顧他們兩人的丫鬟，哪個不比我更辛苦？我只是多照應著他們一點而已。倒是你，心裡一定記掛著他們，在外還要忙那麼多事，不是比我更辛苦嗎？」

顧嶼嘆了一口氣，輕輕地撫摸著陳若弱的臉頰，啞聲說道：「妳都是有身子的人了，還得整日忙來忙去的，鎮國公府欠妳太多，我也……」

「一家人說什麼兩家話，你再說我可要不高興了！」陳若弱噘著嘴去揪顧嶼的髮冠。「我是他們的大嫂，長嫂如母，我不管他們，誰管他們？其實小姑人挺好的，就是被你們給寵得分不清前後，現在我每天去找她說說話，多開解、開解她，她早晚會懂事的。」

明明自己還是個小姑娘，別說顧凝，就連顧峻都比她大，可她卻認真地盡到身為長嫂的責任。顧嶼的心不禁柔軟起來，忍不住伸手揉了揉她的頭髮。

陳若弱的頭髮已經半乾，她在顧嶼溫熱的掌心裡蹭了蹭，忽然有些臉紅，作賊似地四處張望了一下，靠近顧嶼的耳邊說了幾句話。

顧嶼的面上頓時露出猶豫之色，陳若弱的頭都快要抬不起來了，見顧嶼還在猶豫，頓時氣得打他。顧嶼失笑，拉著她坐在自己的懷裡，柔聲寬慰道：「不是文卿不想，雖說已過了頭三個月，不怎麼打緊，但還是得小心一點。再說要是夫人不想，只是為了滿足文卿，那不是委屈夫人了嗎？」

陳若弱的臉頓時更紅了一點，小聲地說道：「你怎麼知道我不想啊？自從、自從上次之後，你就再也沒……我就是想了，不行嗎？」

她原本以為顧嶼會笑話她，話一說完，雙眼就逃避似地閉上。可等了好半晌，只覺得唇上傳來溫熱的觸感，她胸前鬆散的帶子被輕巧地解開，耳邊傳來一聲低語，不帶笑意，十分認真。「文卿也想。」

筆、墨、紙、硯被推到一邊，硯臺裡的墨汁灑得到處都是，卻無人在意。

一片貼身的溫熱布料從案桌上滑落，隨風慢慢地飄到墨漬上，頓時被染上墨汁，一團、一團的暈染開來，彷彿綻開的花兒。

元昭帝雖然寬延不少時日，但總不會讓顧嶼等到妻子生產後再走。

如今秋日裡水路難行，陸路又顛簸，若要帶家眷隨行，就得儘早離開。陳若弱這會兒月分尚淺，受得住顛簸，要是等到月分長了，反倒不便。

顧嶼隔日就決定上門拜訪瑞王，他和瑞王的交易只進行了一半，且是停留互相握著對方把柄的階段，誰都不敢輕舉妄動，而顧凝的懷孕，顯然是讓瑞王多了一個籌碼。可惜的是，他並不準備讓這個籌碼成為籌碼。

雖然鎮國公府才投靠了太子，可顧嶼此番前去拜見瑞王，卻不怕被說閒話。

第一，瑞王是鎮國公府的女婿，顧凝又剛剛傳出孕事，舅兄上門順理成章。

第二，瑞王和太子一母同胞，自從皇后過世，這些年后位高懸，不知有多少得寵的妃嬪為了自己的兒子，使出渾身解數。兩兄弟長年處在風口浪尖上，不論是外人或太子看來，瑞王都是個再忠誠不過的弟弟。

顧嶼大大方方地上門，瑞王也大大方方地迎客，兩人說笑著來到內堂，當瑞王一屏退下人，氣氛瞬間凝滯。

瑞王收起臉上的笑容，顧嶼也收斂溫文爾雅的表情，四目相對，兩人皆是一聲冷笑。

顧嶼直接開門見山地說道：「不知上次文卿給殿下的東西，可已證實了有用？」

瑞王相當懂得利用身邊人和事，他得到顧嶼給的名單和其中一部分官員的把柄之後，立即選定御史中丞趙楷，再放出趙楷收受賄賂的風聲，不過數日就有官員當真查到一些線索，上書參倒了趙楷。

顧嶼也是回京之後才聽說這件事，不得不說瑞王確實是一個很聰明的人，既不願暴露自己，又想試一試他呈上去的信息是真、是假，便想出這個兩全的法子，既不用親自出面，又能證實那些信息是否有價值，而瑞王至多是失去一個不一定能拉攏得到的御史中丞而已。

瑞王冷笑一聲，忽而說道：「本王如今還不曾親自做過什麼，你呈給本王的東西，假使本王直接拿給太子，不知你鎮國公府要如何自處？」

這是個顯而易見的威脅，可惜顧嶼根本不上套，他淡淡地說道：「殿下與其這般試探來、試探去的，不如開門見山。凝兒即使有孕，也不會再回來，仍舊按照原定計劃進行，殿下只要說她是產後血崩身亡，殿下便可得一皇嗣，更穩地位，如何？」

「顧文卿，你們顧氏當真如此看不起本王？」瑞王面上的冷意絲毫沒有遮掩，語氣冰冷地說：「太子雖然受寵，但這些年黨爭頻繁，憑那平庸的太子，真能壓得住朝堂內外，使得百姓安樂、天下太平？本王一非庶子，二非庸人，為何不能一爭？你顧氏為本王姻親，理應鞠躬盡瘁、死而後已，如今卻百般想要脫離，當初又為何許嫁？但凡本王另娶他人，肯定都是舉族效死！」

顧嶼沒有回答瑞王的問話，反倒說道：「待此事結束，文卿會將凝兒送去地方州府，擇良山好水而居，殿下不必記掛；至於皇嗣，想來有天家庇佑，也無須我顧氏多費心思。殿下既然覺得凝兒耽誤了殿下，盡可待妻孝過後，再擇貴女入主王府。」

瑞王的臉色已經十分難看，顧嶼的表情也好不到哪裡去，但兩人最終還是達成了協定。

顧嶼轉身就走，瑞王卻忽然在他身後說道：「當初本王娶凝兒，是真心的。」

聽見這話，顧嶼冷笑一聲，走出正堂。

瑞王站在原地，聲音一瞬間變得沙啞，像是被什麼東西堵住喉嚨似的。「擇良山好水而居……凝兒，本王若有天下，必尋妳歸家。」

第三十四章　殺伐

陳若弱在一開始得知有孕時，因為太過相信話本的說辭，整天都小心翼翼的，不肯多走一步路。後來才知道孕婦也要適當地動一動身子，她也就恢復了每日的風風火火，除了在顧凝和顧峻的住處來回走著，還習慣等顧嶼歸家以後，和他一起出門散步。

不知道為什麼，陳若弱的肚子明明只有三個多月，卻隆起得十分迅速。顧嶼不是第一次照顧孕婦，原先還頗淡定的，但慢慢地也跟著緊張起來，每次出門都要扶著陳若弱走；反倒是陳若弱頭次懷孕，還當所有女子有孕都是這個樣子，一點也不覺得有什麼好大驚小怪的。

比起陳若弱，同樣懷孕的顧凝卻深居簡出、不愛出門，每天也只有陳若弱過來陪她時，才會說上幾句話。

顧嶼也去看過顧凝兩回，並把瑞王的意思跟她說了。

顧凝因而整整哭了兩天才停下來，她越想越不甘心，鬧著要把肚子裡的孩子給打了，最後還是被陳若弱給勸住的。

顧凝哭得更凶了，陳若弱只覺得她可憐，見她哭也不覺得厭煩，或許是因為顧家人的樣貌都生得太好，不論顧凝怎麼哭鬧，都好似梨花帶雨般惹人心疼。瑞王明明是個男人，怎麼能拒絕得了這樣的美色……難道做大事的人，心腸都特別硬嗎？

陳若弱有些困惑，卻忽然想到昨夜和顧嶼的那一場翻雲覆雨……小臉不禁紅了紅，暗地裡呸了一口，自家的這一個，肯定不是做大事的人。

這兩日朝堂上最要緊的事情，已經從淮南道一案變成前線傳來的戰報。

就在顧峻受傷歸京之後，異族大舉入侵。這本是年年都有的戰事，每年邊疆秋收時節，異族都會乘機南下搶糧，所過之處，必定全村被屠，有些正當青春年華的少女會逃過一劫，但將來面臨的仍然是生不如死的日子。

前線戰場早在十年前，就採用了定北侯所制定的作戰方針，將大部分兵力化整為零，同異族展開游擊戰，以戰養戰，如此一來，便可以及時救援百姓；剩下的小部分兵力負責守衛城池及邊關要塞，而陳青臨的飛鷹關大營，正是其中最重要的一個據點。

這次異族的目的，顯然還是搶糧，只是經過多年作戰，定北侯的應對策略起了很大的作用，分散搶糧得不到以前的效果。得知西北軍大部分兵力也處於分散狀態，異族的大單于頓時起了一個從未有過的念頭——直接攻佔西北！

飛鷹關大營是西北邊疆的第一道防線，也是最為精銳的一支軍隊。

陳青臨率軍死守十六日，底下兵卒殺敵人數一比四，也就是說四個異族人的性命才能帶走一個飛鷹關將士，聽起來是件划算的買賣，但帳可不是這麼算的。

異族軍由西北草原上許多部落的青壯年所構成，為了利益，不斷有新的部落加進來。可飛鷹關的兵員人數卻是固定不變的，死守半個月，死傷過半，定北侯召集散兵的速度卻一點也不見變快。

每日的戰報流水似地透過最快的飛鴿傳達到京城，元昭帝更是連下三道聖旨，讓定北侯加快速度，儘快支援飛鷹關。

顧嶼和鎮國公都沒把陳青臨的事情告訴陳若弱，這件事落在旁人眼裡，至多就是定北侯辦事不力，但顧嶼和鎮國公都知道，定北侯如今乃瑞王的岳父，或許是定北侯怕陳青臨功高蓋主，又或許是瑞王授意，才會導致援軍遲遲未到。

不怪他們這麼想，事實上，的確是如此。

定北侯收到瑞王來信的時候，也是十分驚訝，不過他在西北盤桓多年，第一時間考慮的不是對錯，而是這麼做的後果。飛鷹關何其重要，倘若有失，再想從異族的手裡奪回來，必然要耗費無數人力、物力；且他身為西北大軍的統帥，事罷，即便陳青臨要受到責罰，他也難逃一個用人昏聵的罪名。

就在他猶豫的時候，瑞王的第二封信也送到了，信裡似乎明白他的猶豫，轉而寫道：

西北戰事多年往復，統帥勝之不賞，敗之有罰，反倒諸如陳青臨這樣的小將卻步步高陛，顯然是聖上想要為新的西北大將軍鋪路。

若在此刻陳青臨出現紕漏，最好是直接失了飛鷹關，再由岳父重奪，那麼就算聖上依然沒有任何封賞，至少也斷了岳父未來的一個大敵。

定北侯是個軍人，對於朝堂上的彎彎繞繞一點也不清楚，心裡本是半信半疑。然而想到這麼多年來，他立下的戰功無數，卻時常是為他人做嫁衣，莫非聖上是真的覺得他老了，要他給那些年輕人讓路不成？

心念既定，定北侯準備等到陳青臨失了飛鷹關之後，再派兵援救，最好能讓陳青臨死在戰場上。以他對飛鷹關大營的兵力和異族兵力的了解，至多十日不援，飛鷹關必失。

可無奈他想得好好的，陳青臨卻不按他定下的路子走。

飛鷹關大營年前戰損頗多，就算加上秋初編進去的六千新兵，也不過五萬人，可就是這五萬人，對抗異族二十六萬大軍整整十六日，斬敵十萬有餘，殺得異族大單于進攻的勢頭大減，已經隱隱有退卻的跡象。

整整十六日過去了，已足夠召集所有西北軍的散兵，他要是再不發兵救援，別說元昭帝要起疑心，就連他底下的親信都在犯嘀咕了。

定北侯咬牙，命左、右拔營，他要親自率軍前去救援飛鷹關。既然計策已敗，如今至少別讓人看出破綻，要是能撈一點功績作為日後清算的擋箭牌最好，而此時他也在心裡把瑞王罵了個狗血淋頭。

整整十六日援兵不至，陳青臨的心裡遠不如外表所展現的那般鎮定。十日之內就該到的援兵，遲了整整六天還未到，且傳信兵送出去的消息如同石沈大海，他的心中早已做出最壞的打算。

他人可以死，兵可以全軍覆沒，唯有這座易守難攻的飛鷹關不能失。

西北邊疆大部分為平原，飛鷹關卻是難得的高地，三面綿長，難以被包圍。想要攻占飛鷹關，原本就要花費數倍的兵力，再加上他連年操練底下精兵，早就設想過無數次要如何在孤立無援的情況下，用最少的兵殺最多的敵人，並守住關隘。

最後幾個傳信兵再度出發，陳青臨讓手底下的副將親自帶了五百人隨同護衛，務必要保證傳信兵活著離開戰場。

其實眾人心裡都很複雜，一方面明白就算不派傳信兵，主帥的大營也早該知道飛鷹關的情況了；一方面又抱著一些微薄的希望，希望真的是因為傳信兵都死在路上，無人上報，才使得援兵遲遲不至。

陳青臨把在戰場上負責保護他的親兵，都下放到各個小隊裡去，他知道，跟著他只有死得更快。更何況親兵都是他最熟悉的面孔，看著熟悉的面孔一個個死去，是件難受的事情，會影響他在對戰時的冷靜。

就在第十六日的深夜，大約算是第十七日的時候，探馬來報，說異族大軍又重新組織起來，由大單于親自率軍，氣勢洶洶地朝著飛鷹關而來。

陳青臨一瞬間就明白，異族大軍這是準備要最後放手一搏了。

熬過今夜，或是死在今夜，對陳青臨來說並沒有太大的區別，從他參軍入伍，在戰場上舉刀殺死第一個人開始，他的命就注定要比一般人更不值錢，此後殺死的每一個人，都是他從閻王那裡賒的帳。

秋夜薄霜，陳青臨把十幾日都不曾換洗過的衣物穿上身，卻不知道還有沒有活著脫下來的運氣。

他是個大老粗，此刻卻也有了一點吟詩的興致，然而對著手裡半舊不新的鐵槍，以及沾著一層乾涸血皮的盔甲，和底下滿眼疲憊的將士們，他張了張口，終究什麼都沒說出來。

他攏了攏衣襟，舉高手裡的鐵槍，像往常那樣大聲喝道：「打完這一仗，打跑異族人，本將請諸位喝酒、吃肉！」

回應他的，是兩萬多人靜靜的呼吸聲，陳青臨抹了一把臉，知道自己說了廢話。這麼多天下來，人困馬乏，士氣要是還能被他一句話所鼓舞，那才奇怪。

他不再說多餘的話，把槍頭指向異族大軍的方向，高喝一聲。「殺！」

這一聲宛若龍虎嘶鳴，蘊含著無限的殺意和怒意，第一時間激起了飛鷹關將士們這麼多天以來壓抑的情緒。各部隊聽從長官調令，看上去是在不緊不慢地準備應戰，然而只要稍懂軍事的人就能看出來，此刻的平靜不過是表相，底下潛伏著的，是無數被囚禁的亙古凶獸，此刻正無聲地露出獠牙，只等著破籠而出。

定北侯率軍趕到之時，飛鷹關前鏖戰正酣，憑他多年的征戰經驗，一眼就能看出雙方都是傾巢而出，尤其是飛鷹關的士卒明明少於異族大軍，但在主將的帶領下，卻還是整齊地排成陣列，有條不紊地應戰，位於陣眼中心揮旗指揮軍隊的，正是盔纓高揚的陳青臨。

舉凡主將在戰場，必起一人高的戰車，盔纓赤紅，足一臂長，或揮戰旗，或擂戰鼓，讓士卒可見，主將安在，軍心就不會亂。

定北侯在好幾年前，就培養了跟自己身高、體態差不多的親信，每逢戰事，他立在旁，由親信領兵，死了一個即刻再換上新的。他也曾將此法告訴不少軍中將領，只是從未見人用過。

親信立於戰車上，小聲地向定北侯問道：「侯爺，前方陣勢儼然，是否要先觀察一下再行動，若貿然支援，怕是會衝壞陳將軍的布陣。」

定北侯已經看出來，陳青臨所擺的是一字長龍陣，兼兩側輕騎兵護翼，首尾不斷。異族大軍數次想要衝殺進去，都不得其法，似被長龍絞頸，而陳青臨所在的陣眼位置，更是近之則死。

他此時已經有些後悔了，陳青臨顯然是準備和異族大軍玉石俱焚，要是他沒有率軍過來，飛鷹關必定全軍覆沒；但見這陣勢，異族人也討不到好，難保不會就此退兵。若真的讓陳家小兒再添一功，他實在氣不過。

西北連年征戰，得到的功勛卻是有限的，這些年就如同瑞王在信裡所說的那樣，他定北侯得勝，至多就是賞賜金錢、宅子或女人，而這些個小將獲勝，滿朝上下恨不得把他們捧到天上去，爵位更是不要錢似地賞下來。

定北侯一時陷入魔障之中，無法自拔。

他的戰車居高臨下，忽見底下陳青臨戰旗一斜，這是變陣的先兆，而一字長龍陣的變陣，左右不過三種，一為敵擊龍首，變陣則龍尾至，絞之！二為敵擊龍尾，變陣則龍首至，絞之！三為敵擊龍腹，變陣則首尾至，絞之！

如今異族大軍正咬死陳青臨安排在一字長龍陣兩側的精銳輕騎兵，打算壞其兩翼，這也是一字長龍陣唯一的破法。只可惜異族人不知道，陳青臨的大營裡最為精銳的就是輕騎兵，他們每日天還沒亮就出營操練，直到夜深才回來，一夜安睡，隔日起來又是一日操練，戰力十分強悍。

定北侯心中已打定主意，對親信擺了擺手，說道：「本侯今率軍三十萬而至，何必顧念區區兩萬人陣。傳軍令，自北向南進戰場，將異族人打亂，至於陳青臨那邊，為大局計，且讓他們再混戰一會兒。」

親信直覺不妥，但見定北侯胸有成竹的樣子，還是嚥下已到嘴邊的話，用戰旗將軍令發了出去，三十萬大軍隨即衝進了戰場。

異族大軍早已經殺紅了眼，壓根兒就沒有因為飛鷹關的援兵攻進來而亂上一刻。大單于雙目冒火，命令底下最凶狠的勇士們強攻陳青臨大軍的側翼，一定要撕出道口子來，他已經不指望這一場戰爭能贏了，但他的兩個兒子都死在這場戰爭裡，這個守衛飛鷹關半個月的寧朝將軍必須死！

整整三十萬大軍加入了戰場，然而飛鷹關將士受到的攻擊卻越來越猛烈，陳青臨的戰旗揮動半晌，確認一字長龍陣再也無法首尾相聯，眉頭不禁深深地蹙起，不明白為什麼援兵要切斷他的陣勢。就在此刻，兩側的輕騎兵被進攻的異族大軍攻破一個口子，數千個異族勇士衝到了陳青臨的戰車前。

陳青臨將戰旗插高，取紅纓槍上馬，不再多想，直接帶著戰車周遭的兵卒們殺進異族的包圍圈內。他的精力十足，雖然這些日子每天只能睡一、兩個時辰，但每到要殺人的時候，他的力道還是大得驚人，過沒多久，馬下已經堆積了許多屍體。

口子還在變大，濺到陳青臨臉上的血，讓他的眼睛都快睜不開了。他不明白為什麼援兵已至，卻不替他堵上側翼輕騎兵的口子，這也就算了，殺進來的異族越來越多，他幾乎都要懷疑援兵上了戰場之後，卻什麼都沒做，只是把異族大軍從那道口子裡逐個驅趕進來。

身邊的人越來越少，陳青臨有些恍惚起來，就在此時，他身後傳來一聲稚嫩的怒吼。

「大膽！」

陳青臨下意識地勒馬回身，一槍掃出，打下兩個不知何時靠近他背後的異族騎兵，而他身側的馬上，一個十三、四歲的少年已瞪大眼睛，從馬上倒了下去，胸前不知道被什麼給刺穿了。

少年見他無事，似乎想要露出一個笑容來，卻凝固得極快，形成了一個要笑不笑的詭異表情。

陳青臨記得這個少年是軍中一位老將的幼子，新兵入營時，和顧峻是差不多的脾氣，被他整治了幾回之後，漸漸開始會乖乖地叫他一聲「陳大哥」。戰事剛起，他就想送這個少年走，可到底沒能成行。

在這一刻，四周彷彿靜止了，陳青臨甚至能清楚地感覺到自己的心跳聲，他多日以來想不明白的地方，瞬間想通了。遲遲不至的援兵，一上戰場就切斷他陣勢的自己人、死活堵不上的口子和很遠、很遠才能聽見的一點點廝殺聲，這一切讓他頓時清醒過來。

又有幾個異族士兵擁了上來，他大吼一聲，提起手裡的鐵槍，對準身前一個異族士兵的腦袋劈了下去，一擊之下，血肉飛濺，連帶著異族士兵身下的戰馬都悲鳴著倒了下去。一時無人敢靠近陳青臨，就在此時，十數道箭風掃過他的身側，將剩餘的異族人統統射死。

陳青臨抬起眼，他的臉上全是血污，眼裡也被濺得一片血色，讓人不禁懷疑他究竟還能不能看得見。

定北侯從戰車上下來，硬生生被這樣的陳青臨嚇了一跳，然而不過片刻的工夫，定北侯就回過神來，取過親兵奉上的帽盔和外袍，帶著一列衣帽整齊、宛若剛下戰場的親兵，大步走向陳青臨。

陳青臨只是騎在馬上沒有動，他的馬下到處都是屍身，自己人的、異族人的，定北侯不過走近五步，就無法再前行。

定北侯的眉頭擰了起來，有些心虛，但更多的是惱怒。「寧遠將軍是守關守到癡傻了不成？本侯親自前來救援，你一言不發，是何道理？」

陳青臨看了看周遭，看了看遠處，不必戰後統計，他已經能大致估算出這片戰場上還活著的飛鷹關將士人數。這些天戰損過半，剛才又和異族糾纏一夜，兩萬多人大概只剩下一小半不到，不過萬數。

他的目光落在定北侯的身上，見定北侯一身衣物乾淨整潔，眼裡的血色頓時化成一片濕潤，在他髒得看不清五官的臉龐上，流淌出兩條小河。

他提槍下馬，卻沒有理會定北侯，反倒先扶起已倒地身亡的將門少年，將少年抱到戰馬上，又把地上諸多同袍的屍身都扶到他們生前的戰馬上。

戰馬安安靜靜的，並不知道自己背上的主人，已經再也不能騎著牠征戰了。

定北侯無端地感到背後發冷，隱隱有一絲不安，不過陳青臨漠視自己的憤怒已蓋過一切，定北侯忍不住再次說道：「寧遠將軍，要你拜見本侯，就如此困難嗎？」

陳青臨回頭看了定北侯一眼，那如同惡狼要撲殺獵物般的眼神，讓定北侯莫名地想要後退，卻又死撐著站定身子。

定北侯告訴自己，他不過是個功勛不足自己十分之一的小將，沒什麼好害怕的。然而不過一瞬間，陳青臨已用手裡的鐵槍，活生生地捅穿定北侯的胸口，定北侯連一句話都沒來得及說，就正面朝下，倒了下去。

變故來得太快，定北侯的親兵們都呆住了，在一陣沈默之後，忽然有人開口道：「將軍死了？」

陳青臨張開手掌，放開那柄不知殺了多少異族人的鐵槍，連日來的疲憊終於在這一刻席捲全身，他晃了一下，直直地倒在被血染紅的土地上。

定北侯發兵救援飛鷹關的消息，一早就傳到京城，元昭帝白日裡剛鬆了口氣，夜裡就收到異族大軍全面潰逃的捷報，可還沒來得及高興，就被下一封喪報驚得睡意全無。

飛鷹關守將陳青臨，因西北大軍未及時救援，怒殺統帥定北侯趙廣，人已拿下，不敢擅處，送回京城待判。

這封喪報有些意思，若是定北侯的人來草擬，自然是極盡抹黑陳青臨之能事，但這喪報上只寫了一個理由，就是定北侯未能及時救援。往小了說，是定北侯無能，陳青臨暴戾；往大了說，未及時救援會造成什麼樣的後果，誰都清楚，隱隱暗喻定北侯通敵，話裡、話外都是在替陳青臨脫罪。

擬此喪報的正是飛鷹關一戰中失去幼子的老將蒙山，他一直把陳青臨當成自家子姪看待，會放心把么子交給他，也是賞識他的人品、愛惜他的才華。

因為么子，這一戰他可以說是從頭關注到尾，自然能看清定北侯的一切異狀。平時收攏分散在各地的西北兵力，只需要七日，何況飛鷹關的位置是固定的，根本不用等大軍到齊才發兵援救，哪怕是每日增援一點兵力，都不會落到現在這個局面。

當蒙山抵達飛鷹關之時，只見漫山遍野都是沒來得及安葬的屍身。整整五萬人的飛鷹關大營，西北軍中最精銳的一支軍隊，如今只剩八千多殘兵，而在清點過傷殘的士兵以後，四肢健全、還能上戰場的，只有不到五千人，何其慘烈！

除了喪報，他特地將這一次戰爭的疑點全部列出來，隨戰報呈上，最後更直指定北侯若不是嫉妒賢能到了失心瘋的程度，那定然是和異族有了什麼不可告人的交易。

元昭帝頭疼不已，拿著捷報和定北侯的喪報，一時不知道該喜還是該悲，睡意全無之下，他忽然想起了什麼，對在身邊服侍的大太監道：「朕記得……陳青臨是鎮國公顧氏的姻親？」

御前太監總管張和小心地應道：「是啊，還是開春那會兒聖上親自作媒的。」

「你說這回，顧氏會不會跟著摻和？」元昭帝按了按太陽穴，他並不關心定北侯是不是通敵叛國，也不關心陳青臨殺上將有沒有苦衷，他的考量總是和旁人不同。

這話張和可不敢接，只是壓著聲音說道：「聖上其實不必把這些事兒放在心上，誰對、誰錯都不打緊，顧大人那邊摻不摻和也都是小事；如今殿下們都大了，聖上一天天地繃著自己算怎麼回事？也該把一些事情交給殿下們去辦。況且，奴才最近聽見一點風聲……」

張和的聲音壓得很低，底下有個小太監把耳朵豎得高高的，都沒聽清張和說的話，只能偷偷地瞧了瞧元昭帝的臉色，看上去很是陰沈。

從清心殿出來後，張和用拂塵掃了掃自己胳膊上的灰塵。一路上有人向他行禮，他都是笑咪咪的，時不時應一聲，然而跟在他身後的小太監們，卻已察覺到氣氛不大對勁。

走到一處僻靜的地方，張和才停了下來，轉過身看著那一群小太監們，語氣溫和地問：

「剛才在殿裡，都聽見什麼了？」

跟在他後頭的七個小太監，有六個都是白著一張臉，連連搖頭，除了站在最後頭的那一個，神色依然不變。

張和也不惱，對站在最後面的小太監說道：「三兒，你都瞧見什麼了？」

被稱為「三兒」的小太監主動上前，朝張和行了一個大禮，毫不猶豫地說道：「喜子和福貴一直在聽乾爹和聖上說話，且喜子臉色有異。」

「乖。」張和笑著拍了拍三兒的頭，看向臉色煞白的喜子和福貴，溫聲說道：「三兒，帶他們去收拾一下，從明天起，就讓他們換個地方吧。」他竟絲毫不問他們的來歷，也一點都沒有懷疑三兒的話。

喜子和福貴想說些什麼，然而張和卻不搭理他們，逕自抬腳離開。

張和帶著剩下的四個小太監，正要回到清心殿，迎頭卻撞見太子。

太子身邊跟著黃輕，黃輕衣衫整齊，卻一臉睏倦，而太子的精神倒是不錯，見到他時還叫了聲「張和」。

張和臉上的笑容頓時變得真心幾分，正要恭敬地行大禮，只是禮行不到一半，就被太子扶了起來。「大半夜的，你別折騰了。父皇叫咱們來肯定有事，你趁這時候快去小睡一會兒，本太子讓王先候在殿外，要是父皇叫你，本太子再讓王先喊你去。」

張和連忙應了，他抬眼看了一下周遭，壓低聲音對太子說道：「殿下待會兒進去可要留神，邊關出亂子了，聖上的心情不大好，得順著、哄著。」

見太子陷入沈思，他看了黃輕一眼，對黃輕不著痕跡地點了點頭。

黃輕睏倦的眼皮陡然抬了起來，彷彿想再確認一番似地挑起眉毛，見張和又點點頭，黃輕的嘴角不禁勾起一抹笑意。

第三十五章　入獄

邊關出現這樣的事情，確實是所有人都始料未及的，雖然已有張和的提醒，但太子在看到喪報的時候還是嚇了一大跳。他對陳青臨這個名字並不陌生，甚至可以說是相當熟悉，也正因為這樣，內心從一開始就偏向了陳青臨。

元昭帝看了看太子，神色不定地說：「殺害上將，為軍規三不赦，若不是定北侯無能在先，蒙山就是先斬後奏都可以。元成，從這裡頭，你可能看出點什麼？」

太子毫不猶豫地說道：「兒臣覺得定北侯貽誤戰機，害死前線將士數萬，當處死罪。寧遠將軍雖然以下犯上，但可以說是先斬後奏，若日後查出定北侯有通敵之嫌，寧遠將軍不僅無罪，甚至有功。」

元昭帝的面上露出一絲無奈之色，有些像是尋常人家的老父親在看自家平庸的兒子，元昭帝轉而看向黃輕，問道：「重安，你有什麼看法？」

「回聖上的話，微臣以為，定北侯當不是通敵叛國，這背後，應該另有緣由。」黃輕低下頭，態度十分恭敬的樣子，說道：「即便近幾年來定北侯軍功漸少，但舉凡我西北將領，無一不殺西北異族如宰豬屠狗，無一不同西北異族有血海深仇，通敵者，多為朝中不得志之惡徒，軍功不過將爵，年紀不過四十，至異族方可融入其中，或有身陷囹圄、詐降求命者。然定北侯穩坐後方，不在其列，且其家眷俱在京中，並沒有通敵的理由。」

以黃輕這個年紀，能當著天子的面說出這一番有理有據的判斷，實在了不起，但元昭帝的臉色卻陡然陰沈下來。

黃輕就連低著頭，都能感覺到元昭帝的不悅，心頭頓時有些惴惴不安，不由猜測是否因為自己沒有事先提示太子，強出了風頭，才讓一向疼愛太子的元昭帝感到不快？

元昭帝沒再去看黃輕，目光落在太子的身上。

他有很多個兒子，其中有容貌像他的，有性情像他的，真要說起來，太子是和他最不像的那一個。太子的性情莽撞，脾氣又大，但這些都沒什麼，自古以來有成就的君王，很少是太過溫吞的。

他知道太子沒什麼城府，能走到今天這個地步，離不開外戚和臣下的輔佐，而他的臉色突然變差，只是因為他似乎看到了未來……外戚把持朝政，他疼愛的長子成為傀儡，他寵愛的孫兒被外戚雕琢成他們想要的樣子，那這天下，還是他想要看到的天下嗎？為太子找這樣一門姻親，是否是他做錯了？

元昭帝的想法，在場沒一個人能猜得到，黃輕即便天賦過人，也沒有到走一步就能看清五十步的境界，太子更疑心是不是自己的回答太蠢，才會惹父皇生氣。

「罷了，這件事到底和你們沒什麼關聯。朕倒是想在淮南道御史上任之前考考他，這件事就交給顧文卿去辦吧。」元昭帝拍了拍太子的肩膀，別有意味地說道：「你好好看著，從頭到尾看著，就夠了。」

太子不明所以，但想一想，顧氏是陳家的姻親，父皇的偏心實在是太明顯了，不由得替陳青臨鬆一口氣。

隔日一早，聖旨就頒了下來，命顧嶼徹查陳青臨斬殺統帥一案。

陳青臨殺掉定北侯一事，在前世並沒發生過，事情的軌跡已經不再按照他熟知的方向而行，但顧嶼並未慌張，只是蹙眉思考了一下其中的變化。

上一世，瑞王是在得到足夠勢力的支持之下，發覺鎮國公府無用，又憑藉著妻族之便、聖心之利，毫不猶豫地用鎮國公府的倒臺，換取自己一爭江山的機會，那時候定北侯的地位穩固與否，實在不是瑞王需要操心的事情，所以並沒有飛鷹關死戰。

這一世，瑞王得不到鎮國公府的支持，能依靠的勢力又只剩下定北侯一家，瑞王不急才是怪事。可是要如何在穩固定北侯地位的前提下，給鎮國公府添上一樁煩心事？唯有陳青臨戰死，飛鷹關失守。不得不說這個計策又狠又毒，瑞王唯一沒算到的，就是陳青臨善戰。

從拿到這樁差事起，顧嶼就知道陳青臨還有救。定北侯死前昏招頻頻，人要是還活著，自然還能為自己辯解一二，可如今死無對證，就算污定北侯一個通敵叛國的罪名，都會有人相信，想怎麼編排就怎麼編排，只是得仔細地想一個萬全之策。

顧嶼和鎮國公商議了一下，還是決定別把這件事情告訴陳若弱，一是怕她憂思過度，傷了身體；二是陳青臨暫時不會有什麼事，告訴她也只是徒增煩憂而已。

陳若弱最近胖了不少，她原本就不輕，懷孕之後更是飯量大增，臉上圓了一圈，腿上也添了不少肉，大約也只有看在顧嶼眼裡，還是那副身材勻稱的少女模樣。

喜鵲都勸過好幾回，陳若弱仍舊一點也沒少吃，只是勉勉強強地答應每天多走一點路。用完午膳，顧嶼扶著陳若弱在府邸附近散散步，還沒走太遠，就在陳若弱的求饒聲中慢慢地往回走。

他不禁憂慮起來，夫人的肚子大得實在有些不正常，偏偏看過幾個大夫都說沒事。

陳若弱只是不大願意走動，倒還沒有到要躺在床上的地步，因此一回到府裡，她就拉著顧凝到小花園裡說話，連顧嶼都不搭理了。

顧嶼也不惱，怕她們在外頭吹了風會著涼，還讓人去取來披風給她們披上。

最近的天是越來越冷了，一大早地上都結著一層霜，深秋的寒風呼呼地吹著，出門都得多加兩件衣裳才行。

京城還好一些，打從西北到京城的那一路上，才真叫冷。

陳青臨穿著一身囚服，被鎖在囚車裡，渾身上下只有一件單薄的囚服可以禦寒。

囚車押送別的犯人，都是用細鐵鏈子捆了手、腳就成，但陳青臨天生力大，軍中甚至流傳著他空手掰彎過實心鐵槍的事跡。押送官抱著寧可信其有、不可信其無的心態，用鐵枷鎖了他的雙手，腳下也用鐵鐐銬得嚴嚴實實，脖子上還勒著結實的牛皮繩。

他一日三餐靠人餵，也不給下囚車，屎尿全在車裡，沒過幾天，就臭得連押送官都不肯靠近囚車檢查。陳青臨倒不覺得有什麼，再苦的事情他都經歷過，以前在荒郊野外沒水喝的時候，他連自己的尿也得捏著鼻子再喝回去。

他不怕這些，因為他明白就連這樣的日子，也是過一天、少一天了。

人在快死的時候，總是會想起最親近的家人，陳青臨也不例外。他想起父親、母親，還有那自己留在這個世上唯一的親人。他不禁難過起來，他本該給她做一輩子的後盾，可現在，他不但無法讓她依靠，還不知道會不會連累到她。

若要說後悔，陳青臨是真的沒有後悔過，他那一槍刺下去，是為千千萬萬枉死的兵士們報仇。他不管定北侯立過多少功勛，也不管定北侯有什麼理由，他只知道因為這個人的刻意拖延，讓飛鷹關險些失守，讓他丟了四萬條人命，讓他無顏面對這些人的父母妻兒。大仇已報，現在就算是要被千刀萬剮，他也認了。

唯一值得安慰的是，他的妹妹已經嫁人，而他現在無妻無子。除了可能會因為他的事，讓妹妹在婆家的待遇變得差一點，應無性命之憂，而且他相信自己的眼光，顧嶼不是個會見風轉舵的小人。

臨到京城的時候，押送官才讓手底下的人把陳青臨從囚車裡拖出來，用冷水幫他從上到下草草地沖洗乾淨，換上一身乾淨的囚服。

以往押送到京城的犯人多是異族俘虜，押送的方式大同小異，異族俘虜體魄強健，尚且有三分之一的人挺不到京城，上報的都是途中猝死或畏罪自盡。很多押送官為了省事，走到半路上就把俘虜給折騰死，然後上報完就能回去了。

常年在西北同異族作戰，陳青臨的體魄強過許多的異族蠻漢，不僅一路上挺了過來，在這寒風天被冷水沖洗，也是連抖都沒抖幾下，換上乾淨的囚服後，看上去竟然像是一路上沒怎麼受苦的樣子。

押送官倒也不怕他再度得勢報復，基本上用這囚車送過的人，不管是多大的官，就沒有能活著回西北的。

不過陳青臨也確實沒什麼報復的心思，他悶不吭聲跟著獄卒走進大牢，只等什麼時候判他個砍頭、腰斬或是凌遲，他大寧律學得不怎麼好，但總歸沒有更多的死法。

牢房四四方方，裡外青磚不透風，比囚車裡暖和，還有乾稻草鋪成的床。地上擺著兩個乾淨的碗，一個盛水、一個盛飯，牢飯有兩塊濃油赤醬的大五花肉，半邊青菜鋪著，半碗白飯打底，還冒著熱氣。

人一安逸了，就容易多想，陳青臨吃完飯後，便枕著自己的胳膊，一會兒想著自己的死法，一會兒又想著這輩子他連個女人的床都沒上過。就這麼胡思亂想了很長一段時間，忽然聽見外頭有動靜，他朝門邊看去，卻見到了顧嶼。

顧嶼和牢房應該是八輩子也打不著關係的，那矜貴俊秀的世子爺進來的時候，整個牢房頓時像是閃著光芒，陳青臨忽然想起一個叫「蓬蓽生輝」的詞兒來。

「也難為你這時候還能來看我……」陳青臨想扯出一個笑，卻發現自己根本笑不出來，只能對顧嶼點了點頭，說道：「我這次連累你們了，看過我就走吧。我看過信了，若弱還懷著孩子呢，你就先別告訴她了，只說我在邊關，瞞個兩、三年都成。」

顧嶼慎重地道：「確實沒敢告訴她，不如舅兄日後再同她解釋吧。聖上已把這件案子全權交由文卿處置，舅兄只要把自己經歷過的事情記錄成供詞就行，其餘的交給文卿來辦。」

陳青臨呆了片刻，失笑道：「文卿，我現在是難捱了一點沒錯，可你也不需要編這樣的瞎話來哄我。這件事就算聖上交給你去辦，你也不能徇私替我脫罪啊，我犯的是死罪，我自己心裡清楚。」

顧嶼搖搖頭，卻沒有說太多，他在審問犯人之前私見了這一面，已經夠讓人說道的了，他身後還有刑部的官員陪同前來，不可能再給陳青臨什麼更加明顯的提示，於是只道：「並非徇私為舅兄脫罪，聖上自然有聖上的道理，倘若聖上真信了舅兄殺害上將之罪名，也就不會有派文卿徹查案情這一齣了。舅兄有罪、無罪，關鍵在定北侯。」

定北侯如今已是個死人，陳青臨聽見這話，頓時感到一陣好笑，但見顧嶼神情堅定，到底也沒再多說，只是點了點頭。

顧嶼走近一些，對陳青臨道：「這位是刑部掌獄張袞大人，同文卿有些私交，舅兄在牢裡若有什麼不順心的，只管找張大人就是。」

陳青臨看了看顧嶼身後畢恭畢敬的刑部掌獄，愣是沒看出那正三品官兒的傲氣來，甚至有些巴結的意味。

顧嶼只當不知，態度仍舊溫和可親，又和陳青臨說了幾句話，才轉身告辭。

正如顧嶼所說，此案並不是陳青臨認不認罪的問題，主要還是得看定北侯是否有罪，他只要證明定北侯確實有過，而且過失大到該死，就能替陳青臨洗脫死罪。至於活罪，大不了就是免官降職之類的，那就更不用擔心了，武將不比文官，用一個、少一個，只要人還活著，遲早會有再得到重用的一天。

要查定北侯，在京城肯定不行，定北侯常年在西北盤桓，案子也發生在西北，顧嶼既然得了這樣的差事，西北一行必不可少。好在自京城到西北，常年有平整的官道可以走，陸路通暢，來回的路途雖然不短，但不算顛簸，要是辦案順利，兩個月就能回來。

陳若弱已經有五個多月的身孕了，肚子卻足足有別人要生時那麼大，顧嶼雖然不放心，但也實在不能帶上她。臨行前幾天，他都沒敢把自己要走的事情告訴她，生怕惹她難受，可到了臨行前夜，再不說，就得等他走後，讓別人同她講了。顧嶼不知道哪種方式更好一些，想了很久，還是無果。

以前陳若弱睡覺時還能翻來翻去的，現在肚子越來越大，她都不敢隨意動彈，尤其是平躺下去的時候，越發顯得肚子大，她不禁有些發愁地抱著顧嶼的一條胳膊，說道：「我是不是快要生了？」

「六個月都不到，怎麼可能就生了呢？」顧嶼伸手，隔著被褥在她的小腹上摸了摸，動作很輕，語氣也很低柔。「都說十月懷胎，至少還得四個月呢。」

陳若弱才不管他說什麼，只是抱著他的胳膊，用臉頰輕輕地蹭了蹭。床帳外燭光暖和，照亮一室溫存，她小聲地說道：「越是要到生的時候，我就越害怕，你們京城說生孩子的房間不潔，不讓男人進，可我不管，等我真的要生了，你一定得陪在我身邊。」

顧嶼算算日子，揉了揉陳若弱的腦袋，點頭應下。

輾轉半夜，顧嶼到底還是沒下定決心把事情告訴陳若弱，他本不是優柔寡斷的人，只是對上身懷六甲的愛妻，任是鐵石心腸，都要化為繞指柔。

陳若弱似乎什麼都沒發覺，卻比平日更纏人一些。之前在揚州的時候，她知道顧嶼事務繁忙，很少打攪他；回到京城後，又因為他胳膊上帶了傷，她更是時時刻刻提醒著他要多休息，也就是這幾天他傷好得差不多了，她才任性一點。

顧嶼由得她折騰，他今夜的脾氣比平時還要好得多，一連讀了好幾十頁的新話本，就連聽見外頭打響子夜的更鼓，也不催促陳若弱入睡，反倒是溫聲繼續讀了下去。

陳若弱抱著他的胳膊，整個人往被褥裡沈了沈。過了一會兒，她忽然露出一雙大眼，直直地由下往上看著顧嶼。她眨眨眼睛，忽然用腦袋蹭了蹭他，語氣低低的，帶著一點撒嬌的意味，小聲地說道：「你是要離京了嗎？」

顧嶼拿著話本的手一頓，目光落在陳若弱身上，只見她整個身子已嚴嚴實實地裹在厚實的被褥裡，只露出半邊腦袋來，看著有些可憐。

他伸手輕輕地揉了揉她的髮，低嘆一口氣，沒有回答，卻是默認。

「我就知道……」陳若弱沮喪地說：「拖了這些個日子，也沒想到我的肚子會這麼大，別說是你，就連我自己都不敢跟你去淮南道了。不過還是赴任要緊，等孩子要生了，你再提前上書說一聲，我聽說地方官員一年有兩個月的訪親假呢。」

顧嶼知道她誤會了，但到底沒把陳青臨的事情說出來。他的嘴角微微上揚幾分，應了一聲，又道：「最遲三個月，我定會回來。」

陳若弱抱著他的胳膊，緊緊地抱著，像是怕自己一個不留神，他就會跑走似地。

顧嶼側過身，將她摟進了懷裡。

一夜無眠，隔日顧嶼離京，正巧趕上初冬的第一場雪，下得不大，只是地上鋪了一層細細的小雪，看著頗有幾分冷意。

雪地路滑，陳若弱想去送行，卻也被這場雪給耽誤了。

西北軍並非由定北侯一人統御，本朝吸取前朝教訓，軍中權柄每五年輪換一次，主將之下兵員則是三年輪換一次，使得兵不認將、將不識兵。

定北侯是西北軍近五年來的統帥，而在他之前，是由老將蒙山掌權，在蒙山之前的那位大將，則已在去年的戰事中不幸陣亡。

故而定北侯雖然在西北軍中頗有幾分勢力，但絕到不了一手遮天的地步，顧嶼也沒有旁人想的那樣緊張，只是輕車簡從地出了京城，毫不猶豫地一路朝西北而去。

元昭帝將這件案子交給顧嶼，這其中的考量不可對人言，但顧嶼兩世為人，到底也能揣測一二。

前世就是如此，元昭帝臨終怕黃氏外戚干政過多，為太子又擇了兩房身世極其尊貴的側妃，另封兩家外戚勢力。除此之外，還親命周仁子承父位，即相國位，又讓他們顧家復爵，若非他堅辭不受，元昭帝甚至還想將最小的公主，嫁給他做續弦。

這麼多的安排，全是為了替太子鋪路，一家外戚變三家，相國之位大定，又有個名正言順的鎮國公從旁輔助，太子即便再草包，也不可能會成為一家的傀儡，而他和周仁只要有那麼一點頭腦，就會幫著太子平衡朝堂。

這一世元昭帝的行動雖然早了一點，但以元昭帝的性格來看，卻也不難理解。

無論是前世還是今生，他都是得利的那個人，區別只在於，前世的他已經是一具行屍走肉，得利不喜、損失不悲；今生，他卻要做那個穩穩抓住所有機遇的人。

雪落即入冬，天越來越冷，陳若弱身上的衣服也越裹越厚。

廚下開始不備冷盤，轉而準備各種溫熱湯羹，以滋補養身。其中有個新來的張廚子，做的菜每一樣都像是宮裡的御膳，精緻又可口。

陳若弱起初不覺得有什麼，直到有一日顧凝來找她，剛喝上一口張廚子送來的湯，眉頭就挑了起來。「這是御膳裡的一道湯呢，咱們府上的廚子做的？」

陳若弱搖搖頭，問了聞墨，而聞墨只說那是個啞巴廚子，不認得字，也沒戶籍，之前來後廚應聘的時候，還差點被當成乞丐趕走。

顧凝想了想，說道：「應該不是御廚，御廚不准離宮，除非是跟著公主出嫁，去公主府伺候，不過這湯確實是御膳的制式……可能是從新河長公主府裡被趕出來的人，聽說長公主的府上打殺過不少宮奴，被毒啞、斷手的很多，那裡的廚子一年要換上好幾個。」

陳若弱聽得有些害怕，顧凝安慰地拍了拍她的手，說道：「新河長公主為人殘暴，好在現在已經信佛吃齋，也不常在京中走動，連我都沒見新河長公主幾回，嫂子就別怕了。」

陳若弱撫了撫心口，小聲地說道：「我才不是怕，我只是驚訝這個長公主做事如此殘忍，聖上竟然能容忍？不是說王子犯法，與庶民同罪，這個長公主害了不止一個人呢。」

顧凝差點沒被她惹笑了。「大寧律是這麼寫，可歷朝、歷代哪有皇子王孫打殺幾個下人就得償命的？新河長公主是聖上一母同胞的嫡妹妹，衝著太后的面子，聖上也不可能對新河長公主怎麼樣的，至多給長公主幾個冷臉看。」

陳若弱不吭聲了，她一直覺得聖上是個好人來著，沒想到也會徇私，要是同樣的事落到了自家夫君身上，她知道，他才不會徇私呢。

陳青臨在刑部大牢內，結結實實地打了一個噴嚏，他揉揉鼻子，裹緊張掌獄剛剛派人送來的冬衣，腳邊不遠處是燒得正旺的火盆。

他住的是刑部大牢裡少有的單間，床上塞的乾草也在下雪的那幾天，被換成了厚實的被褥，上、下各兩層，暖和得很，說實話，比軍中的營帳住得都要舒服。

越是這樣，越讓陳青臨的心裡升起些許希望來。假如有得選擇，誰都不想死，也許他的案子真的可以翻盤，他不用為定北侯那個罔顧人命的混帳償命，他還能守著自家的寶貝妹妹，看到外甥或外甥女出生，要是能活得再久一些，他會帶他們去城外捉兔子。

陳青臨很快地就收回思緒，他不敢再想下去，生怕自己一直抱著這樣美好的希望，等真到行刑的那一天，他面對著劊子手的刀，會忍不住懦弱地哭出聲來。

他想要自己從生到死，都是頂天立地的。

第三十六章　西北

京城這一年的雪下得要比往年早得多，不僅早，還下得格外大。一場小雪過後，就是連續好幾天的大雪，凍得人不想出門。

原本熱鬧繁華的京城變得一片蕭瑟，連店鋪都不大樂意開門，唯一風雪無阻的，大約只有那些每日清早要去參加朝會的官員。

鎮國公這個原本不怎麼上朝的人，近來也多了不少事務，有一回還在外頭的軍營裡過上一夜，成日裡早出晚歸，好像不是府裡人似的。

陳若弱除了和顧凝待在一起，也經常去看望顧峻，免得他一個人在房裡養傷，悶出個什麼毛病來。

顧凝一開始並不知道顧峻受了重傷，一直等到她的胎象平穩，府裡的人才敢把這件事情告訴她。

要是以前，顧峻早就嚷起來了，這兒疼、那兒疼的都要說出來，可經過一次戰爭的洗禮，他變得成熟懂事不少，還反過來安慰顧凝道：「我這不是撿回一條命了嗎？又沒缺胳膊斷腿的，已經比別人要好得多了。戰場上死人平常，能活著回來就是幸事，二姊哭什麼？」

顧凝聽見這些話，卻是哭得更凶。在她以前的觀念裡，他們既然生在公侯府邸，就該享盡人間富貴，天生就比別人高出一等，她出嫁之前也確實都是這麼過日子的。可這陣子發生的一連串禍事，毫不留情地打碎她以往所想，現在顧峻的傷勢更是明明白白地提醒著她，他們和一般人無異，生老病死、情愛是非、傷痛折磨，沒有一件逃得過。

總歸都是人而已，天給的富貴，天也能收回，天不收回，就會在別的地方補回來，沒有十全十美。

顧峻是在戰場上看開的，所以他成長得十分迅速，雖然很疼，但很快就會好。

對顧凝來說，要看清這一切，卻有如鈍刀割肉，一刀、一刀，慢慢地把她雕刻成合適的模樣，每一刀都讓她疼得刻骨。

顧嶼走後的第一個月，經過朝堂上無數次的爭吵，元昭帝終於下旨命淮南道一案結案。比起審理時的繁複，量刑顯然爽快得多，除了首犯按律待到明年秋後處決之外，元昭帝甚至還答應了太子的上奏，將肉鴿案中所有涉及人員全部處死，只是會依罪行輕重量刑。

大寧律雖然沒有前朝那麼嚴苛，但對於一些窮凶極惡的犯人，仍然保留了前朝的虐殺之刑。從不見血的貼加官到斬首、腰斬、鐵梳洗、生剝皮，再到五馬分屍，五花八門，只是一直以來並沒有太多能用到這些刑罰的犯人，因而在明年秋之前，天牢裡的行刑人還要多學一些前朝處刑的知識。

鎮國公沒把這些事跟陳若弱說，而是提起了另外一件事。「聖上仁德，聽聞揚州瘦馬案的內情，又著人審問過後，下旨廢賤籍制，又重新議定奴法，命官府嚴加審查，日後要是再有瘦馬一類的事情發生，當從拐賣罪判刑。」

本朝高祖身世坎坷，幼年被人販子幾度轉手賣出，恨極了這些人，故而大寧律中對拐賣罪判得最重，一旦查實，涉案之人即便是有品階的官員，皆無論輕重一併處死，可以說是大寧律裡為數不多的重懲大罪。

陳若弱聽了十分高興，她在淮南道認識了不少身世可憐的姑娘，聖上這一道旨意下去，可以說是救了她們一輩子，以後更不知道會有多少人因此而得救。

她又是喜悅又是驕傲地想著，這裡頭要是沒有自家夫君忙上、忙下，肯定不知道要拖到什麼時候，可一想到這裡，她就更想他了。

此時顧嶼才剛抵達西北。這一路上風雪大，他卻一刻也沒有停下來休息，白日裡騎馬，夜間則坐上車駕小憩，繼續前行，從不留宿驛站和客館，喝的是冷水，吃的是乾糧，卻絲毫不挑剔。

等到西北的時候，他那張漂亮俊美的臉龐已然瘦削不少，顯露出完美的稜角，看著有些陰鬱，衣帶也寬了一圈，一身威勢不減反增。

蒙山帶著自己的三個兒子前來相迎，這次顧嶼仍舊算是欽差，只是沒有名頭，也沒有欽差金印，有的只是元昭帝的聖旨。然而蒙山卻珍而重之地行了參見大禮，和之前徐景年給的下馬威不同，蒙老將軍一開口就說自己是對著聖旨跪拜，也是給足了顧峻這個欽差的面子。

顧嶼沒說什麼，快速又平穩地讀了一遍聖旨以後，就對蒙山道：「老將軍，如今天色尚早，不知從此地出發去到飛鷹關大營，需要多久？」

蒙山愣了一下才反應過來，顧嶼居然剛到西北就急著要查案，不由得失笑道：「從此地到飛鷹關，就算是騎上最快的戰馬，也要兩個時辰才能到，那個時候天都黑了，欽差還是先在主帳營中休息一夜，等到明日……」

「明日仍舊要耽誤兩個時辰，老將軍不必多勸，晚輩此時出發，夜至飛鷹關，就在那裡宿下，明日一早便可立即查案，早去早歸。」顧嶼對蒙山行了一個晚輩的禮。

蒙山從沒見過這麼風風火火的年輕人，奇妙的是，這個年輕人看上去卻不是急躁的性子，反而十分沈穩，看起來倒不像是二十來歲的青年，更像是朝裡那些精明的老官。蒙山嘆了一口氣，隨即派人給顧嶼帶路，不再多作勸說。

飛鷹關一戰極為慘烈，陳青臨麾下幾乎沒剩多少人了，在陳青臨被押送回京候審的時候，蒙山把剩餘的幾千殘兵調到了自己的手底下，也算是幫忙收容。這次派去給顧嶼帶路兼護衛的，正是過去的飛鷹關將士，一共兩百騎兵，他們一見到顧嶼，都結結實實地跪下行大禮。

顧嶼受了禮，神情並沒有太多變化，只是讓他們儘快帶路。

騎射本就是君子六藝之一，而且這些日子在馬上顛簸得多了，顧嶼此時騎馬竟一點也不輸給軍中訓練多年的精銳騎兵。當他們一路風塵僕僕地趕到飛鷹關時，還比蒙山預期的要早上了兩刻鐘。

異族大軍被打退之後，本該乘勝追擊，無奈統帥定北侯身死，飛鷹關主將陳青臨被抓，也就只能由得異族潰逃。

元昭帝暫將西北軍的權柄交到蒙山手裡，這些天蒙山另派了三萬守軍過來清理飛鷹關，那些戰死的將士屍身，還能辨認身分的，就發回原籍交由家人安葬；屍身破爛、身分不明的，只能就地焚燒。戰後屍骨多，怕引起瘟疫，因此從來不用就地掩埋的方式。

顧嶼來時，飛鷹關已經被清理乾淨，只有地上的焦土還能看出一點鏖戰過的痕跡。

休息一宿後，隔日他便跟著身邊曾經參與那場戰爭的校尉，來到陳青臨殺害定北侯的大致位置上，問道：「你同本官說一遍當時戰場上的情況。」

校尉有些緊張地看了一眼顧嶼帶來的文書，他舔了舔乾澀的唇，回憶道：「當時陳將軍讓咱們排的是一字長龍陣，屬下就在龍腹陣裡，而異族咬死兩側的輕騎兵，龍腹陣幾次去救，連同龍尾、龍首兩陣也鬥得極凶，戰況倒是還行。可侯爺突然帶著兵衝進來，這一衝就衝散了輕騎兵剛剛準備合攏的口子，第二衝斷了龍首陣，第三衝直接衝沒了龍腹陣，戰場上立刻陷入一片混戰。」

顧嶼聽著，忽然問道：「定北侯的人，殺異族幾何？」

校尉握了握拳頭，用一種平靜的語氣說道：「侯爺沒來之前，異族已傷亡半數；侯爺來之後，陣勢幾度變化，侯爺都未來得及參戰，異族就潰逃了，自然殺的人不如咱們多。」

顧嶼知道，這是一種委婉的說法，他沒有繼續追問，只是讓隨行的文書將校尉所說的話一字不差地記下。接著，他又看向定北侯的親兵，這個親兵當時是因為蒙山的命令而留下來，幫忙清理飛鷹關戰死兵士們的屍體，之後蒙山知道朝廷要派人過來查陳青臨一案，便讓這個親兵繼續留在此地，等候傳喚，以說明案情。

軍中將領由於紅纓顯眼，在方便統率自家兵將的同時，也給了敵軍先行擒王的機會，武將再勇猛，也抵不過潮水般的前仆後繼，故而不少將軍都會養幾列親兵作為戰時護衛。定北侯念舊，跟在其身邊的親兵基本上都是老人了，也可以當成半個親信來看。

顧嶼沒有厚此薄彼的意思，用同樣的語氣問那個定北侯的親兵道：「戰場上的情況確實是如此嗎？」

親兵點頭，顧嶼又問：「寧遠將軍殺死定北侯時的情況，又是如何？」

校尉站在邊上，臉皮抽了抽，似乎想說什麼，卻又嚥了回去。

那個親兵聽見顧嶼這般直接的問話，也沒什麼生氣的樣子，只是木然地行了個禮。「當時侯爺派兵前來救援，陳將軍不理侯爺，侯爺便責問陳將軍，接著陳將軍便走了過來，提槍刺穿了侯爺的胸口，侯爺當場斷氣，陳將軍也昏迷了過去。有人說陳將軍是打仗打得一時瘋魔，屬下當時看著陳將軍的樣子，也確實有些駭人。」

陳青臨自然不可能是發瘋殺人，親兵如此敘述，免不了有一些避重就輕的成分，也是為坐實陳青臨殺害上將的罪名。

顧嶼聽完，仍舊讓文書將這些話一字一句地記下。

親臨案發之地，當然不是為聽取一、兩個證人的證詞，顧嶼在原地勘測了一遍，又回到營地大帳內，讓幾個參軍在沙盤上重演一遍陳青臨當日所布下的戰陣，證實當日定北侯率軍衝入戰場，確實是全盤打亂了原有的戰陣，造成本不該有的混戰，更不知是有意還是無意地弄大了戰陣被撕裂的口子，讓異族殘兵源源不斷地朝著陳青臨所在的陣眼方位殺過去。

顧嶼沒有當場下論斷，定北侯多年征戰，立下戰功無數，如果只因為一次戰事的錯誤決斷，就被屬下殺死，顯然不能服眾。他也沒有任何證據能證明定北侯是故意這麼做的，人已死去，再多的猜測也只是猜測，想要為陳青臨翻案，需要的是更多有利於陳青臨的證據。

戰爭的情況，顧嶼已從多方面證實了定北侯的錯誤，飛鷹關之行可以告一段落了。他帶著兩百兵士又回到西北主帥大營，並去見了蒙山一面，簡單地向蒙山說明一下他查到的情況，他沒有與蒙山深入探討，轉而說起另外一件事。

「這個案子的疑點，蒙老將軍已經在上奏中說明，晚輩來此，也正想重新整理一下審訊的內容，因此有些話想要問一問老將軍。首先，飛鷹關被圍十六日，其間是否真如老將軍上奏時所言，附近大、小據點的守將，均領命朝主帥營集兵，無一直奔往飛鷹關營救？」

若按照常理推斷，這顯然是不合理的，飛鷹關算作一個極為重要的關隘，守軍五萬，背靠主帥大營，騎快馬只需兩個時辰就可到達，然而定北侯集兵的地點卻在騎馬要三日之遠的嘉平城。

飛鷹關周遭大大小小的據點達五個之多，兵力三萬，即便不是軍中精銳，直接派去救援，正好可以配合飛鷹關內的精銳守軍，以達裡應外合之勢，不說能殲滅異族大軍，至少傷亡也不會像當時那般慘烈。

聽見這話，蒙山的面上浮現出冷意，帶著顧嶼到沙盤前，直接指給他看。「定北侯當年分兵護疆時，就有多位同袍考慮過集兵之事，最後議定一年兩次集兵大演，至多十日，最少七日，整個西北的兵力就能全部集合。但定北侯卻捨近求遠，下令時就以主帥應該坐鎮後方為由，從主帥大營撤到嘉平城，各地集兵到了主帥大營之後，又多此一舉再調兵至嘉平城，並在嘉平城休養三日後，才發兵飛鷹關。」

西北雖大，但戰線只在對異族的那一邊，再往裡就是絕對安全的後方，故而各地散兵到達主帥大營的速度應該是差不多的。且不考慮定北侯為何要讓飛鷹關附近的散兵，也多耗費三日工夫到嘉平城集兵，就說他多拖延的那六日時間，如不給出一個合理的解釋，就是罪證確鑿的貽誤戰機之罪。

本朝重文輕武是擺在明面上的，軍中的將領有功不一定賞，有罪卻一定罰，假如沒有陳青臨，定北侯在拿不出戰功的情況下，被判了貽誤戰機之罪，也是活不成的。

定北侯顯然不是個傻子，他算準陳青臨守不住飛鷹關，但也不會給異族大軍占多少便宜，便數著時間去支援，正好撿漏，可以踩著陳青臨的屍骨，拎走異族大單于的人頭，就算有人要告他貽誤戰機，可看在他有功的分上，元昭帝也不會對他懲罰什麼。

可惜定北侯一朝魂斷，西北軍群龍無首，異族大單于雖然恨極陳青臨，但還是保命要緊，趕緊整頓殘兵突出重圍，不少將士有心去追，但終究因統帥身死、主將昏迷，無令擅自行動是軍中大罪，也只能收兵。

事情才過沒多久，但對軍中而言已經很長，當時的各路散兵都已經遣返回去，顧嶼將蒙山的話記下，並拒絕蒙山集兵的提議，而是選擇親自到各據點以及散兵聚集地記下口供。他也曾帶過兵，知道越是這種戰後的閒暇時期，軍中的訓練就越是嚴格，他不想因為查案而耽誤了軍中的正常運轉，左右不過是他多跑幾趟罷了。

在蒙山的唏噓中，顧嶼離開了主帥大營，身邊跟著的只有百十來個輕騎兵，放在江淮算是場面，但在西北，連馬匪都敢盯上幾眼。好在這一行人曾經是飛鷹關的精銳輕騎兵，氣勢不同常人，十分凶神惡煞，到底還是沒招來馬匪。

定北侯雖然身死，但他曾經為西北分兵做出的革新措施，卻仍然遍布西北各地，他提出的分兵策略從應用之初，就不知救了多少西北的平民，因而顧嶼帶著文書四處走訪時，不免聽了許多老百姓對定北侯的歌功頌德，有些上了年紀的老人還操著一口讓人聽不懂的方言，流著眼淚一個勁兒地磕頭，求顧嶼還給定北侯一個公道，不能讓他白死。

這樣的話聽多了，連顧嶼帶來的那個文書都有些不安，猶豫著說道：「大人，咱們是不是做錯了？定北侯守衛西北多年，就算真的能證明他這一次動了私心，想害陳將軍或是奪功，但等到此案結束，公諸於眾後，這些老百姓……」接下來的話，文書實在說不出口。

顧嶼頓了頓，神情淡然地看向文書，說道：「假如一個人，他的一生都在行善，救助過的人不知凡幾，臨老的時候卻忽然起了壞心，毒死鄰居一家幾口，但那些被他救助的人卻想要替這個人求情，你認為這個人該不該殺？」

文書呆住了。

顧嶼沒再看文書，手底下換了一張紙，落筆的速度輕緩卻有力，又道：「一個人積累的德行，和這個人行的惡事是不能抵消的，他救了再多人，也抵不過他殺害的人命，被他救的人沒有錯，替他求情更沒有錯。但法就是法，該殺的人和不該殺的人是有區別的，殺了不該殺的人，那這個人就該殺，倘若這個人因為他做的善事而逍遙法外，只能證明斷案者的不稱職。」

那一日，文書在顧嶼的營帳內站了很久，出來的時候，迎著西北硬邦邦的風，只覺得整個人的境界都提升了不少，也更下定決心，要好好地跟著顧大人查清這件案子，不能因為定北侯過去的功勳而對他心軟，即便定北侯已死，該承擔的罪責也一定要承擔。

顧嶼這一次查案確實很認真，雖說在外人看來，他一直是個認真的人，很少有不務正業的時候，但他自己知道，那都只是外人看起來而已。

就像他在淮南道查案，平日裡再忙，也會記得要抽空出來陪夫人逛街、看花燈，那時的他雖然也認真，但認真的程度有限。

這一次夫人不在身邊，也不知是好是壞，他就像前世一樣，全心全意地投入到正事上頭，但終究心裡還點著一把火，不似之前那般黯淡無光。

第三十七章 公主

京城連下了數日的大雪，今兒個終於開始轉晴，陽光正好，地上積雪逐漸消融，雖然還是冷，但已是冬日裡難得的好天氣。

陳若弱這些日子都以冷為藉口而不出門，也終於被顧凝和顧峻勸著出來走動。

正巧昭和公主府上的梅花開了，她興致勃勃地舉辦了一場梅花宴。昭和公主和顧凝從小玩得好，她親自給顧凝寫了帖子，讓顧凝帶著顧峻和長嫂來玩，還特地讓人去報信，說不會邀請瑞王。

也許是因為年輕，恢復力快，顧峻現在已經能稍微下床走一走，雖然人消瘦了好大一圈，但幸好沒落下什麼病根。

一行人抵達昭和公主府，從車駕下來後，顧峻隨即被扶著坐上木製的輪椅，並由兩個侍女伺候著，陳若弱則被喜鵲攙扶著。

顧凝從小沒什麼閨中密友，昭和公主比自己小兩歲，在幼年時見過幾回，真熟悉起來的時候，還是在顧凝嫁給瑞王之後。

昭和公主與其他的公主不同，她是皇后所出，也是太子和瑞王的親妹妹，身分極高。

陳若弱這些日子雖然懷著身孕，但在顧嶼辦完淮南道一案歸京之後，她便再度開始操持鎮國公府的內務，也露過幾回面，因而此時雖然還是有人在背地裡指指點點的，明面上倒是沒露出什麼異色。

昭和公主親自到門口接人，她開心地迎向顧凝，對陳若弱也是十分禮遇。

顧峻半靠在輪椅上，撐起身來想要行禮，昭和公主連忙把他按了回去，親熱地拉住顧凝的胳膊，對顧峻說道：「你呀，就坐著吧，你可是在戰場上立了功的人，本公主都沒讓你行禮了，看誰還敢讓你起來。」

顧峻瘦削的臉龐上露出難得的笑容，這些日子他在家裡養傷，原本曬黑的皮膚又白了回來，本就是京城年輕公子裡最漂亮的一位，經過一回戰爭，更顯幾分風姿。

昭和公主微微地紅了臉，急急忙忙地帶著顧凝到一邊說話去了，一點身為主人家的自覺也沒有。

公主按理要等到出嫁之後，才能離開皇宮，入住公主府，但昭和公主在宮裡和好幾位公主的關係都不好，被她纏得沒法子，元昭帝就破了例，著工部為公主提前建府，卻又捨不得昭和公主，每隔幾天就要傳召她一回，最後昭和公主索性在宮裡住兩天、公主府住兩天。

雖然暫且算是個臨時住所，工部還是很用心的，陳若弱被侍女帶著進去的時候，粗略地看了看大小，發覺這公主府只比鎮國公府小沒多少，可見昭和公主的受寵程度。

這次的梅花宴並非什麼正式的宮宴，昭和公主請人也是很隨意的，除了顧凝這般跟她玩得好的，剩下的都是一些府邸附近的公侯夫人和小姐，就連男客也請，且男客的來頭還都不小。眾人全都待在公主府的花園裡，只是男、女客之間以十幾道山水墨畫的屏風隔開，同賞園中梅花。

大寧強盛，不像前朝那樣，必須嫁公主和親，因此就算是不受寵的公主，出嫁的待遇也不會太低，而像昭和公主這樣皇后所出又備受寵愛的嫡公主，更有自己擇婿的權力。

如今公主未嫁，開宴相看一番京中未婚的富貴公子，也屬常理，並不會有人指摘。

陳若弱坐在位置上，很快地就有一個容貌極美的素衣婦人在她身邊坐下來，是和她相熟的周夫人。

「公主殿下挑的日子好，雪剛化，映照著梅花，光線正好，看人都帶著一層薄光，好看的更好看，那些個浮誇子弟就別提了。」周夫人微微撫了撫髮鬢，衣袖半掩唇角，壓低聲音對陳若弱說道。

陳若弱先是疑惑，很快也反應過來，忍不住笑道：「原來是為這個開宴的。」

周夫人蘭花指微翹，端起一盞散發著梅花幽香的茶水，不緊不慢地抿了一口，才緩緩地說道：「其實別看來了這麼多人，個個都挺像那麼一回事的，據我對公主的瞭解，她最後只會從三個人之中去挑選。」

陳若弱不禁好奇起來，她靠向周夫人，拉了拉周夫人的衣袖，問道：「阿姿，妳可別賣關子了，快告訴我！」

周夫人輕瞪她一眼，似乎嫌她壞了禮數，眼神卻一點也不凶，陳若弱還被瞪得笑了起來。周夫人拿她沒法子，只能拉回袖子，聲音更低了一些，給她解釋道：「公主打小就喜愛那容貌俊美之人，從不遮掩。三年前聖上開玩笑，要為公主定下寧國公世子，公主又是哭鬧、又是絕食的，就因為寧國公世子當時臉上出痘子，最後好不容易才哄好了公主，聖上也答應要讓公主自己挑個最俊俏的駙馬。」

陳若弱記得寧國公世子是太子的妻弟，她聽自家夫君提過，說他是個很有才華和算計的少年，日後前程不可限量，也沒聽說長相上有什麼短板，只能怪他當時運氣不好吧。

周夫人的語氣裡帶著笑意。「咱們這京城裡長得俊的公子哥兒其實沒幾個，適齡的就更少了，我看公主心裡惦記著的，一個是定北侯之子趙平疆，一個是戶部尚書家的長孫，還有一個……就是你們家的顧峻。」周夫人又笑著道：「你們顧家這一雙璧玉似的男兒，不知道迷花多少京城貴女的眼，偏偏妳還不知道呢。」

陳若弱驚訝不已，自家夫君謫仙般的俊美容貌，她是知道的，卻沒想到顧峻也有人喜歡。現在的顧峻確實懂事許多，若換作以前那個天天瞎折騰的紈袴子弟，也會這麼受歡迎嗎？

見陳若弱愣住的樣子，周夫人「噗哧」一聲笑了，沒再多說，只是拉著她到一邊看梅花去了。周夫人的動作十分小心翼翼，路上遇到不平整的地方，也會提醒她要多注意一點。

而昭和公主與顧凝兩人正在離花園不遠處的亭子裡，亭子的地勢高，位置也好，能把花園裡的情況看得一清二楚。

昭和公主喝了一大口熱茶，見顧凝有些不放心的樣子，連忙拍拍胸脯，說道：「凝兒，妳就放心吧，六哥就算要來，本公主也會讓人把他攔在外頭。還有啊，在那些人來之前，本公主都讓人吩咐過了，不會有人那麼大膽，連本公主的面子都不顧，膽敢把陳將軍的事情告訴妳家嫂嫂的。」

顧凝道了聲謝，昭和公主怕她又想起傷心事，連忙放下茶盞說道：「行了、行了，妳趕緊幫本公主瞧瞧，本公主今日可是把全京城家世尊貴的未婚男子都找來了。」

這種話換個女子來說，未免輕佻，可從皇室的公主口中說出來，卻透著一股再霸道不過的氣派。

顧凝的臉色不禁柔和許多，也不去看花園裡的那些少年、少女們，只說道：「公主找來的人再多，心中的人選也就那幾個。」

昭和公主吐了吐舌頭，臉頰上泛起一點薄紅，眼裡似乎帶著閃亮亮的小星星，語氣甜滋滋地說道：「趙平疆生得俊，個頭也高，本公主就喜歡他按著劍，一本正經地跟本公主說『別鬧』的樣子，脾氣雖然大了一點，可本公主要是真嫁給他，借他十個膽也不敢對本公主不好。雖然他們家出了事，還得守孝，但本公主也不想那麼快嫁人。而蘇眗溫柔，既會寫詩、又會作畫，是個才子，他上次寫的那個〈千金詞〉，本公主一看就知道是在寫本公主的，可他個子沒趙平疆高，只比本公主高那麼一點點……」

顧凝聽著昭和公主喋喋不休地說著，嘴角不禁彎了起來，忽而就聽昭和公主語氣一轉，說道：「顧峻比趙平疆俊多了，又比蘇眗高，好玩的是他都不怕本公主，還會跟本公主吵架頂嘴，要是嫁給他呢，一定很有意思。可是你們家有個嫂嫂主事，妳那嫂嫂的性格，也不知道好不好相處……」

昭和公主說著，語氣裡卻沒有太多認真的意味，她是大寧身分最尊貴的公主，天下珍寶任她予取予求，她口中的擔心，壓根兒不是什麼大事，她現在的猶豫，不過是心還沒定，換句話來說，就是挑花了眼。

她的目光一會兒落在草地屏風邊上作畫的素衣公子身上，一會兒又落到別處去，打量了一圈，她忽然興致勃勃地指給顧凝看。「本公主差點忘了，趙平疆一直不參加宮宴，妳還沒見過他吧？看，他才剛來呢，就是穿著雲紋黑衣、個子最高的那個！」

顧凝沒什麼興趣，但還是順著昭和公主所指的方向看去，這一看，頓時心中一個激靈，站起身來。「他在做什麼?!」

昭和公主嚇了一跳，仔細看去，只見趙平疆正大步朝著女眷們所在的方向而去，而他走過去的那個位置上，只站著兩個正在交談的婦人，其中一個，正是按著小腹的陳若弱。

周夫人正在和陳若弱講著當年顧嶼的舊事，陳若弱聽得認真，冷不防身後一道冷冷的低沈男聲響起。「妳是寧遠將軍的妹妹嗎？」

陳若弱已經許久沒聽到這個稱呼，她下意識地應了一聲，才回過頭看向出聲的人，只見是一名年輕男子。她頓時有些疑惑，這宴席是男、女分開的，這人莫非是不知道規矩？

趙平疆眯了眯眸子，語氣冰冷地說道：「家父慘死一事，聖上既然認為有疑點，本世子別無二話。只是夫人的兄長尚在牢獄，夫人卻還有賞花的心思，莫非是料定顧大世子定會為夫人的兄長平冤昭雪？」

他的話就像是迎頭一盆冷水，潑在了陳若弱的頭上，她愣愣地問道：「你剛才……說什麼？」

周夫人的眉頭蹙了起來，對趙平疆說道：「趙世子，如今事情尚未有定論，趙世子對一個身懷六甲的婦人說這些話，不覺得失禮嗎？」

趙平疆冷笑出聲。「顧氏能做得，本世子便說不得？顧、陳兩家為姻親之好，陳青臨殺害家父罪行昭彰，在這個節骨眼上，聖上卻把案子交給顧嶼……」他話還沒說完，就被提著裙襬、小跑步過來的昭和公主，狠狠地一把推開。

趙平疆不是躲不開，只是昭和公主整個人撲上來推他，他要是躲了，就會害昭和公主跌倒，因此只能順著昭和公主的力道被推開了兩步。站穩身子後，他的臉都黑了，大聲喝道：「公主殿下！」

昭和公主冷靜地說：「趙平疆，剛才要不是本公主推你一把，你是不是就要一拳打在顧夫人身上了？」

趙平疆臉色難看，有些不敢相信昭和公主居然會說出這樣的話，他的胸口劇烈起伏，忍不住握緊了拳頭。

昭和公主更加警戒起來，眼睛瞪得大大的，就這麼護在陳若弱的身前，指著趙平疆說道：「本公主不管你對顧夫人說那些話是想幹什麼，你現在就給本公主滾出這裡！」

趙平疆臉色緊繃，過了好半晌，才冷冷地說道：「告辭。」他的拳頭仍舊握得緊緊的，不再看向任何人，轉身就走。

昭和公主氣得跺了跺腳，轉過身扶著陳若弱，道：「顧夫人，妳沒事吧？」

陳若弱呆了一下，回過神來，一把抓住昭和公主的衣袖，急聲問道：「剛才那個人說我哥哥他……」

顧凝怕她嚇到昭和公主，連忙反握住她的手，說道：「嫂嫂，妳別擔心，這件事情聖上既然派了大哥去查，陳將軍一定不會有事的。」

陳青臨的事情最近在京城裡鬧得很凶，但誰也不會當著昭和公主的面給陳若弱難堪，更何況她背後是鎮國公府，哪怕陳青臨真的被判了罪，這裡也沒有幾個得罪得起顧家。因此這時候那些湊過來看熱鬧的女眷們，聽見顧凝的話以後，也紛紛安慰起陳若弱來。

顧凝和周夫人一起把陳若弱扶進邊上的涼亭裡，昭和公主則先她們一步進了涼亭。

夏日的時候，涼亭四面掛著竹蓆，以隔去暑熱蚊蟲，如今到了冬日，就換成精美的屏風。

遠離喧囂後，顧凝這才跟陳若弱解釋起來。

這些天陳青臨的事情不光瞞著陳若弱，連帶著也沒告訴顧峻，因此顧峻在見到趙平疆朝女眷們走去，也沒反應過來趙平疆是去找自家嫂嫂的。然而方才趙平疆鬧出的一番動靜，讓顧峻有些放不下心，他讓侍女推著他跟著顧凝一行人去到涼亭，剛剛走近一些，就聽見顧凝帶著一點猶豫的聲音。

「陳將軍雖然殺了定北侯，但那一戰死傷四萬，都是因為定北侯拖延出兵救援的時機，這裡頭要仔細斟酌的地方還很多，所以陳將軍暫時不會有事的。」

陳若弱差點沒撕碎手裡的帕子，她先是起身來回走了幾步，又焦急地轉身坐了回去，她的眉頭蹙了兩下，又平展開來，好半晌才說道：「我相信我哥哥，他不會無緣無故殺人的，既然他殺了定北侯爺，那一定是有他的理由。」

顧峻的聲音在她身後響起。「我也相信陳大哥不會冤枉好人。飛鷹關不過五萬守軍，卻死傷四萬，近乎全軍覆沒，如此重要的關隘，怎麼可能救援不及？」

顧凝並不懂這些，只是有些擔心地看著陳若弱。

顧峻眉頭蹙起，心裡也是萬分擔憂，卻還是低聲安慰道：「不會有事的，聖上肯定還有要用到陳大哥的地方，否則早就讓人就地軍法處置了。」

周夫人握住陳若弱的手，用溫柔的目光看著她，道：「妳可別憂思過度，傷了身子，到時候陳將軍沒事，反倒妳有事了。」

陳若弱低頭摸了摸小腹，有點想掉眼淚，卻忍住了，她強撐起笑容，道了聲「沒事」。

昭和公主想了想，說道：「本公主記得寧遠將軍，去年就是他打勝仗的，不然本公主就得成為大寧頭一個被送去和親的公主了。至於這件事情，本公主也不覺得他有什麼錯，定北侯本來就是貽誤戰機，居然耽擱那麼多天，害死好幾萬將士的性命。」

陳若弱這會兒已經冷靜下來，連忙起身向昭和公主行禮道謝。

昭和公主把她扶住了，漂亮的臉蛋上泛起甜滋滋的笑容來，說道：「也不知道為什麼，本公主一見顧夫人就覺得親近，方才說過幾句話就覺得更投緣了。顧夫人就放心吧，衝著寧遠將軍對本公主的大恩，本公主是不會讓父皇殺了他的。」

聽見這話，陳若弱更加要行禮了，連帶著顧凝和顧峻也跟著一起跪下。

昭和公主抓了抓臉，有些手足無措，小聲地說道：「本公主雖然不能保證，但本公主會盡力的，要是父皇不聽本公主的話，本公主就讓大哥去鬧父皇。」

顧凝愣了一下，忽然想起瑞王，一陣不知道該如何形容的感覺浮上心頭。太子的品性人盡皆知，想來公主要是去求太子幫忙，太子肯定會幫。不過今天假如是顧家出了事，瑞王會不會願意幫忙？這個答案，她根本連想都不敢想。

回去的路上，顧凝想著自己的心事，陳若弱則在為陳青臨擔憂，顧峻也一直看向車駕外頭，似乎在想什麼事情，想得出了神。一直到車駕驟停，才驚得三人一同回過神來。

再十幾日就要過年了，看樣子顧嶼是趕不及回來過年的，故而府裡雖然多了個女主人，二小姐也在娘家過年，但瞧著還是比往年冷清一些。

顧凝原本十分擔心陳若弱，沒想到她冷靜得倒是很快，回府之後就開始有條不紊地處理家務，直到晚膳的時候，她才猶豫著對鎮國公提起白日發生的事情。

安慰的話已經被翻來覆去說了個遍，鎮國公也沒再多說，見陳若弱想說什麼又不敢開口的樣子，不由得嘆了一口氣，說道：「不過是刑部大牢，鎮國公府這點面子還是有的，妳想什麼時候去看看，就去吧。」

陳若弱的鼻頭酸酸的，悶聲叫了一聲「公公」，帶著一點哭腔。

鎮國公抬手拍了拍她的頭，說道：「都是一家人，不說兩家話，這次的案子實屬特殊，子章犯的事雖不小，但到底定北侯的過錯更大。這次文卿去西北，就算不能替子章全盤翻案，至少死罪是可以免的，妳也不要太過憂心。」

「陳大哥本就無罪，是那定北侯該死！我記得飛鷹關附近是有安排重兵的，哪有十六日皆無兵支援的道理……」顧峻說到一半，被鎮國公瞪了一眼，只好抿抿唇，不再說話。

旁人勸慰十句，都沒有鎮國公這種身分的人說上一句話有效，陳若弱心頭那一塊沈重的大石瞬間被挪開了大半。她到底還惦記著肚子裡的孩子，尤其月分漸長，府上的大夫已經隱隱約約向她透露，她這次懷的可能不止一個，尤其要注意身子。

陳若弱不是沒見過雙生子，只是這樣的孩子幼年時多半體弱，有時還會夭折，出生也比尋常的孩子更折磨人，她得在懷孕之時就精心調理身子才行。

如果這個時候顧嶼在就好了，無論有天大的事，似乎只要躲在他的懷裡，就什麼都不用怕了。他明明只是個二十出頭的年輕人，可陳若弱就是覺得自家夫君比爵位在身的公公都還要可靠。

到了該就寢的時候，陳若弱緩緩地爬上床，把柔軟的長枕放在身後，閉上眼睛，假裝那是顧嶼。

如今天寒地凍的，雖然有地龍，被褥卻還是凍得不像話。陳若弱不習慣讓丫鬟暖床，於是她自己一個人把被褥焐了好半晌，才漸漸地暖和起來，她也開始有了一點睡意；只是向後一靠，長枕一扁，她頓時驚醒過來，發現自己身後並沒有一個溫暖可靠的存在。

鼻頭酸酸的，陳若弱艱難地扶著肚子，側過身去，將長枕抱在懷裡。她揉了幾下眼睛，死死地抱住長枕，又閉上眼睛，儘量讓自己不去想顧嶼。

明月東升，西北的冷風灌進牛皮製的營帳縫隙裡，吹動盆中的炭火，有幾點火星落在顧嶼沾滿泥濘的靴子上，很快就熄滅。他用筆端撥了一下燭芯，本來有些暗淡的燭光頓時明亮不少。

顧嶼下筆如飛，銅錢大小的字在宣紙上一個個落下，連換了十幾張紙才寫完。他反覆看過一次，又將十幾張紙上的內容迅速地謄寫到朝廷規定的卷宗用紙上，前後花了大半個時辰，外頭的天色也漸漸變得伸手不見五指。

放下手裡的筆，顧嶼拿起燭檯走到營帳的簾子前，剛掀起一點，外頭的冷風就把蠟燭給吹滅了，營帳內頓時只剩下炭盆的一點亮光。他知道這天候是沒法出去了，於是回過身用炭盆的火重新點亮蠟燭，走到營帳右側的一個小隔間內，裡頭有一張簡易的床，是用竹子搭建而成的。

這裡是他的最後一站，臨近飛鷹關不遠的一個散兵集中地，也是當初第一個收到飛鷹關求援的集兵點，只是定北侯的調令來得更快。

在那一戰裡，有些散兵隊違抗軍令，前去支援飛鷹關，最終和大部分的飛鷹關將士一起戰死沙場，也正因為如此，他已經得到了足夠的證據。

明日，該回程了。

第三十八章 除夕

轉眼間年關將至，府中上下都忙碌了起來。

除夕那日，顧嶼在臨行前夕發出的書信正好到了，算算路程，他至少也要等到開春後才能到家，對此鎮國公倒不怎麼失望，只是溫言寬慰了陳若弱一番。

顧嶼離開之後，陳若弱起初想他想得睡不著覺，後來也就慢慢地定下心來，雖然還是會想他，但比之前要好得多了。再加上最近昭和公主透過顧凝，暗地裡向她透露不少朝堂上的動向，聽說有了太子的求情，元昭帝的態度更是鬆動不少。

陳若弱已經去看過陳青臨很多次了，每次去看哥哥，她的肚子都要更大一些，行動甚是不便。好在風雪也知年夜，除夕的前一天雪就停了，路上雖然還有些積雪，但天晴無風，路也比平常要好走很多。

過年期間，六部封筆、官員歸家，可刑部大獄裡的獄卒們卻還是要留在崗位上。陳若弱來探望哥哥時，特意給獄卒們帶上不少大肉包，還是熱呼呼地冒著蒸氣的。

獄卒們見過陳若弱好幾次，對她很熟悉，紛紛接過包子，一邊吃、一邊連聲道謝，有的獄卒還向她行了禮。

陳若弱捣著披風的兜帽，還了一禮，便有一個獄卒前來帶著她和丫鬟們進了地牢，裡面要比外頭暖和一些，也暗得多。

喜鵲和翠鶯兩手拎著大大的食盒，這些菜小部分是陳若弱早起做的，大部分則是府裡的那位新廚子做的。她現在不能久站，做的都是一些快熟的菜，來之前先放在爐裡熱著，因而這些菜都還冒著熱氣。

陳青臨一見有兩個大食盒，眼睛就笑彎了，他翻身坐起，動作十分俐落。

這讓大著肚子、行動不便的陳若弱不禁有些生氣，她「哼」了一聲，本想跺腳，想想還是沈穩地對牢頭行了一個禮。

牢頭經常見到陳若弱來探看陳青臨，便替陳若弱開了門，牢頭倒沒有像平時那樣把牢房的門鎖起來再迴避，而是直接走了出去，把地方留給兄妹兩個說話。

喜鵲把手裡的食盒放在牢房裡的小木桌上，將裡頭的菜一碟一碟地往桌上端，還有一瓶西北產的烈酒。

陳青臨的嘴角咧得更大了，他幾步走到陳若弱身邊，像一隻笨拙的熊，輕手輕腳把她往床邊扶。

「桌子上擺不下，就先擺那個富貴花開盒裡的。我做的菜都熱過一回了，味道不好，放一、兩盤得了。」陳若弱見喜鵲才一會兒工夫就擺了小半桌，連忙開口道。

陳青臨走過去瞅了一眼，頓時樂了起來。「這是不是妳做的我一眼就能分得出來，你們府上那個新廚子的擺盤比妳漂亮多了。」

陳若弱瞪向他。「你還好意思說我擺盤醜，有得吃就不錯了，我剛才路過別的牢房，瞧見今兒個牢裡的年夜飯是白灼豬肉拌大白菜，還有條煮得爛爛的紅燒魚，你再說！再說讓你吃那個去！」

陳青臨摸了摸頭，傻笑著坐到陳若弱身邊，他看了看她的肚腹，有些發愁道：「這要是一對小子還好，我可以帶他們去打獵，要是一對丫頭，天天得彈琴、刺繡、聽小曲兒的，我哪跟她們玩得起來？」

雙生子少出龍鳳，陳若弱順著陳青臨的話想了想，說道：「一對丫頭就讓文卿教去，他什麼都會，肯定能教出全京城最知書達禮的小姐來。」

陳青臨咧著嘴，點頭直笑。

陳若弱摸了摸肚子，嘆了一口氣，還沒開口，陳青臨就如臨大敵似地瞪大眼睛。

「我都還沒說話，你這是個什麼樣子？」陳若弱納悶地問。

喜鵲在一旁笑道：「小姐，妳每次只要打算提起將軍的婚事，開頭就是嘆氣呢。」

陳青臨也嘆了一口氣，語氣鄭重地說：「若弱，這次的事情要是能過去，我這條命還能保住的話，我答應妳，回西北就給妳找個大嫂，隔兩年也抱個娃娃。以前是怕拖累人，現在我想開了，西北軍上下那麼多人呢，若個個都如我這般想法，那西北就沒人啦。」

陳若弱鼓著臉說道：「本來就是這個理。不過京城裡好姑娘多得是，怎麼還要回西北再找？你不想娶有門第的夫人嗎？」

這也是很奇怪的一件事，在寧朝文官娶親大都門當戶對，有時候好幾個世家更是互為姻親，但武將就算官職和爵位再高，除了一些實在盛情難卻的去娶了文官家的小姐，大部分娶的都是一般平民家的女兒。

陳青臨沒有回答，咧了咧嘴，起身走過去把已擺滿菜餚的小木桌抬起來，直抬到床邊，再和陳若弱一起並排坐著。筷子有兩雙，他遞了一雙給陳若弱。

年夜飯一定要有魚，小木桌上關於魚的菜餚也有好幾道，陳若弱給陳青臨盛了一碗鮮魚羹，道：「魚冷掉就不好吃了，你先喝點湯，別盯著酒，那是留給你在晚上喝的，現在喝掉，晚上可就沒了。」

陳青臨笑咪咪的，語氣難得順從。「好，不喝酒，吃菜、吃菜。」

簡陋的木桌上擺著二十多道菜餚，還有些不易冷的在食盒裡放著。

陳若弱沒怎麼吃，她最近食慾很差，少食多餐，吃的也都是一些沒什麼滋味的東西。

陳青臨吃了一整盤切得滿滿當當的水晶肘子，肚子裡踏實了，才有空去嚐別的，見到擺在正中央的是一盤魚，他一下子就吃了半條。

陳若弱瞧見陳青臨吃了魚，心裡也好過一些。「年年有餘，不能把整條魚都吃光了，要留一些，明年還有的。」

陳青臨失笑，筷子已從魚身上離開。

陳若弱看他吃得香，忍不住也讓喜鵲幫她盛上小半碗白飯，和陳青臨一起吃了起來。身邊還有個吃得頭也不抬的人，很能促進食慾，她這幾天都沒好好吃飯，吃完半碗，她還想再盛，卻被陳青臨按住了。

「年夜飯不是跟我吃的，回家去吧。」陳青臨揉了揉她的頭髮，語氣裡帶著笑。

陳若弱握著筷子，呆了半晌，忽然一把抱住陳青臨，把臉埋進他的胸前。

好一會兒之後，陳青臨拍了拍她的後背。「好了，都要當娘的人了，怎麼還像個小孩子似地撒嬌？」

陳若弱抽了抽鼻子，忍著沒哭出來。「哥哥，你在這兒要好好吃飯，我聽說很多坐過牢的人出來都容易得病，你可得注意一些，別熬壞身子。等明年，你得跟我和文卿，還有我公公他們一起吃年夜飯。」

陳青臨「嗯」了一聲，除此之外，沒有再多說什麼。

陳若弱依依不捨地被喜鵲和翠鶯扶出牢房，才走沒幾步，又忍不住轉過身，就見陳青臨沒在吃東西，只是站在那兒，一眨也不眨地看著她，她的眼淚不禁落下。

「過年怎麼能哭？快把眼淚擦一擦，明天就是大年初一，妳可千萬別再哭了！」陳青臨凶巴巴地說道。

陳若弱「嗯」了一聲，把臉上的眼淚擦乾，再也不敢回頭，只是步伐卻越來越慢，等走到拐角處的時候，喜鵲小聲地說道：「將軍沒再看這邊了。」

陳若弱紅著雙眼，點點頭，說道：「咱們回家過年吧。」

雖然文卿不在，但鎮國公府還是他們的家，是她這輩子的歸宿。離開了兄長的羽翼，她也要開始自己的生活。

經過這兩個多月的休養，顧峻身上的傷已好了大半，他年紀輕，傷勢也比一般人恢復得更快一些。

陳若弱回到鎮國公府時，只見顧峻就站在府門外候著。

「剛才宮裡派人來報，說聖上的賞賜快到了，我還怕大嫂趕不上呢。」顧峻的臉上帶著笑，看著卻比從前穩重許多。

陳若弱笑著對他點點頭，顧峻便讓她先進去，以免著涼。

除夕是吃年夜飯的日子，廚下打從一大早就開始準備，明明人也不多，卻擺了整整一百多道菜。

陳若弱剛聽說的時候，覺得浪費，還是顧凝給她解釋後才知道，原來這些菜吃不完是要讓府裡的下人端回去的，也算是府裡給下人的賞賜。有的府上在除夕這天做的菜更多、排場更大，除了賞給下人們，多餘的還會和布施的吃食放在一起，給城外的那些乞丐們分食。

說來布施可算是大戶人家到了年關必須得做的要事之一，鎮國公府也會布施，只是旁人家都是布施一些饅頭、粥水和府裡下人不要的衣物；鎮國公府卻和朝廷的布施差不多，年年掏銀子替那些無家可歸的乞丐和難民修繕避風所，臨近年關還會開上十天的食棚，每日提供熱騰騰的粥水和麵餅，從不間斷，甚至有百里之外的窮苦之人慕名而來，就為在年關吃上幾日飽飯。

陳若弱是第一次接觸到這些事，她在去過幾次避風所和粥棚之後，更是從自己的嫁妝裡拿出不少銀兩，給那些大冬天還衣不蔽體的乞丐、難民們，一人發了一件全新的厚實冬衣。朝堂建的避風所雖然也發冬衣，卻是要收回的，陳若弱所發的則是直接送給他們穿。

因為要迎接宮裡的賞賜，鎮國公穿起平日上朝面聖才會穿的朝服，陳若弱也連忙去換了件看起來莊重一些的衣裳。

顧凝穿的仍舊是平日的衣裳，面上脂粉未施，陳若弱知道這是因為顧凝的心結尚未解開，不禁伸手拍了拍顧凝的手。

顧凝回給她一個淺淺的笑容，帶著些許哀愁。

就在這個時候，外頭傳來喜慶的鑼鼓聲，顧峻引著一位面熟的公公走進來，後頭則跟著不少小太監，扛著一擔擔的賞賜，鎮國公連忙上前見禮。

張和帶著天子賞賜而來，手裡還有一道聖旨，就算受了鎮國公的禮，也能站得穩穩的。他面上帶著笑，見到顧凝，更是行了一個宮裡才有的禮節，口稱「王妃娘娘」。

顧凝神情淡淡的，沒說話，顧峻連忙笑著轉開話題，說道：「聖上有賞，是我鎮國公府的福氣，還請公公上座，喝杯水酒再走吧。」

這話顯然是客套話，張和笑咪咪地看了看顧峻，說道：「三少爺的好意，咱家心領了，只是這天色不早，咱家還有一趟西寧侯府沒去吶。」

鎮國公瞇了瞇眼睛，又跟張和客套幾句，才親自把人送出門。

顧峻連忙把元昭帝所下的聖旨，先拿去供奉在祠堂裡。

陳若弱有些好奇又敬畏地看了看桌上被聖上吃過一口的御膳，顧凝見狀，不禁笑彎了眼睛，說道：「現在可不能吃，那主要是賞給咱們供奉起來的。」

「難道要像聖旨一樣，供到祠堂裡去？」陳若弱疑惑地問道。

顧凝解釋道：「待會兒等爹下了筷子，咱們一人吃一點，剩下的必須連同裝盛菜餚的御瓷一起供奉到祠堂裡去，等過了初七再把御瓷洗乾淨，放到庫房裡收好。」

顧峻正好從祠堂回來，聽見顧凝的話，笑道：「咱們府上人少，還好一些，要是那些家大業大的，聖上賞了御膳都不好分呢。」

「聖上的剩菜就這麼金貴嗎？」陳若弱看向那一條魚上頭泛白的缺口，有些難以置信。

鎮國公坐到主位上，聽見陳若弱的話，笑了笑，語氣溫和地說道：「天子在大年夜賞膳是示寵，三公門第才能得一份天子吃過的剩菜，意在分甘同味；次一等的侯爵，則是賞賜尋常沒動過的御膳；有時朝中的官員在過去一年裡立過大功，也會格外賞賜只有三公門第才能得到的剩菜，那就是殊榮了。」

顧凝想起去年宮中的皇室家宴，太子喝醉，伸手去拿聖上桌子上的菜餚，當時所有人都嚇了一跳，唯獨聖上絲毫不在意，還讓人把自己桌上的菜給太子盡數端去。

那一日瑞王回府之後，喝了一夜的悶酒，隔日去宮中請安，明明太子也是一身酒氣，卻只有瑞王一個被罵得面白如紙。

太子和瑞王同為皇子，外人看著都是一樣的金貴，可瑞王卻永遠也越不過那一道坎。

大年初一，是尋常百姓四處走訪親友、聯絡感情的日子，然而對官員和勛貴世家來說，除了親友之外，還有更多官場上的往來得注意。下官給上官送年禮，門客給主家送孝敬，而平日裡常有往來的世家，更會在這一日互送年禮。

鎮國公府往年守孝，到了年關也不怎麼外出走動，今年已出孝，一下子就忙了起來。

剛到凌晨，外頭就響起迎客的鞭炮聲，來人通報說是姪少爺到了。

陳若弱守歲之後才睡下不久，精神倒是不錯，連忙洗漱、更衣，先行來到正堂。

她不一會兒便瞧見顧明英穿著喜慶的衣服，臉頰紅通通地走了進來，見到她，還分外乖巧地叫了聲「堂嬸嬸」。

陳若弱忍不住在他毛茸茸的兔子帽上摸了摸，並取出一個紅包給他。

壓歲錢也是有講究的，小孩子的壓歲錢不能多，多了就不是壓歲，而是壓碎了。按京城的風俗，大多是將兩枚通寶大小的壓歲錢，用紅繩串起來，放進紅包裡。

尋常人家都是用銀子鑄成和通寶差不多的樣式，只是上頭的字卻不是元昭通寶，而是一些吉祥如意之類的話，街上也有專賣這個的；不過大戶人家一般不信自家子孫命裡壓不住幾枚銀錢，大多用純金鑄造壓歲錢。

陳若弱給顧明英的就是純金壓歲錢，拿在手裡沈甸甸的。

顧明英道了聲「新年大吉」，就被陳若弱帶著坐到一旁。

不一會兒，鎮國公、顧凝和顧峻也陸續來到正堂，顧明英連忙起身行禮。

尋常人家的小孩大多畏懼身居高位的長輩，尤其是血緣有些遠、素日關係不怎麼親近的，但顧明英卻很有規矩，又不失孩童的羞澀，看得陳若弱一顆心軟軟的。

等顧明英上前磕了頭，鎮國公並沒給他壓歲錢，只是對管家點點頭，就見管家端出一個紅木盒子。

顧明英連聲道謝，接過盒子後卻沒有當面打開，而是看了看鎮國公。

鎮國公笑著對他說道：「叔公記得你今年該考童生，應當是能過的，這是國子監徐直大人的薦書，等你過了童生試，徐大人就會在薦書上蓋上私印。你要好好讀書，千萬別辜負族裡對你的期望。」

換作別人家的孩子，大過年的沒收到壓歲錢，卻收到一封薦學書，可能連哭都哭不出來了。但顧明英顯然是個很有想法的孩子，他的面上露出幾分喜色，隨即謹慎地壓了回去，跪著又向鎮國公連磕三個頭，稚嫩的童聲裡滿是感激。「叔公的栽培，明英一定牢記在心，日後定當刻苦向學，揚顧氏門風。」

地上涼，鎮國公沒讓顧明英久跪，和藹地要他起身。

拜完年後，陳若弱和顧凝帶著顧明英進到裡間，知道他是一大早趕來的，還沒吃飯，連忙讓人給他現做一些吃食送來。

顧明英起初還矜持著說只要吃幾塊糕點就夠了，等到熱騰騰的餃子端上來，他連吃了十二個，還多吃了一塊甜軟可口的年糕才停下來。

此時外頭又傳來鞭炮的聲響，原來是相府大管家親自送了年禮過來，陳若弱接過禮單，不禁鬆一口氣，和她著人送去相府的年禮差不多，也算是禮尚往來了。

之後一些和鎮國公府關係較近的勛貴人家也來送了年禮，而從鎮國公府出去的門客多不在京中任職，為免讓人想成是有心巴結，也就沒有特地送年禮過來了。

第三十九章　拜年

鞭炮聲斷斷續續，臨到正午時分，忽然有人來報，說是尚府的人到了。

鎮國公的臉色微沈下來，卻沒理由不讓人來拜年，他停頓一下，還是讓人給請進來。

以往尚府來拜年，都只有尚夫人和尚婉君母女倆前來，府裡守孝的那三年，尚夫人就算來拜年，也會自覺地沒等到中午就帶著女兒離開，氣氛倒也還好。可今年卻不同，顧府的管家不禁在心裡搖了搖頭，這表親一家來拜年也就算了，居然還帶上表小姐的夫君一家人，這算怎麼一回事？若想攀附也不該如此擺在明面上。

尚夫人的臉色也不大好，只勉強帶著點得體的笑；表小姐則是連一點表情都沒有，大過年的也不上妝，臉色慘白，活像個死人；她身邊那位表姑爺的面相倒是有幾分俊俏，只是看起來有些輕浮，眼睛四處打量著周遭的擺設，透出一股商人的市儈氣息。

尚婉君一進來就瞧見鎮國公坐在主位上，下首左側是陳若弱，顧凝則坐在右側，還有個眼熟的顧氏族童坐在不遠處，顧峻正在和那孩子說話。

見尚婉君進來，顧峻遲疑了一下，還是叫了聲「表妹」。

尚婉君曾經無數次想過當自己再度進到鎮國公府時，會是個什麼樣的情形，可過去的設想都和現在沾不上邊。自己仍舊是那上不得檯面的商戶女，身邊跟著同樣上不得檯面的商戶子，他們一起向高高在上的國公爺行禮，明明有著血緣關係，可日子卻過得天差地別。

陳若弱一見尚婉君，就想起去歲發生的不愉快，但尚婉君如今已嫁為人妻，計較再多也沒意思，只好低頭裝作喝茶的樣子。

尚婉君盯著陳若弱，連什麼時候被尚夫人拉了一把都不知道，等回過神來，就見自家那對公公、婆婆站在堂下，滿臉堆笑，你一言、我一語地奉承著。她的眼裡陡然泛上幾道血絲，緊咬著牙，反射性地握緊尚夫人的手，指甲瞬間陷入了尚夫人的手掌心。

尚夫人看了女兒一眼，消瘦的臉上並未露出一絲異色來。

鎮國公雖有些驚訝王姓商戶夫妻如此直白的討好，卻沒多氣惱，順著說了幾句話。

不一會兒，王夫人像是忽然才看到陳若弱的肚子似地，驚嘆道：「哎喲，世子夫人這肚子真是福氣啊，快要生了吧？」

陳若弱低頭假裝喝了半天茶，忽然被點名，不禁有些尷尬地笑了笑，說道：「還早呢，才六個月多，懷的是雙生子，所以肚子要比別人大一些。」

「那可真是了不得，一百個人裡都不見有一個懷上雙生子的呢，看世子夫人這面相特別有福氣，保不齊是一對小公子呢。」王夫人馬上拍起馬屁來。

王夫人的奉承簡單粗暴，甚至讓人有些尷尬，但新年聽見這樣的吉祥話，也令人高興。

陳若弱露出些許笑容，鎮國公也緩和幾分。「承親家吉言。婉君是我看大的，她自幼喪父，並不容易，如今嫁到你們王家，望你們好好待她，日後鎮國公府也會多照拂。」

王家夫婦聽了，頓時喜上眉梢，連連應承，還要拉著自家兒子和兒媳一同道謝。

王公子是喜孜孜地上前，尚婉君卻一把甩掉王夫人的手，靠在尚夫人身邊，面容極冷。氣氛一時凝滯，好在王家人很會說話，過沒多久就重新活躍了氣氛，並奉上年禮，尚夫人也連忙讓身後的侍女送上禮單。

要是往年，此時就是她們母女兩人找藉口離開的時候了，可王家人不肯走，一會兒說陳若弱天生好命，一會兒又說顧凝命中帶貴，肯定能生個絕頂聰明的皇孫，就連顧峻和顧明英也沒逃得過，被抓住好一頓誇，讓人有些哭笑不得。

不過別人這樣放低身段地討好，即便尷尬，也是很難討厭得起來，鎮國公無奈之下，還是鬆了口留他們在府裡吃一頓飯。

一行人前往偏廳，準備用膳。

顧凝出嫁之前就和尚婉君不對盤，尤其小時候沒怎麼認清楚自己和尚婉君之間的身分差別，被她給欺負、陷害了，也只能告告狀或自己生生悶氣。等兩個姑娘都長大一些，顧凝知道得多了，便想著要好好地收拾一下尚婉君，可她卻突然改頭換面，變得知書達禮、惹人憐愛，顧凝雖然一直覺得這些都是她的偽裝，可到底自己嫁人太早，也沒能真的收拾了她。

尚婉君此刻的視線全落在陳若弱身上，準確來說，是落在陳若弱的肚子上，眼裡的血絲比之前更深一層，看著有些嚇人。

顧凝起了疑心，幾步過去，裝作不經意地撞了尚婉君一下，越過她走到陳若弱身邊，眼角一斜，果然發現尚婉君那對充滿血絲的眼珠轉而盯上自己，看來極陰森。趁著眾人都走在前頭，顧凝斜勾一下嘴角，輕聲對尚婉君說道：「別、再、作、夢、了。」

尚婉君的眼裡頓時蒙上一層血氣，看著都有些不像活人了。

顧凝被嚇得不輕，縮著肩膀回過頭來，一隻手抱住了陳若弱的胳膊，從後頭看上去，顯然是一對關係極好的姑嫂。

陳若弱不是沒發現顧凝的小動作，只是她和顧凝關係好，又知道尚婉君的性情，心中自然有幾分偏向顧凝。她按了一下顧凝的手，示意顧凝不要太過分。

尚婉君見狀，神情更加森冷。

顧峻上過一回戰場，對殺意十分敏感，他立即回過頭，眉頭蹙了一下，卻沒說什麼，只是走到顧凝身邊，一邊一個地扶住了顧凝和陳若弱，帶著她們往前走，還對尚婉君點了點頭，但尚婉君並未像以前那樣理睬他。

顧峻也不生氣，他現在隱約有些明白，表妹並不是他以為的那樣，是愛慕著他的，先前那一遭大約只是因為表妹不想嫁給這位王公子。不過自從那次之後，他和表妹想再回到以往的親近，是不可能了。

一頓午膳在王家夫婦二人和王公子時不時插進來的討好奉承聲中，吃得索然無味，可能只有王家三口認為是賓主盡歡。

吃完飯，一行人回到正堂後，鎮國公準備打發他們走，就見尚夫人一副欲言又止的模樣，他想起過世的亡妻，不由得嘆了一口氣。

他決定聽聽尚夫人有什麼話要說，便讓其他人都出去，只留下幾個侍從。

王家三口雖然在席上把陳若弱和顧凝奉承得厲害，但他們顯然覺得顧峻才是真正值得拉攏的人，一出正堂，就把顧峻圍著一頓誇，顧峻頓時有些無措。

陳若弱和顧凝帶著顧明英，和尚婉君站在一邊，好不尷尬。

顧凝有了方才的教訓，也沒再去挑釁尚婉君，卻不想尚婉君先開了口。「表姊，我知道妳一直很討厭我……」

顧凝的眼睛立刻瞪圓，擔心會被王家人聽到，她把聲音壓低，克制著心中的怒意。「妳別顛倒是非，明明是妳討厭我。小時候老偷我的東西又放回我房裡，引我疑心妳，然後再裝作委屈的人是誰？」

尚婉君卻充耳不聞，繼續道：「我知道妳是公侯小姐，要什麼有什麼，相貌又好，傲氣些是正常的。我曾想和妳好好相處，可在妳面前總抬不起頭來，妳也從不肯多看我一眼。」

顧凝的面上浮現出更深的怒意，只是她才要開口，就被陳若弱按住了手，帶著她小心翼翼地退後兩步，離尚婉君遠了一些。

尚婉君似乎沒察覺，只是低低地說道：「我娘跟妳娘的出身沒什麼不同，可我娘眼睛，嫁了我爹。明明我娘才是姊姊，為什麼國公爺娶的卻是妳娘呢？」

「我爹要是看出身來娶妻，還不得有大把的京城貴女，爭著要做我鎮國公府的主母。我爹和我娘是兩情相悅的，和出身有什麼關係？」顧凝忍不住說道。

尚婉君似乎也覺得爭論這些沒意思，嗤笑一聲，轉向陳若弱，眼裡的殺意幾乎要滿溢出來。「那妳呢？妳不過是仗著兄長的功勛才能嫁進鎮國公府，文卿表哥他真的喜歡妳嗎？他那麼好的性子，無論娶了誰家的女子，都會好好對待的吧？妳長得這麼醜，是不是天天都在感激上蒼，居然讓妳得到文卿表哥如此優秀的男人？」

陳若弱越發警戒起來，不停地給站在不遠處的喜鵲打眼色，喜鵲卻沒反應過來，注意力都在尚婉君的身上，一副想要開口替自己罵回去的樣子。陳若弱沒辦法，只得小心地拉著顧凝，低聲說道：「世間姻緣自有定數，我同文卿之間的事，不勞他人費心。」

顧凝是受不得氣的性子，以前在瑞王府，礙於面子，她不想和孫側妃那種人計較，但對著從小針對她到大的尚婉君，就沒那麼多顧忌了。見尚婉君居然還對自家長嫂口出惡言，她頓時冷笑著說道：「尚婉君，妳是不是作夢還沒醒呢？大哥娶誰跟妳有關係嗎？」

聽見這話，尚婉君忽然不說話了。

陳若弱心中一跳，連忙一把抱住顧凝，轉身要走，沒想到下一刻尚婉君整個人就撲了過來。她雖然護住了顧凝，卻被尚婉君推了一下肩膀，重重地後退好幾步，好險後背陡然被一隻有力的手掌托住，她才沒有跌倒。

她回過頭，正好瞧見顧峻那張和顧嶼有幾分相似的臉，鼻頭不知為何就是一酸。

「尚婉君，妳居然想推我！」顧凝驚聲叫道，雙手下意識地護住了肚子。

尚婉君一撲不成，竟沒放棄，立刻伸手朝著顧凝襲去，卻被顧峻折了手腕，反手制住。見再也抓不到顧凝，尚婉君發出一聲不似人的尖銳叫聲，瘋了似地在顧峻身前撲騰著，看著嚇人得很。

陳若弱連忙拉著顧凝後退，又讓顧峻小心一些，不要被傷到。

喜鵲、翠鶯和顧凝的侍女們也反應了過來，立刻上前護在陳若弱和顧凝身前。

大年初一發生這一場鬧劇，鎮國公的臉色難看極了，他頭一次那麼不留情面地把尚家的人趕出鎮國公府，並發話，讓尚婉君這輩子不得再踏進鎮國公府一步，同尚府的親戚情分也就此斷絕。

顧凝是真的被嚇到，她死命抱著陳若弱的手，一邊哭、一邊訴說著小時受的委屈。

陳若弱安慰她好半天，也跟著有些難過起來，隨即就見一邊的顧峻臉色越來越黑，直到後來臉色黑得跟鍋底沒什麼區別，他才大步地走了出去。

陳若弱還想說些什麼安慰顧凝，就見顧凝抬起頭，擦了一把臉，雖然眼睛哭得紅腫，但哪有一點傷心委屈的樣子？

顧凝看陳若弱一眼，似乎有些不好意思，抿嘴笑了笑，說道：「讓嫂子看笑話了，我是特意哭給阿峻看的。」她眯了眯眼睛，說道：「父親看似溫和，可一旦作出什麼決定，就再也不會更改，大哥更是如此，只有阿峻最念舊情，我也是想要防患於未然，好讓他清楚尚婉君那個女人的真面目，日後別再上當。」

「其實三弟他已經變了不少……」陳若弱猶豫著說道。

顧凝笑道：「他是長大了一些，卻沒有性情大變到換了一個人不是嗎？他還是那個心軟的孩子，就像我做錯什麼事，即便再恨我，他也不會看著我去死，如今我正是要斷了他和尚婉君之間那最後的一點親情。」

孩童的世界最純粹，孩童時期的玩伴也是最美好的，何況還有著血緣的聯繫。顧峻其實一直都是個孩子，他固執地相信尚婉君的美好，也未嘗不是在留戀無憂無慮的孩提時期。顧凝就是要把他記憶裡美好的尚婉君撕開來給他瞧，讓他看清尚婉君內裡的污穢和算計，也算是另一種讓他成長的方式。

第四十章 春祭

年後十日，官員的休沐結束，顧嶼的消息也到了。

歸程總比去時快，這些日子的天氣都很好，路上也順利，算算日子，顧嶼大約還有三、五日就能到家。

陳若弱只覺得在家裡有些待不住，恨不得出城去候著。

也就是這十日的工夫，京城裡發生兩件大事，街頭巷尾都在傳。一是江南道御史貪污朝廷下撥的公款及江南道稅銀，被欽差查出，聖上下旨罷免江南道御史官職，並將其押送回京詳查；二是富商王家的兒媳，在城外莊子溺水而亡，死狀可怖。

這前一件事跟陳若弱沒什麼關係，但這後一件事，她聽說的時候嚇了好大一跳，因為那富商的兒媳不是別人，正是那日想害顧凝未遂的尚婉君，前幾天剛出的事，人就溺水死了，要說這裡頭沒什麼彎彎繞繞，都沒人信。只是府中上下對此事格外忌諱，她問顧凝，顧凝只是按著肚子不語；去問顧峻，顧峻則是冷笑一聲，什麼都沒說就走了。

陳若弱擔心這件事會不會跟自家真有什麼關係，而顧凝在得知陳若弱的擔心之後，還是含含糊糊地告訴她，尚婉君的案子就算真是他殺，也和府裡沒什麼關係。

陳若弱半信半疑，卻也沒再多問。

尚婉君的死訊不大不小，江南道御史一事才是真起了不小的波瀾。誰都知道江南道御史是西寧侯的兒子，而西寧侯和定北侯一樣，都是自開國那一代起就世襲罔替的侯爵，某種程度上代表著朝中的舊勢力。如今誰也不知道處置了江南道御史之後，聖上會不會趁此機會辦了西寧侯，而西寧侯若倒，豈不是開了一個先例？日後聖上再想查辦勛貴世家，就有前例可循。

朝中對此事的看法眾說紛紜，不過世家多顧念唇亡齒寒之理，西寧侯的兒子還沒從江南道押回來，就有不少人向聖上求情，說的也不過就是那些話，求元昭帝感念西寧侯世代功勛，免去死罪之類的。

鎮國公沒有摻和這件事，連太子的妻族寧國公那裡，也是風平浪靜，不見一絲異樣。然而太子一派心知肚明，這就是由寧國公開頭策劃的蠶食之計，先扳倒最弱的西寧侯，再一步步地朝定國公、成國公之流下手，宛如替一株多刺的莖稈去刺，先削一段至手可握，再持光滑一端，大刀闊斧地削平所有尖刺。

自從上次賞梅宴後，昭和公主那邊就經常過來傳話，有時是約顧凝和陳若弱去作客，有時也會給陳若弱帶一些陳青臨的消息，多半都是好的。

昭和公主愛熱鬧，年後沒幾日就想再辦一場賞春宴，陳若弱和顧凝都有些無奈，知道公主其實就是想多見見未來的駙馬人選們。上次的趙平疆已經被昭和公主從擇婿名單中剔除，剩下的只有顧峻和那個據說很有才華的蘇公子，昭和公主想多看幾回再謹慎挑選，也是人之常情。

只是還沒等昭和公主開宴，一場春雨過後，先帝長女新河長公主，也就是昭和公主的姑姑，便打開了緊閉多年的府門，給各家勛貴和高官的女眷下帖子，要辦一場春祭宴。

陳若弱總覺得自己在什麼地方聽說過這個新河長公主，就是一時想不起來，還是顧凝蹙著眉頭提醒了她一句，她才想起來這位長公主就是小姑說過的那個打殺了百十來名宮奴的長公主。

不過新河長公主都已經守了十幾年的寡，怎麼突然想起要辦什麼春祭宴呢？雖然眾人心裡都是這麼懷疑，但長公主的帖子都下了，倒也沒人敢說不去，即便是鎮國公府這樣的門第也是一樣。

陳若弱看著自己又圓又大的肚子，無奈地找了件寬鬆的衣裳穿上，再由喜鵲和翠鶯小心地將她扶上馬車。

顧凝也收到了帖子，只是顧凝前一日肚子疼得厲害，到底還有一個端王妃的身分在，便推拒了。也正因為顧凝沒要去，陳若弱才更不好不去，不然就是落了皇室的面子。

前來春祭宴的官家女眷裡，其實有一大半都是沒什麼興致的。

新河長公主並不像昭和公主那般熱情地待客，只是冷著一張臉坐在上首，等眾人來齊入座。席上雖然有歌舞，可那些歌舞都怪異得很，邊上的笙簫聲也陰森森的。

陳若弱被侍女引著入座時，悄悄地抬頭打量了一眼新河長公主，頓時被驚了一下。明明才三、四十歲的年紀，新河長公主卻是滿臉皺紋，面相刻薄，雖然有妝容掩蓋，可看起來居然和那些上了年紀的婦人差不多。

不知是不是錯覺，她只覺得入座之時，新河長公主朝她這邊看了一眼。她有些奇怪，但很快就看到了坐在不遠處的昭和公主，昭和公主也看到了她，對她笑咪咪地頷首，她的心頓時安定下來。

公主府的侍女上前，要給陳若弱斟酒，那酒聞起來香得很，可陳若弱有孕不能飲酒，就推開了酒杯，放到一邊。見案桌上的菜餚有些冷了，她就只吃了一些瓜果和糕點，便專注地欣賞起歌舞來。

席上大半的女眷也都在看歌舞，可歌舞實在沒什麼好看的，要是換作別家府邸所開的宴會，這時底下大約已經聊得熱火朝天。但新河長公主的府邸十幾年沒開過門，席上認識長公主的人沒幾個，長公主又不說話也不待客，因此底下起初還有一些交談的聲音，到後來就只有杯盞輕響和歌舞之聲。

正午時分，京城城門大開，早就有鎮國公府的下人們在城門口守著，一見顧嶼回來，立刻上前見禮，又拉來車駕。

顧嶼在路上問了一些近日的事情，小廝拉拉雜雜地說了一些，把重點放在表小姐溺水而亡上頭。他聽了眉頭微蹙，卻沒有在尚婉君的事情上多作糾結，又問了幾個問題，車駕隨即抵達鎮國公府門口。

顧峻站在府門口、伸著脖子等，一見顧嶼就馬上衝過去，一把抱住顧嶼。

顧嶼的嘴角帶上了笑意。「好了，這麼大的人了，像什麼話？爹呢？」

顧峻又抱了抱顧嶼，才笑道：「在裡面等你呢。二姊最近身子不舒服，在屋裡歇息，大嫂則是赴宴去了。那新河長公主守寡十幾年，許是最近想出來走動、走動，居然辦了個什麼春祭宴的，還請了好多人去……」

顧嶼一邊聽著，一邊跟著顧峻朝府門走，然而在聽到「新河長公主」的時候，他的眉頭突然一擰，等聽到「春祭宴」時，他整個人的臉色都變了。

周仁的夫人仍舊和陳若弱坐在一起，席上都沒人說話，她們兩個也就低著頭同別人一樣規規矩矩地用膳。

周夫人是個才女，隔了一會兒，不禁有些懷疑地壓低聲音，對陳若弱說道：「有些不對勁，席上的樂曲是古時一首未亡人祭拜戰死亡夫的樂曲，怎麼會在今日演奏這樣的曲子？」

陳若弱眨了眨眼睛，抬頭看了一眼席上的新河長公主，這才發覺她鬢邊簪著一朵用珍珠綴成的白花，正是守孝的打扮。再仔細想想，這府裡各處的擺設也不對，新河長公主雖然守寡，可也不至於四處都掛白，和新喪夫君沒什麼區別。

就在這個時候，席間一直沒開過口的新河長公主忽然說話了，聲音中帶著些許沙啞和蒼老，說道：「今日，是為本宮的亡夫所舉行的祭宴，謝諸位夫人前來。」

底下幾個國公夫人的臉色都有點不大好看，要是新河長公主在帖子裡把話說清楚了，她們根本不會來參加。長公主設常宴當然不能不來，可祭宴卻不是人人都願意來的，沒有親緣關係卻參加了別人府上的祭宴，傳出去像什麼樣子？尤其還是一個死了十幾年的駙馬。

新河長公主只當沒瞧見底下凝滯的氣氛，繼續說道：「本宮的夫婿為國征戰多年，立下戰功赫赫，受先帝讚賞，皇兄愛重，卻一朝新喪，魂歸上天，承蒙諸位與本宮同祭他在天英靈。」

周夫人拉了拉陳若弱的衣袖，眼裡滿是狐疑的神色，聲音極低地說道：「這位殿下的夫君是個文官，而且去世都有十幾年了，怕是瘋了吧？」

底下也是一陣譁然，不時有竊竊私語聲響起。

新河長公主充耳不聞，反而讓府上的侍女拿來一張書寫在白絹上頭的祭文，霍然起身，哀悽地唸了出來：「哀維，寧元昭二十九年臨冬，高祖御封定北侯襲五世子趙廣逝，未亡人敬首。吾夫英烈之將，國之棟梁，昔歲十九臨軍陣，三十二勝，轉年軍功六晉，禦西北十數年，寒暑不避，邊民擁戴……」

陳若弱聽著新河長公主的祭文，猛然間什麼都想通了，那個和定北侯私通生下孫側妃的京城貴婦人，就是新河長公主！

底下眾人的反應要比陳若弱慢一些，卻也在聽到新河長公主以未亡人身分，唸出定北侯之名的時候，臉色驟變，昭和公主更是霍然從座位上站了起來。

「姑姑，您到底在說些什麼？」昭和公主大聲喝斥了一句，卻陡然間想到什麼，不禁看了陳若弱一眼，驚道：「您難道是想……」

只是昭和公主說這話已經遲了，席上的侍女們紛紛上前，按住前來赴宴的諸位夫人。

陳若弱剛要站起身，就被一左一右的侍女按住肩膀，她的眉頭死死地蹙了起來，卻也沒有再作掙扎，只是看向上首仍在唸著祭文的新河長公主。

定北侯的罪尚且未定，自然不會有榮葬時才會宣讀的祭文，然而新河長公主替他擬寫的祭文裡，卻清清楚楚地記載了這個年歲未過四十的邊疆將領，自從軍以來大大小小的功績。

饒是陳若弱對定北侯有再大的怒火，在那些軍功面前也不由得懷疑了幾分，像這樣軍功卓著的大將軍，究竟有什麼害她哥哥的必要。

周夫人也被按在案桌上動彈不得，周夫人一向是個講究的婦人，被這樣粗魯地對待，美目之中頓時滿是怒意，然而視線落到陳若弱身上時，卻轉變成一種擔憂。

在座的這些夫人裡，大都知道前些日子發生的陳青臨殺害定北侯一事，自然也知道新河長公主辦這一場祭宴，目的只有一個，那就是陳青臨的妹妹，鎮國公府的少夫人。

祭文到了尾聲，新河長公主身邊的一個嬤嬤隨即恭恭敬敬地上前，呈上一把形式古樸的長劍。

新河長公主接過劍，一步步走到陳若弱的面前，聲音仍舊沙啞，卻帶著激動的顫音。

「本宮的夫君乃當世名將，他不發兵自然有不發兵的考量，陳青臨殺害主將，本該千刀萬剮，無奈皇兄糊塗，要饒他性命。本宮殺不了他，只有讓他也嘗嘗血肉分離之痛，稍慰本宮亡夫在天之靈。」

陳若弱被身後兩個侍女架著站起來，而新河長公主的劍刃從她的脖頸劃到高高隆起的肚腹，冷笑一聲，正要下手，卻見陳若弱滿頭是汗，大聲叫道：「等等！」

新河長公主劍尖一揚，正劃在陳若弱的肩膀上，衣裳頓時被鮮血染紅一圈。

陳若弱疼得短促地叫了一聲，但還是努力穩下語氣，說道：「殿下既然覺得……駙馬是被冤枉的，現在案子都還沒有定，就這麼殺了我，難道不是替定北……駙馬認罪了嗎？」

也許是「駙馬」兩個字順了新河長公主的耳，劍尖微微地上抬了幾分，就架在陳若弱的脖頸上。

新河長公主眯了眯眼睛，似乎很欣賞她驚懼的眼神，冷笑著說道：「妳莫以為本宮不知，這次去查案的是妳夫君，皇兄擺明了是要替妳兄長脫罪，就連太子也向著你們，誰又能替死人執言！妳不用擔心，本宮會讓妳死得慢一些，讓妳好好地替妳兄長贖罪，本宮倒是很想看看，待妳兄長日後功成名就，午夜夢迴的時候，會不會想起妳。」

說完，新河長公主又是一劍，刺在陳若弱的腰側。

新河長公主原先的打算是要先劃爛陳若弱的臉，然後再一劍、一劍地割開她渾身上下的皮肉，好讓她活活疼死，才算是稍微解氣。可一見陳若弱那張臉，新河長公主就失了興致，她長得那麼醜，劃不劃爛也沒什麼區別。

陳若弱疼得渾身都在發抖，按著她的侍女力氣大得驚人，她想掙扎都掙扎不開。

疼痛讓人清醒，也讓人失神，到了這個生死關頭，她忽然發覺時間過得很慢，眼前面容猙獰的新河長公主彷彿不存在了，一切宛若霧裡看花。

她彷彿看到自己春時初嫁，白馬紅裳，隔著蓋頭伸過來的那隻白皙修長的手，那句笑意淺淺的話。

她在這世上活的時間並沒有很長，不過一十七年。

幼時在京城，少時在西北，跟著陳青臨過著一年一遷的日子，而嫁進顧家，也許是她經歷過變化最大的一件事，但她並不後悔。

話本裡常常說，兩情相悅不在於父母之命、媒妁之言，有時見到一個人的第一眼，就是一生。而她確實是在見到蓋頭外的那個人一眼之後，就定下一生。

她有時也會想，假如自家夫君並沒有那麼優秀，長相醜陋一些、學識粗淺一些，她也還是會認定他。

但和尚婉君所說的不同，她不覺得是因為自己嫁給了他才認定他，也不覺得他是因為娶了她，才待她那樣好。

都說人在死之前，會走馬燈似地回憶起自己的一生，陳若弱覺得自己有點虧，她的一生還很短，也許會比別人死得要快一些。等到疼痛再度來臨時，這是她心裡唯一的念頭。

腹部一陣陣的痙攣慢慢地喚醒了陳若弱的意識，她的心裡有些沈重，她肚子裡的孩子還沒出生，就失去了看這個世界一眼的機會。

她不知道自己死後會是什麼樣的？文卿又會怎麼樣？大哥會不會真的像新河長公主說的那樣一生痛苦？她忽然發覺一個人死沒有什麼好害怕的，重要的是這個人死了之後的事情。

假如她能死得無聲無息，死了之後就再也不會有人想起她、為她難過，那面對死亡似乎也沒有什麼好慌張的。

只是這些天馬行空的念頭，很快就被腹部更為痛楚的痙攣給打散了，陳若弱感覺到耳邊傳來喜鵲熟悉的聲音。

她努力地想要睜開眼睛，指尖才微不可見地動了一下，整隻手就被攏進一個溫熱的手掌中。

「若弱、若弱……」一聲聲極為熟悉的呼喚在耳邊響起，陳若弱有氣無力地掀開眼簾，只見眼前是一張消瘦許多卻依舊俊美的臉龐。

顧嶼來了！

她撐著身子想要起來，可無論牽動到哪裡，都疼得厲害。新河長公主似乎在她身上劃開無數道的口子，她艱難地張了張口，啞聲說道：「孩子才、才七個多月，這是要……保不住了嗎？」

顧嶼連忙握住她的手，急聲說道：「不，七個多月可以生了，雙生子一般都是早產的。妳別怕，有我在這裡，不會有事的。」

陳若弱先前被那樣對待都沒有哭，卻在顧嶼的溫言安慰中抽抽噎噎了起來。「好疼，渾身都好疼，那個瘋子長公主不知道割了我多少下，我是不是快要死了？」

顧嶼握緊她的手，雙眼泛紅地說道：「沒有很多下，一共六劍，都不深，不會死的，不會的……」

被他這麼一說，陳若弱覺得身上似乎不那麼疼了，卻還是眼淚汪汪地不肯放開他的手，她哭著說道：「下次不要離開我那麼久了，你到哪裡我都跟著你去，咱們以後不生孩子了，好不好？」

「好，咱們以後不生孩子了，再也不生了。」顧嶼的眼裡帶上一層水光，他伸手給陳若弱擦了擦額頭上的汗，低聲說道：「以後無論去什麼地方，我都會和妳在一起，咱們再也不分開。」

陳若弱先是鬆了一口氣，隨即又大口地喘著氣。

顧嶼頓時緊張起來，只是沒等細問，陳若弱就死命地伸手推他。「你出去、出去……別、別在這裡，我、我快要生了……」

顧嶼被連推帶趕地出了房門，陳若弱的臉色頓時變得扭曲起來，她怎麼也沒想到生孩子居然會這麼痛，讓人無法忍受，只是方才在顧嶼面前，她根本沒辦法一臉猙獰地使勁。看來不讓男人進產閣的說法，在某些方面上來說，也是有點道理的。

顧嶼趕到新河長公主府邸時，陳若弱就已經快要生了，沒辦法再轉移到產閣去，所以這會兒眾人其實都是在府中的客房外頭等候著。

一瞧見顧嶼被趕出來，鎮國公連忙追問：「裡頭怎麼樣了？若弱她人還好嗎？已經開始生了？」

顧嶼也是這會兒才反應過來，陳若弱是不想讓他看到她生孩子時的樣子，只得無奈地點了點頭。「傷勢還好，要養一陣子。我出來時，裡面剛開始生。」

沈默的氣氛蔓延開來，顧嶼來時帶的是由太子所管轄的五城兵馬司調來的人手，新河長公主當場被拿下。太子當時也跟了過來，直接押著新河長公主進宮，不知結果如何，想來多半會被當成皇家秘辛掩蓋過去。

客房外只剩下鎮國公府的人，鎮國公也就沒什麼好避諱的，見顧嶼沈默不語，不禁低聲嘆了一口氣，說道：「聖上的性格為父清楚，也不是太糊塗的人，至少因為這件事，子章的性命必定是能保住的。」

顧嶼搖了搖頭，面容微微沈下去，冷聲說道：「新河長公主，必死無疑。」

第四十一章　團圓

新河長公主和定北侯的事情誰也沒有料到，但顧嶼卻是在之前就猜測過定北侯和京中某位顯貴夫人有關係，只是他沒算到新河長公主居然妄圖殺害朝廷命婦，說起來也是他思慮不周。

顧嶼永遠也忘不掉他趕到的時候，看到那個緊閉著眼睛、蒼白脆弱到好像一陣風就能吹走的陳若弱，和他記憶裡冰冷的靈位重疊在一起。他什麼都來不及想，只能上前把她緊緊地護在自己身後，讓她再也不會受到半點傷害。

鎮國公有些擔心地看了看顧嶼，他是朝中的老臣，知道大寧律雖然嚴苛，但刑罰不上皇室是自古通規。兒媳就算真出了事，新河長公主都不一定要償命，更何況兒媳只是受了輕傷，又因驚嚇而早產，這樣就想讓公主償命，是不可能的。

顧嶼見鎮國公蹙眉，心裡也大概知道自家父親在想什麼，他搖搖頭，正想說些什麼，就聽客房裡傳來一陣喧鬧，隨即房門大開，裡頭急匆匆地出來幾個丫鬟，看上去急得都要哭出來了，連聲說道：「少夫人生了，生了一個……面帶胎記的公子！」

鎮國公愣怔一下，顧嶼卻是什麼都不管，直接就要往房裡走，卻被喜鵲攔在門外。「小姐肚子裡還有一個呢，小姐說、說不許姑爺進來。」
顧嶼聽著裡面一聲聲的痛叫和嬰兒初生時的細弱哭聲，一向沈穩的面容染上急色，就在此時，一個穩婆把裹在襁褓裡的小公子抱了出來，有些不安地抱給顧嶼看。
顧嶼有些手足無措，對著冰涼的手呵了幾口氣，才慎重地接過孩子。
初生的嬰兒都是紅紅的，皺著臉，很不好看，可顧嶼瞧著自己懷裡的這個，卻覺得是全天下最可愛的孩子。他看了看，嬰兒臉上沒有想像中和若弱差不多的大塊胎記，而是靠近額角眼側的一小塊，倒像是個雲紋，顏色極深，周遭有些紅，想來是被接生的婦人用力擦過。
鎮國公和顧峻也湊過來，一瞧就鬆了口氣，這胎記生得小小一塊，就算日後孩子面容長開，至多也就銅錢大小，並不影響五官。何況就算真是滿臉胎記，男兒立世又不靠容貌，只要好生教導，一樣是顧家的麒麟兒。
顧峻樂道：「大哥，這孩子的眉眼和輪廓像你，日後肯定生得俊俏。我記得有人說孿生兄弟身上胎記都是相反的，你看這孩子的胎記在左邊，那另一個會不會是在右邊？想想也挺有意思的。」
顧嶼知道顧峻是有心打岔，擔心他會在意孩子的胎記，不由得看了顧峻一眼。這個顧峻啊，不知道什麼時候也學會維護嫂子了？
鎮國公當爹當久了，卻是頭一回當爺爺，愣了好半晌才想起來要抱一抱孫兒。

顧嶼抱嬰兒的手法是專門跟大夫請教過的，鎮國公有樣學樣，小心翼翼地抱了過來，忽然想起什麼似地說道：「你們這輩泛山，名字好起，底下的雲字倒不好取名，這一胎兩個，可得好好想想……」

正說著，裡頭陳若弱的叫聲停了，取而代之的是一聲極為洪亮的哭聲，和先出生的哥哥那細弱的哭叫聲完全不同。

顧嶼急忙往房裡走，門一開，就見裡頭的穩婆正有條不紊地在幫初生嬰兒擦拭身子，見顧嶼進來，一屋子的人連忙上前道喜。「少夫人又生了位千金，是龍鳳大喜！」

陳若弱眼睛都要睜不開了，一聽見顧嶼進來的動靜，就伸手去拿被褥蓋住自己的臉。

顧嶼擔心她悶壞了，連忙走到床邊。「若弱……」

「我都聽見了，兩個孩子都是有胎記的。」陳若弱的聲音從被褥底下悶悶地傳來。「是我不好，都怪我，我要是沒有胎記，孩子一定都會好好的。」她說著，虛弱的語氣裡帶上一絲哭腔。

顧嶼差點沒被她給氣笑了，他抱過不住啼哭的女嬰，見女嬰臉上並沒有胎記，他把女嬰身上看了個遍，發現只在背上有一小塊紅紅的胎記。他低聲哄了哄女嬰，對陳若弱無奈地說道：「難道因為他們身上都有胎記，妳這做娘親的就不給他們餵奶了嗎？」

磨蹭了一小會兒，陳若弱從被褥裡伸出一隻包紮過的胳膊來。「餵。」

將兩個孩子挨個兒餵過奶，陳若弱也實在累得不行了。她身上的傷口在生產時裂了幾道，經過重新包紮上藥之後，她再也撐不住，沈沈地睡了過去，顧嶼抱她上車駕的動靜都沒把她驚醒過來。

新河長公主的事情是瞞不住的，她宴請的全是公侯府邸的女眷，即便沒有外傳，但勛貴圈子裡自然是心照不宣。何況當時顧嶼在猜到不對勁時，是直接從太子所轄五城兵馬司那裡借的兵，知道的人就更多了。

太子押著新河長公主進宮請罪的當口，街頭巷尾不知怎地就傳起瑞王府上新娶那位孫側妃的身世來。

新河長公主當年極受先帝寵愛，臨終都還記掛著，因此元昭帝和這個妹妹雖不甚親近，卻也還算上心。到了年紀，便為她擇一位朝中新貴當駙馬，在她守寡後，則任由她過自己想過的日子，誰能想到她和定北侯竟然有過一段情。

定北侯年歲和新河長公主相當，卻早在十二歲時就有了妻室，寧朝武將多低娶，定北侯娶的便是他父親手底下舊將的遺孤。那位將軍曾經五次救過老定北侯的性命，後來戰死沙場，老定北侯就作主讓自己的兒子娶了那位將軍的女兒，以孫側妃的年紀算來，那時新河長公主還未出嫁。

元昭帝差點沒氣暈過去，他怎麼也想不透，堂堂一個公主，看上誰就是誰的事情，就算當年定北侯有妻，同他這個做皇帝的兄長說一聲，勒令定北侯休妻續娶很難嗎？非要鬧到今天無法收場的地步，更丟皇室顏面。

太子立在邊上，越聽元昭帝的責罵，越覺得不對勁，這一點都不像是在為新河長公主謀害朝廷命婦的罪行而責罵，不由得開口提醒道：「父皇，現在是在問罪啊！」

元昭帝一窒，他根本就沒打算問新河長公主的罪，雖然對這個守寡多年的妹妹沒什麼感情，但公主總歸是皇室之人，要是因為犯罪被處置，乃至下獄，皇室的顏面又該往哪裡放？他責罵她只是要去去火氣，至於之後該禁足就禁足，該掩蓋就掩蓋，至多在其他方面多補償一下顧家和陳家就是了。

但太子卻不這樣認為，大寧律裡最重要的一條，就是王子犯法與庶民同罪，而自己身為太子這麼多年，一直覺得要以身作則，別說殺害無辜婦孺，就算是打罵下人都沒有過。

新河長公主壓根兒沒有去看太子一眼，她挺直脊背，眼裡盡是冷嘲神色，心中已打定主意，任由元昭帝如何責罵，她也不吭一聲。

張和從殿外弓著背進來，小心地站到元昭帝身後，附耳說了幾句話，元昭帝的臉色頓時大變，看向新河長公主，責問道：「妳跟趙廣還生了個女兒？後來嫁給老六？」

太子眼睛瞪得大大的，跪在底下的新河長公主也驚了一下。元昭帝一看她的神色，就知道不假，氣得連咳好幾聲。

張和替元昭帝順一順氣，又向太子使了個眼色，太子連忙上前，極為小心地抬手給元昭帝拍背。

新河長公主知道瞞不過去了，只得硬著脖子說道：「那孩子確實是皇妹和夫君的女兒，只是咱們一直瞞著那孩子，她是毫不知情的……」

元昭帝氣得臉都綠了，一把拿起案桌上的茶盞，朝新河長公主的頭砸了過去，怒喝道：「不知情？好一個不知情！是她自己跟人說的身世，說自己是公主所出！」

新河長公主的臉色頓時變得慘白。

太子再度提醒道：「父皇，別說其他的了，現在是在給姑姑定罪啊。」

看著眼前的妹妹，元昭帝頓時氣不打一處來，自己生的兒子自己最清楚，老六打著什麼主意，他心知肚明，卻沒想到老六竟然把手伸到西北軍中去了。好一個瑞王！

新河長公主被褫奪公主封號，禁足一年後「病故」，那都是之後的事情了。

原本陳青臨一案還要再斟酌，但因為新河長公主鬧出來的這場插曲，過沒多久定北侯的罪名就被定下，奪其世襲兵權，其子爵位削去一等，而陳青臨殺害上將雖然有錯，但情有可原，特准官復原職。

在刑部大牢待了許久，陳青臨出來的時候差點連路都不會走了，他貪婪地看著外頭的陽光，眼睛都看紅了也不肯眨一眨。

來接他的人除了顧嶼和陳若弱，還有顧峻，顧峻大老遠地見到人就直叫著「陳大哥」，走到跟前更是一把撲進陳青臨的懷裡，狠狠地捶他後背，鼻頭紅紅的，差點沒哭出來。

「好了，我這不是沒事嗎？」陳青臨拍了拍顧峻，說道：「聖上命我官復原職，過幾天就得回去，你的傷好點沒？要是好點了，得跟我一起回西北，不待滿一年時間，國子監大考可是不加分的。」

趁著顧峻還沒說出要一輩子留在西北的話之前，陳若弱連忙岔開話題道：「在人家大牢門口說這些幹什麼？走，咱們回家！哥哥，你還沒見過兩個孩子呢，他們可乖了。」

陳青臨果然被吸引了注意力。

陳若弱的身體一直都很好，休息幾天後已經能行動自如，但孩子不同，剛出生的孩子不好隨意吹風，何況是早產，這次來接陳青臨，就沒帶上他們。

一行人回到鎮國公府後，陳青臨馬上急著要去看一看兩個外甥。

各個家族的族譜，一般都是由有名望的族中長輩來排，鎮國公顧氏發跡時間不長，排的是詩句，到了顧嶼的子輩正好排到雲字。按本朝的習慣，文單武雙，偏偏雲字又是最不好湊單字的一個字，不過好在陳若弱生的是龍鳳胎，所以先出生的男嬰定名顧雲，後頭的女嬰則是由顧嶼取的名字，叫顧遠岫。

陳若弱挺喜歡這兩個名字，白雲遠山，逍遙自在，聽著就很豁然的感覺，又不俗氣。

顧雲的身體比妹妹要弱一些，但是乖巧文靜得多，也不怎麼哭，大部分時候都是閉著眼睛，偶爾睜開來看一看，惹人憐愛得很。

陳青臨站在邊上，猶豫了一下，抱起的卻是一直嚎啕大哭、揮動著手腳的外甥女，不過只抱了一下，就像怕會碰壞孩子似地，趕緊讓顧嶼抱過去。

有家有室，兒女俱全，顧嶼這幾天覺得自己就像活在夢裡，有時候他恨不得就這麼帶上一家幾口，找個深山隱居，過上幸福平淡的日子，只是內憂外患，讓他一刻不得停歇。

孫側妃的事情是她自己親口說出去的，四處散播的也都是瑞王府的人，而他不過是推波助瀾了一把，讓張和將事情捅上御前，促使元昭帝對新河長公主產生殺機，連帶削低一些對瑞王的評價，但也僅止於此，瑞王這個威脅還不算完全除去，不過瑞王想要再掀風浪，也要一段時間之後了。

他微微垂下眸子，看著懷裡好奇地睜大眼睛的女嬰，見陳若弱正伸手逗弄著兒子，他的嘴角不禁上揚起來。

要走的人不光是陳青臨，結束手頭上的案子，顧嶼也該去淮南道赴任了，而江南道又正好出事，所以這次跟他一同去赴任的還有一位江南道御史。只是江南道御史不比他在京城的牽掛多，一接到調令就馬不停蹄地出京赴任，凡事就怕有個對比，在這樣的情況下，他想要在京城裡多待幾天都不成。

地方上的治理需要因地制宜，他雖然在揚州府衙待了一段日子，但大多數時間都是在查閱過往罪案，等到上任後，至少也要花上幾年的時間，才能真正將淮南道治理起來。到那時再歸京，京中的格局又有所不同，不過他能贏一次，就能贏第二次、第三次。

日後的日後，大約仍舊是一場曠日持久的戰爭，只是顧嶼並不在乎，面對浪潮時，愚蠢的人選擇抱頭掩耳，小聰明的人選擇急流勇退，而大智慧的人卻是迎難而上，找出浪潮的源頭並摧毀。第一種人是大多數，盛世為順民，亂世則螻蟻；第二種人是極少數，盛世為庸臣，亂世則隱士；第三種人是極少數中的極少數，盛世為名臣，亂世亦名臣。

第三種人很少，但改變歷史進程的人，往往就是這些人，他要做的，就是這第三種人。

陳若弱見顧嶼想事情想得出神，不禁將一隻手放在孩子的襁褓上，另一隻手握住了顧嶼的手，同他四目相對，眸子裡盡是柔軟又明亮的神采，和顧嶼懷中的嬰兒一模一樣，看得他的心也跟著軟了起來。

顧嶼薄唇微揚，反握住她的手，心想，這大約就是執子之手，與子偕老。

番外一　顏控公主嫁人

作為大寧朝身分最貴重的公主，昭和覺得自己的日子過得還不錯，上不用和親，下不用操心，連選婿這樣的事情都是隨她心意來，就算一次選不好，公主二嫁也沒人敢說什麼。她對未來夫婿的家世和前程並沒那麼看重，只要長得俊俏，她看得順眼就行了，而她心中也一直有幾個人選，只是還不想那麼快嫁人。

沒想到這一拖，就拖到十六歲，還沒等她下定決心嫁人，原先她心中的三個人選，趙平疆因為父親的事情羞愧難當，跑去西北從軍；蘇煦跟自家的表妹好上了；而她最看好的顧峻，居然明媒正娶地迎了一個平民姑娘進門。

如今在這偌大的京城裡，她連一個看得順眼的都沒了，因為這樣，她心情很不好，可更讓她鬱悶的是太子哥哥居然開始幫她介紹男人……

男人看男人的眼光是不同的，太子覺得黃輕聰明年少，長得不差，足以做他的妹婿，可昭和一見到黃輕，就想起黃輕過去那一臉痘印的模樣，更何況她跟黃輕太熟，熟到都沒話說了，成婚後不悶死才怪，好在黃輕也是這樣想的。

在太子看來，黃輕已是難得的人選，要是自家妹妹還看不上的話，只能說明她喜歡的不是文臣，而是武將。就像那個趙平疆，他一點都不覺得趙平疆有什麼好的，自家妹妹還不是曾經心心念念地惦記過？

這麼一想，太子忽然想起一個人來。他想起來的那個人叫蒙飛，年歲十八，正是如今西北主帥蒙山的三子，剛好未婚。

至於另外一個同樣未婚，比蒙飛軍功更高、更有前程，也更得他心意的陳某人，則是在他刻意的忽略下一字未提。開玩笑，那個黑炭跟他同年，要是娶妻娶得早，兒子都能上街打醬油了，自家妹妹這般嬌貴，怎麼可能看得上那個黑炭？

太子心安理得地把蒙飛的名字報給了元昭帝，元昭帝也覺得可以。

去歲陳青臨回京述職的時候，蒙飛是作為副將跟著過來的，元昭帝當時看過一眼，相貌生得確實不錯，而且比京城裡的那些阿貓、阿狗多出一分男兒英氣，家世也配得上。

於是元昭帝大筆一揮，命陳青臨提早兩個月歸京述職，重點是絕對要帶上那俊俏的副將一起回京。

陳青臨收到聖旨的時候，整張黑炭臉是發懵的，但還是很快地收拾了一下，認認真真地準備好述職文件，帶著自家副將和幾百個親兵，踏上歸京的路途。

這幾年陳青臨過得很不錯，蒙老將軍把他當成親生子姪看，軍中經過整肅，風氣也比從前正得多。他原本就是一塊打仗的料子，得到主帥的重用之後，更是如魚得水，自家祠堂裡光是嘉獎的聖旨就在祖宗靈位前排了滿滿一列，蒙老將軍還向他透露，說年底他可能還會升職。

然而戰場得意、情場失意，雖然答應了自家妹妹儘快給她找個大嫂，但女人也不是說有就有的，戰事緊迫的時候忙得腳不沾地，戰事不緊的時候又要操練兵士。

蒙老將軍倒是挺關心他的婚事，想把女兒嫁給他，然而蒙小姐看了他一眼後就離席走人了，他差點沒攔住發怒要打女兒的蒙老將軍。

陳青臨知道自己長得不差，就是黑，估計人家姑娘都沒看清楚他的臉，光瞧見一塊黑炭坐在那兒了。可他也沒法子，在西北熬了這麼多年，要是還能白白俊俊的，除非是像蒙老爺子一家這樣天賦異稟。

如果再找不到媳婦，他的目光都要落在三天來給他打掃一次軍帳的張大娘身上了。

歸京路途不遠，就是太陽正大，陳青臨一身黑皮，沒曬出什麼毛病來，倒是蒙飛臉上都曬出紅印子了，還咧嘴笑道：「陳大哥，最近西北又沒有什麼戰事，聖上催得那麼急，怕是有好事等著你吧？」

陳青臨一想，搖了搖頭，算算他的戰功是夠封侯了，可封侯之前一般都是聖旨先下，哪有事前什麼都不說，等他歸京才冊封的。

了。

在他們抵達京城的那一日，陳青臨先去吏部述職，隔日早朝又面聖一回，任務就算完成

就在這個時候，太子派人來請，還特別要他帶上副將一起過去。

陳青臨沒想太多，自從前幾年和太子在演武場不打不相識之後，每次歸京述職，太子都會派人來請他，說得好聽點是敘話，直接點就是手癢了想跟他打架。

太子天生神力，陳青臨也是，只是太子平時沒什麼對手，就算有身手厲害的，也都怕打傷自己而畏畏縮縮的，唯有陳青臨打架從不手軟。

然而這次卻不同，一進太子府，蒙飛就被好聲好氣地請到一邊去。

陳青臨正想不通，就被身後的一隻手勾住了脖子，回頭一瞧發現正是太子。他忍不住發問，不知道太子讓人把蒙飛單獨弄走是什麼意思。

太子嘿嘿直笑，把自己和父皇商議的事情全都告訴了陳青臨。

陳青臨頓了一下，卻很快反應過來這是件好事，文臣尚主可能要被壓一壓，武將卻沒這個顧忌，要是蒙飛真能當上駙馬，對整個西北軍來說都是好事。

兩個身材相當的壯漢達成共識，便勾肩搭背地朝校場走去。

被騙來的昭和公主心情就沒那麼好了，一進太子府她就被請到正院，裡頭還坐著一個手

腳都不知道往什麼地方放的武官，她用膝蓋想也知道是怎麼一回事。

她看了那武官一眼，差點沒咬碎銀牙，那個武官傻乎乎地咧著嘴，還拽著倒茶侍女的衣袖不放，又傻又好色，她就是再晚嫁，也沒到嫁不出去的地步吧？

昭和公主氣得跺了跺腳，連門都沒進。她問清下人，知道太子正在校場跟人比武，馬上提著裙襬往校場走去。

此時的蒙飛滿心惶恐，可他笑得嘴都要裂了，卻怎麼也拉不住冷冰冰的侍女，想問個話都不成，死活都不明白自己到底為什麼會被叫到這裡。

校場內，陳青臨跟太子打了兩刻鐘都還不分勝負，太子索性脫了衣裳，赤著上身準備和陳青臨肉搏一場。

陳青臨見狀，也脫掉衣裳，低吼一聲，同太子交起手來。

昭和公主來時，陳青臨略勝一籌，正好弓著背將太子壓制在地上，他半個胳膊遮住了太子的臉，咧著嘴剛要起身，冷不防背後被一隻溫熱的小手拍了拍，一聲嬌軟中帶著哭腔的女聲在身後響起。「皇兄，你到底還是不是我的皇兄了？」

陳青臨這輩子除了娘親和妹妹，還從沒跟女人有過肢體上的接觸，猛然被拍了背，他整個人都僵硬了，緩緩地回過頭，正好對上一張嬌美動人的臉龐，於是他僵硬得更加厲害，力道不受控制，差點沒把身下的太子給壓死。

昭和公主嚇了一跳，她是見慣自家皇兄和人比鬥的，哪次不是皇兄占盡上風？此時他們兩個人都沒穿上衣，身材又差不多，她第一個反應就是贏的那個是自家兄長，沒想到卻是個不認識的男子。

就在這個陌生男子愣住的時候，她把這人的容貌看得一清二楚，黑是黑了點，五官卻無一處不俊。她看得入神，這才想起自己的手還拍在人家的背上，頓時紅了臉，後退一步。

太子趁著陳青臨走神，跳起來反身制住他。

陳青臨趕緊投降，他愣愣地從地上爬起來，連忙伸手去拿剛才脫下來的衣裳，怕自己唐突了美人。

昭和公主紅著臉，半掩著雙眼，但目光卻透過指縫，把陳青臨和一邊笑嘻嘻地穿著衣裳的太子看在眼裡。

陳青臨黑，太子也黑，雖然兩人身材相似，但陳青臨顯然更精壯一些，尤其是腹肌……

昭和公主的臉更紅了，她在京城見到的，大多是四體不勤的貴公子，平時她也不覺得皇兄有什麼好的，可現在，她忽然有些明白了什麼叫男人的魅力。

太子見她臉紅，只當她瞧見蒙飛很滿意，不禁咧著嘴對陳青臨點頭致意，然後拉著昭和公主到一邊去，壓低聲音問道：「大哥知道妳不喜歡黃輕那樣的文臣，這次可是特意挑的武將，出身名門，年紀輕輕軍功就有六轉了。怎麼樣，妳喜不喜歡？」

昭和公主還沒能從寧遠將軍漂亮的腹肌中脫離出來，她臉頰紅紅，眼神迷離，糊裡糊塗地直點頭，太子的嘴馬上咧得更開了。

等到三天後，元昭帝的聖旨頒下，太子卻有點笑不出來了。自家妹妹挑遍京城，刷下不知道多少適齡男兒，誰都瞧不上，連自己精挑細選的將門公子也不瞧一眼，反倒是看上了一塊黑炭？

然而婚後的昭和公主緊緊地抱著自家夫君結實的肩背，滿足地蹭了蹭，心想：再黑，也是很俊的啊！

番外二　顧峻峻娶妻記

作為國子監校草，顧峻一直對自己的長相很有自信，雖然比不上大哥，但走在路上也是有好幾個小姑娘會回頭多瞧他幾眼。

按理說他這樣的身家，長得又不賴，想娶個媳婦兒一點也不難。雖說在西北待了半年多回來，黑也黑了，瘦也瘦了，但也不至於悲慘到整個京城裡沒有一戶人家願意把女兒嫁給他的地步。

顧峻心裡納悶，明明那些小姑娘追著他看的時候都挺帶勁的，可當他表達出想再進一步的意思，那些個官家小姐卻一個個躲他跟躲瘟疫似的。

就這麼又混了兩年多，混到他快及冠了，自家爹爹那裡還沒個動靜，他卻等不下去了。說好的成婚之後就由他去西北，他就等著找個姑娘成婚，好回西北跟陳大哥一起打仗呢，偏偏怎麼也找不到媳婦，他幾乎要疑心自家父親為了不讓他去西北，已經狠毒到寧願讓他打一輩子光棍的地步了。

遠在西北的陳大哥最近來信，信裡已十分滄桑地提起，等這次歸京述職結束，回西北之後，打算問問那位守寡十幾年的掃地大娘願不願意跟自己湊合一下。

顧峻眼淚汪汪地回信，表達了一番同情之意，並勸陳大哥想開一點，實在不成，陳大哥府上不是還有正值嫁齡的丫頭嗎？也不用淪落到去娶一個守寡大娘吧。

陳青臨回信回得很快，表示自己已經三十多歲了，要是娶十五、六歲的小姑娘，說出去難聽，倒是顧峻可以考慮一下，畢竟顧三公子找不到媳婦的八卦，也已經傳到西北了。

顧峻看完信，差點沒哭出來，公子和丫鬟之間總是惹人遐想，他房裡的丫頭也是真的漂亮，只可惜在這一點上，顧峻是真正的正人君子，他早在去西北前，就把房裡的丫鬟都放出去嫁人了，連打小就照顧他的春兒哭著求情，他都沒留下她，就是不想耽誤人家姑娘啊！

再說明明他們顧家在京城的名氣甚大，家風又好，他大哥連在孝期時都有無數貴女惦記著，怎麼一輪到他，就怎麼也找不到門當戶對又看得順眼，還願意嫁給他的姑娘。

為了娶到媳婦，顧峻參加了各種相親宴會，場場不落下，遇到看得順眼的姑娘就主動搭話，有時一場宴會要勾四、五個小姑娘，這個撩完換那個，宛如一朵搖曳生姿的交際花。然而也許是因為這樣，他只要一報出名字來，那些或羞澀、或迷戀、或大膽火辣的眼神，無一例外地轉變為驚恐，然後他馬上就被毫不猶豫地甩掉。

京城的圈子能有多大，幾次下來，顧峻也大概明白了自己的不受歡迎，就連之前和他玩得不錯的紈袴子弟們，一聽他求著他們幫忙介紹家中姊妹，也都紛紛翻臉。

不過這世上還是好人多，國子監開學那天，他認識了一個學子，名叫徐匯，他們兩人臭味相……一拍即合，做了兄弟。

一聽見他的苦悶，徐匯頓時拍了拍胸口，然後把自己的妹妹介紹給他。

顧峻原本是抱著敷衍的態度去見徐匯的妹妹，畢竟京中貴女他見多了，那平民百姓家的丫頭，他能想像得到相貌會有多平凡，然而這一見他卻呆住了。

明明不是多讓人驚豔的容貌，可那眉眼，那身形、輪廓，幾乎就像是從他夢裡飛出來的一樣，他怎麼看，怎麼覺得順眼。等走到徐匯的妹妹身前，他鬼使神差地張了張口，脫口而出就是一句「娘子」。

站在他對面的姑娘，起初還有些含羞帶怯，等聽見這輕浮的一聲叫喚，頓時柳眉倒豎，轉身就走。

顧峻連話都不會說了，幾步攔下徐匯的妹妹，像個無賴似地。最後他頂著半邊巴掌印，回到國子監的宿舍裡。

徐匯和顧峻同住一間房，在瞧見他臉上的掌印時，不禁嚇了一跳，連忙問道：「顧兄，怎麼成這樣了？舍妹脾氣大，是我對不住你……」

徐匯話還沒說完，顧峻就一把按住了徐匯的肩膀，眼睛亮得發光。「徐兄，你妹妹我娶定了！」

不過一句話工夫便榮升成為舅兄的徐匯，不禁眨了眨眼睛，強行忍住瘋狂想要上揚的嘴角，別有深意地說：「顧兄，你說真的？這話說了可不能反悔，日後你若想休妻，我就和你沒完。」

顧峻拚命地點頭。這輩子除了大嫂，還沒有女人敢打他，他的直覺斷定，要是把這個女人娶回家，他們一定會像大哥、大嫂那樣恩愛的。

徐滙微微地揚起了嘴角。

後來，顧峻才知道，京城的貴女之所以都躲著他，是因為他在昭和公主的選婿名單上。昭和公主成婚的日子也不遠，就在他和徐家姑娘成婚完的兩個月後，而那個號稱述職回去就要跟掃地大娘湊合的陳大哥，正是公主看上的駙馬爺……

顧三夫人半躺在榻上，揚眉瞥了顧峻一眼。

顧峻頓時面色一正，話鋒驟轉。「但是正因為這樣，我才能遇到夫人，感謝公主的大恩大德，下輩子我還要和夫人在一起。」

顧三夫人冷淡地「嗯」了一聲，嘴角卻微微地上揚，如果顧峻看得仔細，就會發現，這個狐狸般的笑容，跟自家已經步步高陞、做到吏部侍郎的舅兄當年坑他的時候一模一樣啊！

今天的顧峻峻，也是格外乖巧呢。

番外三　後來

這個世上能讓顧嶼頭疼的人和事不多，算一算也只有家裡這一對龍鳳兄妹了。

在淮南道一待就是九年多，兩個孩子也都到了懂事的年紀，俗話說三歲看老，顧嶼卻覺得自己大約在這兩個孩子出生的時候，就已經看到了他們的將來。

作為長子，顧雲的體質偏弱，想要像顧峻那樣憑著一腔血勇從軍上陣，是不可能的，但在這一點上，他和自家夫人卻從沒擔心過，因為顧雲實在是太聰明了。

三歲開蒙，五歲學琴、棋，八歲時，只在棋藝一道上，就能和棋藝師父五五勝負。去歲年末顧雲隨顧嶼歸京，不過幾日工夫，回來時就接到一大疊國子監的薦學書。

自古早慧多傷，對這自小就文靜卻聰明異常的兒子，顧嶼並未要求太多，反倒常帶顧雲出去玩，讓顧雲和好動的妹妹多相處，更重要的是，他限制了顧雲每日讀書、做功課的時辰。

顧雲起初很不滿，他年紀雖小，也明白多讀書怎麼會有壞處？直到發覺自己在看遠處時，視線漸漸變得模糊，才趕緊調整每日看書的時辰。一天中少了大半的讀書時間，就代表其他時間要浪費在無趣的玩樂上，尤其還是和一個身強力壯、沒心沒肺、愛玩鬧的妹妹一起玩。

顧遠岫不只活潑，還很大膽，做過最偉大的一件壯舉是趁教琴先生睡著時，剪掉了他的長鬍子，顧雲對此佩服得五體投地，然後毫不猶豫地出賣了她。就因為這件事，顧遠岫看他的眼神至今都很不友善，讓顧雲不禁擔心起未來不知何時才會長成的鬍子。

陳若弱在顧雲還小時，一度因為他臉上的胎記而愧疚，後來才發現自家這小子非但不覺自己那道紅得像火的雲紋胎記醜，反倒認為是一種十分特殊的俊帥標記，就因為這股謎之自信，從小跟顧雲相處到大的人也漸漸覺得這胎記真是畫龍點睛，連不認識顧雲的人見了他，也會因為他那異常驕傲的態度，頓時覺得這道雲紋胎記不是敗筆，而是點綴。

顧嶼在淮南道久了，辦的實事很多，一直以來都比江南道要差上一點的淮南道，在去歲上稅的數額第一次超過了江南道，成為真正的路不拾遺、夜不閉戶的地方。因而整個淮南道的老百姓們，只要一聽說是顧大人的家眷出行，就立刻追上去圍著車駕，瘋狂讚美，在這樣的大環境下，想讓顧雲正確地認識到自己的長相，無疑是一條艱難又漫長的路。

去歲京城不太平，元昭帝病重，命太子監國，心有打算的皇子們也都蠢蠢欲動，唯有瑞王按捺不動，只是報了府上世子暴斃。瑞王一貫愛惜羽毛，頭一次做出讓人詬病的事情，就是在剛報先王妃所生世子暴斃之後，隔日便上書為繼王妃所生嫡次子請封世子，幾乎所有人都認為瑞王瘋了，然而元昭帝卻應允了瑞王的請封。

一個月後，有異動的皇子們一併被軟禁，元昭帝的重病立刻就好了。

所有人都當瑞王是在自污求保，連元昭帝都不例外，只有顧嶼在看著堂下換了平民服飾，卻仍然看得出嬌生慣養的小少年時，陷入了沈默。

元昭帝的病並非只為鏟除皇子勢力，替太子鋪路，其實元昭帝也確實快到歸天的時日，所以才會下定決心設下這一場虛實之計。

瑞王看出了這一點，便將世子隱姓埋名送到鎮國公府，為的就是背水一戰，若成，便以龍輿鳳駕迎皇后、太子歸朝；若敗，至少還留住一條血脈在。

只是最終瑞王卻沒有任何行動，想來還是顧念著與太子的兄弟之情，遂而作罷。

最後顧嶼讓顧凝把孩子帶走了。早在當初，他為顧凝擇定的隱居之地就是淮南道，良山好水，遠離紛爭，如今還多了個孩子，也算是圓滿。

顧凝離開後兩日，調任他歸京的聖旨就到了，任戶部左侍郎。不過顧嶼明白，戶部尚書年過七十，早已不管事，右侍郎平庸，這只是升他做戶部尚書前的過渡。

顧嶼回到家中，正是黃昏，閨女大概是又剪了教琴先生的鬍子，被攆得上躥下跳；夫人則是坐在太陽底下抱著貓，笑眼彎彎，不遠處，兒子正眉眼溫柔地彈琴給她聽。

一時間歲月靜好。

——全書完

文創風 681

醜妻萬般美 下

國家圖書館出版品預行編目資料

醜妻萬般美 / 江小敘著. --
初版. -- 臺北市 : 狗屋, 2018.10
冊 ; 公分. --（文創風）
ISBN 978-986-328-918-0（下冊：平裝）. --

857.7 107014236

著作者	江小敘
編輯	江馥君
校對	黃亭蓁　周貝桂
發行所	狗屋出版社有限公司
地址	台北市104中山區龍江路71巷15號1樓
電話	02-2776-5889～0
發行字號	局版台業字845號
法律顧問	蕭雄淋律師
總經銷	知遠文化事業有限公司
電話	02-2664-8800
初版	2018年10月
國際書碼	ISBN-13　978-986-328-918-0

本著作物由北京晉江原創網絡科技有限公司授權出版

定價250元

狗屋劃撥帳號：19001626

網址：love.doghouse.com.tw　E-mail：love@doghouse.com.tw